劍香刀殺

검향도살

검향도살 3

태사검 新무협 판타지 소설

초판 1쇄 찍은 날 § 2006년 4월 14일
초판 1쇄 펴낸 날 § 2006년 4월 24일

지은이 § 태사검
펴낸이 § 서경석

편집장 § 문혜영
편집 § 장상수

펴낸곳 § 도서출판 청어람
등록번호 § 제1081-1-89호
등록일자 § 1999. 5. 31
어람번호 § 제2-0886호

주소 § 경기도 부천시 원미구 심곡1동 350-1 남성B/D 3F (우) 420-011
전화 § 032-656-4452 팩스 § 032-656-4453
http://www.chungeoram.com
E-mail § eoram99@chollian.net

ISBN 89-251-0025-8 04810
ISBN 89-251-0022-3 (세트)

劍香刀殺
검향도살
Fantastic Oriental Heroes
3
자객은 단지 사라질 뿐
태사검 新무협 판타지 소설
도서출판 청어람

목차

第21章

츈추봉의 창극

휘이잉……!

생사철교가 끊어진 단애 아래서 불어오는 바람이 몹시 차가웠다. 살을 에일 듯한 삭풍이 일검향의 몸을 세차게 강타했다.

너무도 엄청난 충격이기에 그는 한동안 온전한 정신을 유지할 수가 없었다.

그는 이것이 꿈이기를 바랐다. 꿈이라면 지독한 악몽이겠지만 다시 현실로 돌아오면 끊어진 생사철교를 보지 않을 수 있기에 입술을 질끈 깨물며 꿈에서 벗어나려 애썼다. 그러나 끊어진 생사철교는 엄연한 현실이었다.

너무도 많은 생각이 한순간에 떠올라 머리가 터질 것만 같았다.

생사철교가 끊어졌다는 것은 천예사원이 누군가에게 침공을 당했다는 것을 의미한다. 아마도 은천마국일 것이다. 그들 외에 다른 상대는 떠올릴 수도 없었다.

"원주님, 다휘, 창비, 을화, 그리고 동문들……."

그는 충격과 격동 속에서 감정을 자제하기 위해 지그시 눈을 감았다.

자신의 죽음에 대해서는 지극히 무심할 수 있는 그였지만 다른 사람의 죽음 앞에서는 그럴 수가 없었다. 자신의 눈으로 그들의 시신을 본다는 것은 영혼마저 말살될 참담한 비극이었다.

그는 한동안 숨을 몰아쉬면서 애써 냉정함을 유지했다.

"침착해라, 검향. 내 눈으로 모든 것을 직접 보기 전에는 아무것도 앞서 생각해서는 안 돼. 일단은 천예사원으로 귀환하는 것이 급선무다. 춘추봉까지 건너가는 것만을 생각해라."

징검다리 같은 봉우리를 밟고 밖으로 나선 그는 눈을 헤치며 산을 내려갔다.

생사철교가 끊어진 이상 춘추봉까지 건너가기 위해서는 도구가 필요했다. 그의 경공 신법으로 10장 이상을 단숨에 건너뛰기는 불가능했다. 급한 마음에 무리를 했다가는 까마득한 단애 아래로 추락할 수밖에 없는 일이었다.

그는 몇 곳의 마을을 들러 쇠사슬과 갈고리를 구입했다. 질긴 가죽띠를 구해 허리에 둘렀고 혹독한 추위에 대비해 가죽신과 장갑도 준비했다. 그 외에도 징검다리 같은 봉우리를 건너기 위한 몇 가지 물품도 빼놓지 않았다.

모든 준비를 마쳤을 때는 벌써 밤이 깊었다.

일검향은 새벽까지 기다리지 않고 강행군을 펼쳐 다시 춘추봉으로 향했다. 흐린 날씨 때문에 달빛은 없었지만 준령 전체를 뒤덮은 눈 때문에 사위는 어느 정도 식별이 가능했다.

다행히 날씨가 개면서 여명의 햇살이 선명하게 동녘을 밝혀주었다.
무거운 짐을 짊어진 일검향은 과감히 운무 속으로 뛰어들었다. 두 개의 봉우리를 건너뛴 그는 끊어진 생사철교 앞에 이르렀다.

그는 봉우리 한쪽에 쇠말뚝을 깊이 박고는 쇠사슬을 걸었다. 다른 한쪽 끝은 허리에 두른 가죽띠에 연결했다. 봉우리를 건너는 도중 추락할 수도 있기에 마련한 자신을 지키기 위한 생명줄이었다.

"건너편까지 거리는 15, 6장 정도다. 내가 전력을 다해도 10장 이상은 무리야."

그는 7장 길이의 쇠사슬 끝에 갈고리를 매달고는 무거운 보따리를 등에 단단히 걸머멨다. 아직도 상당한 길이의 쇠사슬이 담긴 보따리는 수백 근에 달해 무척 무거웠다. 이렇듯 무거운 짐을 짊어진 상태였기에 6, 7장을 건너뛰기도 버거운 상황이었다.

그는 깊이 숨을 들이키며 여의심결을 운기했다.

단전에서 뿜어진 진기가 십이경락을 타고 사지백해로 흘러들었다. 몇 곳의 경혈에서 심한 통증이 느껴졌다. 감소채를 척살하는 와중에 의천맹 호법들에게 당한 상처가 아직 완전히 회복되지 않은 것이다.

"두려운 것은 내 자신의 죽음이 아니다. 내 눈으로 천예사원의 상황을 볼 수 없다는 것일 뿐이지."

그는 발끝에 진기를 모아 힘차게 몸을 날렸다.

부상의 후유증과 무거운 짐 때문인지 7장을 건너뛰기도 전에 몸이 아래로 추락하기 시작했다.

일검향은 희뿌연 운무 건너편을 겨냥해 갈고리가 매달린 쇠사슬을 힘껏 내던졌다. 짙은 운무 때문에 눈으로 확인할 수도 없으니 행운을 기대할 수밖에 없었다.

태앵……!

쇳소리와 함께 갈고리 끝이 어딘가에 걸리며 쇠사슬을 통해 팽팽히 당겨지는 느낌이 전해졌다.

"차앗!"

일검향은 힘찬 기합성을 발하며 쇠사슬을 끌어당겼다. 아래로 추락하던 몸이 탄력을 받아 앞으로 날아갔다. 일검향은 빠르게 쇠사슬을 팔뚝에 감으며 가까스로 첫 번째 생사철교 구간을 건널 수 있었다.

그는 첨봉 위에 쇠말뚝을 박아 허리에 감은 쇠사슬과 연결했다. 조금은 위태롭지만 임시로 하나의 생사철교가 설치되었다. 천예사원의 상황을 확인한 후 다시 세상 밖으로 나올 때를 대비해 이런 절차가 필요했다.

그는 세 개의 봉우리를 건너뛰고는 또 다른 생사철교 구간을 살펴보았다. 역시 생사철교는 단절돼 있었다.

문득 한 가지 의혹이 강하게 부각되었다.

"은룡왕자 척살 건으로 두 명의 금살이 출동했지만 다른 두 명의 금살이 생사철교를 수호하고 있었을 것이다. 그분들의 능력은 대천살과 버금간다. 더군다나 생사철교 구간은 일천 명의 절정고수라 해도 침범할 수 없는 난공불락의 요새다. 대체 침입자들이 어떻게 금살을 물리치고 생사철교를 건널 수 있었단 말인가?"

생각이 여기에 미치자 그는 한 가지 희망적인 추측을 해보았다.

절세고수들의 침공을 당한 두 금살이 위기를 느끼고 생사철교를 스스로 끊어버릴 수도 있는 일이었다. 천예사원에 이르려면 징검다리 같은 첨봉을 건너는 와중에 네 곳의 생사철교 구간을 지나야 한다. 그 모든 생사철교를 끊어버리면 천예사원은 안전할 수 있다. 따라서 천예사원은 아직 무사할 수도 있다.

그러나 그것은 지나치게 희망적인 생각이었다.

만일 그렇게 전투가 벌어진 상황이라면 장기적인 대치 상태가 유지되었을 것이다. 천예사원을 침공할 만큼 대담한 침입자들이 단지 생사철교가 끊어졌다고 순순히 철수하지는 않았을 것이기 때문이다.

한데 춘추봉으로 향하는 단애 어디에도 격전의 흔적은 없었고 생사철교가 놓인 봉우리도 파괴되지 않았다. 그것은 저지를 전혀 받지 않고 침입자들이 진입했다는 것을 의미했다.

"침공을 당한 것은 분명해. 하지만 절대적인 방어가 어떻게 깨졌는지 도저히 이해가 되지 않는군."

그는 갈고리가 달린 쇠사슬을 이용해 다시 생사철교 구간을 건너뛰었다. 무거운 짐이 다소 덜어진 데다 앞서 모험적인 시도를 경험했기에 보다 수월할 수 있었다.

마침내 네 곳의 생사철교 구간을 건넌 그는 춘추봉에 이를 수 있었다.

자청검을 뽑아 든 그는 한빙담 통로를 거쳐 분지 내로 진입했다. 느껴지는 분위기가 확실히 달랐다. 너무도 조용했다. 출동한 자객들을 맞이해 주는 동문 한 명 없었다.

'설마 모두가 죽은 것이란 말인가?'

깊이 숨을 들이킨 그는 은신술을 펼쳐 최대한 그늘진 곳으로 이동했다.

그는 아무런 파공성도 내지 않고 자객들의 생활 공간인 지하 상층부 계단을 따라 올라갔다. 하층부는 수련생들을 받아들일 때만 개방되기에 지금은 폐쇄된 상태였다.

계단을 올라 통로로 들어선 순간 일검향은 숨이 턱 막혔다.

죽음의 냄새가 짙었다.

통로 바닥에는 참혹하게 죽은 시신들이 널려 있었다. 두 명은 밀가루를 뒤집어쓴 듯 허연 빙기로 뒤덮여 있었고 세 명은 형체를 알아볼 수 없을 만큼 난도를 당한 상태였다. 그리고 한 명은 목 없는 주검이었다.

"으음……!"

일검향의 입에서 절로 신음 소리가 흘러나왔다.

어떤 형태로 죽었든 그는 죽은 자들이 누구인지 한눈에 알아볼 수 있었다. 두 명의 천살자객과 네 명의 지살자객들이었다. 지살자객 중 두 명은 그의 함께 수련관을 통과한 4기 수련생들이었다.

가장 우려했던 최악의 사태가 막상 눈앞에 펼쳐지자 일검향은 비통함보다 분노에 젖었다. 그는 허연 빙기에 덮인 동문들을 내려다보았다. 독특한 마공이기에 그는 대번에 간파할 수 있었다.

"혈음마공! 역시 은천마국 놈들이었어!"

그는 급히 동문들의 맥을 짚어보았다. 모두 절명한 상태였다. 이미 여러 날이 지난 듯 시신은 모두 싸늘했다.

'아, 이들이 죽었다면 원주님까지도……?'

그는 엄습해 오는 두려움과 절망감에 피가 싸늘하게 식어가는 심정이었다. 자신의 눈으로 그 비극적인 광경을 보아야 한다는 것이 너무도 끔찍했다.

깊이 숨을 들이킨 그는 은신술도 펼치지 않고 곧바로 명왕전을 향해 달려갔다.

아직도 침입자들이 남아 있다고는 생각할 수 없었다. 물론 일부가 남아 있다 하여도 전혀 두렵지 않았다.

아니, 마음 한구석으로는 누군가 남아 있기를 소원했다. 지금 그는 누군가를 죽이고 싶은 무서운 살심으로 팽배해 있었다. 고함을 쳐서라도 분노를 폭발하지 않으면 미쳐 버릴 것만 같았다.

　검은 대리석으로 지어진 명왕전.
　평소 명왕전 주변을 밝혀놓은 등불은 모두 꺼진 상태였다. 채광창을 통해 아침 햇살이 희미하게 스며들고 있을 뿐이다. 명왕전 돌계단 아래로는 두 명의 자객이 쓰러져 있었다.
　한 명은 무심천살이었다. 제36관인 자객관을 통과하는 도중에 겨룬 적이 있었기에 갑영과 을화 다음으로 교분이 깊었던 천살자객이었다.
　"무심 형님……."
　일검향의 입에서 깊은 한숨이 흘러나왔다. 자청검을 갈무리한 그는 다른 자객에게 시선을 돌렸다.
　일순 그의 눈이 더할 수 없이 부릅떠졌다.
　등이 꿰뚫린 자객은 여인이었다. 엎어져 있어 용모는 알 수 없었지만 그는 보지 않아도 누구인지 알 수 있었다. 천예사원 내에서 여자객은 세 명뿐이다. 을화와 교교, 그리고 다훼.
　여자객은 바로 다훼였던 것이다.
　"다훼!"
　그는 절규하듯 외치며 다훼를 안아 들었다.
　그녀의 안색은 잿빛이었다. 몸은 싸늘하게 식어 있었고 등에서부터 가슴까지 관통된 상처로 인해 이미 호흡이 끊긴 상태였다. 본래 가냘픈 그녀의 몸이 짚인형처럼 가볍기만 했다.
　"다훼… 다훼……."
　일검향은 그녀를 부둥켜안은 채 소리없는 눈물을 흘렸다.

다훼는 그에게 있어 너무도 소중한 친구가 아니었던가.

서로가 이름을 잊지 않았기에 마음이 통할 수 있었고, 정신적인 교감이 있었기에 서로를 절대적으로 신뢰할 수 있었다. 7년의 고된 수련 속에서 그가 인간적인 감정을 유지할 수 있었던 것도 다훼가 곁에 있었기 때문일 것이다.

자객의 신분이기에 여느 남녀들처럼 뜨거운 연정을 품을 수 없었지만 서로를 향한 마음은 이미 하나가 되어 있었다. 굳이 표현을 하지 않아도 그들은 서로의 마음을 읽을 수 있었고 살을 비비지 않아도 한 몸과 다를 바 없었던 것이다.

"미안해… 내가 너무 늦게 왔어… 정말 미안해……."

일검향은 그녀의 가슴에 얼굴을 묻으며 뜨거운 속죄의 눈물을 쏟아냈다. 그녀를 지켜주지 못했다는 것이 너무도 괴로웠다. 그에게 있어 그녀는 여자객이 아니라 자신이 보호해 주어야 할 연약한 여인이었던 것이다.

그는 그녀를 조심스럽게 바닥에 눕혀놓고는 명왕전 돌계단을 따라 올라갔다.

이미 천살과 지살자객 여덟 명의 주검을 목격했다. 창비와 교교, 갑영과 을화의 주검이 보이지 않는 것은 일단 다행이었다. 혹시 외부로 출동한 상태에서 침입을 당했다면 그들은 생존해 있을 가능성이 높았다.

그러나 다른 누구보다 확인해야 할 존재는 바로 원주였다.

천예사원의 창건자이며 자객들의 제왕으로 불리는 천사명왕(天死冥王)!

일검향은 원주의 별호가 천사명왕인 줄은 세상 밖으로 출동해서야 알게 되었다.

천사명왕은 전설적인 대자객이었다.

그는 근 50년 전에 등장해 10년 동안 단 한 번도 실패가 없었던 완벽한 자객이었다. 한데 자객으로서 가장 완숙한 경지라 할 수 있는 30대 초반에 자객 생활을 은퇴하여 천하인들에게 숱한 의혹을 남겼다.

그러나 그는 자객 생활을 은퇴했지만 자객의 세계에서 완전히 발을 뺀 것은 아니었다. 사천성 횡단 준령 속에서 자신의 분신이라 할 수 있는 자객들을 키워냈던 것이다.

40여 년에 걸쳐 4기의 수련생들을 통해 수십 명의 빼어난 자객을 배출했으니 그는 단지 척살에만 능한 살인 병기가 아니었다.

그는 끊임없는 자기 성찰을 통해 자객의 도를 터득한 위대한 자객이었다. 하기에 사람의 생명을 뺏는 자객이면서도 생명의 존엄함을 깊이 인식하고 있었다.

그는 자신이 키운 자객들에게 감정의 말살을 강요하지 않았고 인간적인 감성을 지니도록 주지시켰다. 자객이 결코 흉기가 아니며 전문적 직업인임을 강조한 것 또한 그만이 지닌 자객 철학이었던 것이다.

명왕전 입구는 심하게 훼손돼 있어 한바탕 격전이 전개되었음을 대변해 주었다. 검은 대리석 기둥 일부가 허옇게 변색된 것은 혈음마공에 의한 현상이었다.

"……."

일검향은 지그시 이를 깨문 채 내전으로 걸음을 옮겼다. 이미 최악의 상황임을 직감했기에 어떤 광경에도 충격을 받지 않겠노라 스스로 다짐을 했다.

연공실 문도 파괴된 상태였다.

연공실 안으로 들어선 그는 숨이 턱 막혔다. 단단히 작심을 했지만 막상 현실을 직시하자 한순간 정신적인 공황에 빠져들었다.

"원, 원주님!"

그는 원형 석대 앞에 털썩 무릎을 꿇었다.

원주는 마치 좌화한 듯한 모습으로 석대 위에 앉아 있었다. 두 다리는 무릎에서부터 끊겼고 왼팔은 어깨에서부터 베어져 있었다. 얼굴을 가로지른 깊은 혈흔 때문에 한쪽 눈마저 훼손된 상태였다. 게다가 가슴을 꿰뚫은 한 자루 칼이 등까지 비집고 나와 있었다.

너무도 끔찍한 주검 앞에 일검향은 지그시 눈을 감았다.

원주는 그에게 있어 사부이자 정신적인 지주였다. 자객이 결코 살인 병기가 아님을 누차 강조했기에 일검향은 누구 앞에서도 부끄럽지 않을 수 있었다. 원주는 자객이기 이전에 뛰어난 무사이며 현자였던 것이다.

그러나 천하의 누구도 살해할 수 있다는 천사명왕이 이렇듯 비참한 최후를 맞이했으니 이 또한 살업에 대한 대가일 수 있었다.

"원주님……."

간신히 눈을 뜬 일검향이 석대를 올려다보았다.

두 다리와 한팔, 그리고 한쪽 눈까지 잃은 상태에서도 원주의 모습은 크게 변함이 없었다. 분노와 고통도 드러내지 않았고 비통함과 허무함도 느껴지지 않았다. 평소 그들을 대해왔던 무심한 모습 그대로였다.

몸에서 흘러내린 피는 검게 말라붙어 있었다.

일검향은 힘겹게 몸을 일으켰다. 머릿속이 하얗게 변해 자신이 어떻게 처신해야 할지 아무런 생각도 할 수 없었다.

그는 본능적으로 원주의 가슴에 꽂힌 칼을 쥐었다. 가슴에 칼이 꽂힌 상태라면 영혼조차 괴로울 것이기에 뽑아주어야 했다.

"원주님… 얼마나 고통스러우셨습니까?"

그는 원주의 존체가 상하지 않도록 단번에 칼을 뽑았다.

한데 이때였다. 갑자기 등 뒤에서 싸늘한 예기가 엄습해 왔다. 일검향은 그것이 직감적으로 자객의 살법임을 감지할 수 있었다.

워낙 빠른 살법이기에 돌아볼 겨를도 없었다. 그는 손에 쥔 칼을 등 뒤로 돌려 막으며 급히 몸을 회전시켰다.

차아앙!

날카로운 금속성과 함께 예리한 도기가 그의 목을 스치고 지나갔다. 간발의 차이로 목이 떨어지는 위기를 모면한 것이다.

"이 더러운 배신자!"

악을 쓰며 재차 살법을 전개하는 사람은 놀랍게도 을화 천살이었다. 그녀는 핏발을 곤두세우며 일검향을 쪼갤 듯 내려쳤다.

일검향은 상대가 을화임을 알게 되자 마주 살법을 펼치려던 생각을 싹 지웠다. 자신이 왜 공격을 당해야 하는지 몰라도 그녀와 동귀어진의 살법을 전개할 수 없었던 것이다.

쐐애액—!

그녀의 예리한 쾌도는 일검향의 정수리를 향해 내리 꽂혔다. 이 순간 한 자루 검이 수평으로 날아들며 그녀의 쾌도를 막아냈다.

차앙……!

을화의 칼은 일검향의 정수리와 한 치 사이를 두고 정지되었다.

그녀의 쾌도를 막아낸 사람은 갑영이었다.

그의 무심한 표정은 딱딱하게 굳어 있었고 눈빛은 불꽃처럼 강렬했다. 하지만 여전히 냉정함을 잃지 않고 있었다.

그가 을화를 응시하며 가볍게 고개를 젓자 을화는 칼을 거두었다.

"왜 막는 거야, 갑영? 이 새끼가 노인네를 찌른 게 분명한데?"

일검향은 그제야 그녀가 왜 자신을 죽이려 했는지 이해가 되었다. 자신이 원주의 가슴에 꽂힌 칼을 뽑아내는 순간 그녀가 보았다면 충분히 오해할 만했다. 자신이 원주를 찌르고 칼을 뽑는 것처럼 보였을 것이다.

그는 손에 쥔 칼을 바닥으로 던졌다.

"누님, 제가 어떻게 원주님의 존체에 손끝 하나 댈 수 있겠습니까? 저는 원주님을 위해 가슴에 꽂힌 칼을 뽑아드렸을 뿐입니다."

을화는 여전히 그를 경계하는 눈빛이었다.

"네가 살아 있었단 말이냐? 대체… 언제 돌아온 것이냐?"

"죽지 않은 것은 사실이고 저도 방금 귀환했습니다. 끊어진 생사철교 대신 임시 가교를 설치한 사람도 접니다."

"네놈은 나중에 취조하겠다."

을화는 그를 옆으로 밀치고는 석대로 다가섰다.

그녀는 좌사한 원주를 부둥켜안으며 애절하게 통곡했다.

"아버님! 아버님, 으흑흑!"

일검향은 둔기로 뒤통수를 맞은 듯 멍해졌다.

'아버님……?'

그는 홀린 듯한 눈으로 을화를 돌아보았다.

원주를 끌어내린 그녀는 하늘이라도 무너진 듯 목놓아 울부짖었다.

"아버님, 이게 무슨 청천벽력이란 말입니까? 어떻게… 어떻게 이럴 수가 있어요? 으흑흑!"

일검향은 물끄러미 그녀를 바라보았다. 단편적인 기억들이 주마등처럼 그의 뇌를 스치고 지나갔다.

모두가 존경하고 두려워하는 원주에 대해 전혀 거리끼지 않던 을화의 태도, 원주를 서슴없이 노인네로 언급한 무례한 호칭, 천예사원을 주관하는 그녀의 독단적인 지시, 수시로 명왕전을 출입하는 자유로운 행동, 그리고 그녀가 자신에게 부여한 특혜…….

'을화 누님이 원주님의 따님이었을 줄이야!'

그녀가 원주와 각별한 관계가 아닐까 하는 의구심을 품은 것은 사실이지만 그들이 부녀지간이라고는 꿈에도 생각지 못했던 것이다.

그는 비로소 원주가 계도 천살에 대해 남다른 호의를 보인 이유를 절감할 수 있었다.

자객으로 딸을 키워온 원주, 그리고 자객으로서 가정을 꾸린 계도 천살은 남들이 지니지 못한 공통점이 있었다. 자식을 둔 부모의 입장이기에 원주는 계도 천살의 가정이 화목하기를 원했고, 또한 그 가정을 지켜주는 데 많은 공을 들였다.

양소청이 납치되었을 때 원주는 몹시 분노했고 깊이 우려하는 모습을 보였다. 그것은 친손녀를 납치당한 할아버지와 같은 심정이었을 것이다.

다시금 원주의 인간적인 면모를 알게 된 일검향은 가슴이 저려왔다. 딸까지 자객으로 키울 수밖에 없었던 원주의 인간적인 고뇌가 폐부 깊숙이 파고들었다.

이때 묵묵히 서 있던 갑영이 갑자기 을화를 밀치며 원주를 안아 들었다.

그는 원주의 가슴 부위 상처를 손으로 더듬었다. 손끝으로 붉은 피가 한 점 묻어나왔다. 그것은 아직 생명의 기운이 남아 있음을 의미하는 증거였다.

갑영은 격동의 표정으로 을화를 향해 고개를 끄덕여 보였다.

을화는 턱을 덜덜 떨었다.

"사… 살아 계신 거야? 아직 살아 계시다고?"

갑영은 원주를 안아 들고는 급히 연공실을 나갔다. 을화가 뒤를 따르며 들떠 외쳤다.

"아버님, 제발 죽지 마세요! 죽으면 안 돼!"

일검향은 일말의 희망에 정신이 번쩍 들었다.

"아, 원주님이 돌아가시지 않았단 말인가?"

그는 털썩 무릎을 꿇으며 천지신명에게 원주의 회생을 간절하게 기원했다. 자신의 목숨이라도 대신 바치고 싶은 심정이었다.

"그래, 우리는 생존관을 거쳐온 자객들이야. 내가 그토록 심한 부상을 당하고도 회생했듯이 원주님도 한 가닥 숨결만 남아 있다면 분명 회생하실 수 있어!"

철저하게 파괴된 천예사원이지만 원주의 생존은 그 의미가 남달랐다. 원주가 살아난다면 천예사원은 여전히 존립할 수 있고 재건의 희망도 가질 수 있다. 또한 동문들을 살해한 자들에 대한 철저한 보복까지도 가능했다.

"아, 그래! 다훼도 살아 있을 가능성이 있어!"

그는 부푼 가슴을 안고 급히 명왕전을 나섰다. 한데 그가 통로로 들어서기도 전에 누군가 명왕전 앞 지하 광장으로 들어섰다.

창비였다. 그는 다훼를 안아 든 채 눈물을 펑펑 쏟고 있었다.

"창비!"

일검향은 그가 살아 있다는 사실이 너무도 고마웠다. 모두가 죽어버린 절망의 세계에서 조금씩 빛이 보이기 시작한 것이다.

창비는 그를 보자 마치 유령이라도 대한 듯 눈을 부릅떴다.

"검… 검향 형? 정말 형이야?"

"그래, 난 죽지 않았어."

일검향은 그의 얼굴을 두 손으로 감싸 쥐었다.

"이 녀석아, 네가 살아 있어 기쁘구나. 정말 다행이야."

"형, 역시 형이 살아 있었어!"

창비는 웃음 어린 눈물을 쏟다가 자신이 안고 있는 다훼를 내려다보았다.

"하지만 누나가… 다훼 누나가 죽었어, 엉엉……!"

"아직 몰라. 원주님이 생존해 계셔. 다훼도 살아 있을 가능성이 있어."

"저… 정말?"

"내가 살펴볼게."

일검향은 다훼를 안아 들고 조심스럽게 맥을 짚었다.

맥의 기운은 느껴지지 않았다. 호흡은 정지된 상태였고 피부는 바싹 말라 있었다. 치명적인 상처는 등에서부터 가슴까지 꿰뚫은 검상이었다. 상처의 크기로 미루어 얇은 검신의 연검임을 짐작할 수 있었다.

"연검? 교교의 병기가 연검인데…….?"

일검향은 등줄기가 서늘해졌지만 애써 막연한 추측을 부인했다.

'말도 안 돼. 교교가 어떻게 다훼를 해칠 수 있겠어?'

그는 자신의 장삼을 벗어 바닥에 깔고 다훼를 눕혔다.

자객이 여느 사람과 달리 질긴 생명력을 지닌 것은 고도의 수련을 거치는 동안 터득한 생존 능력 덕분이다.

자객들은 공통적으로 귀식대법 외에도 다양한 대법을 터득했기에 유사시 한 가닥 생명지기를 남겨놓는다. 하기에 그 자리에서 절명하지 않는 한 회생할 수 있는 여력을 지닐 수 있는 것이다. 더군다나 다훼는 치명적인 부상을 당하고도 신기하게 출혈이 거의 없어 그 가능성이 아주 높을 수 있었다.

일검향은 여의심결을 운기한 장심을 다훼의 단전 위에 얹었다.

그는 일성의 진기를 주입하면서 그녀의 경락 속으로 진기를 흘려 넣었다.

다훼의 몸 상태로 미루어 한 가닥 생명지기가 남아 있다 해도 그 기운은 극히 미약해 가벼운 충격만으로도 흩어질 수 있다. 그럴 경우 회생은 불가능하기에 그는 조심스러울 수밖에 없었다.

경락을 타고 흩어진 그의 진기가 그녀의 체내에서 희미하게 충돌을 일으켰다.

"아……!"

일검향의 입가에 감격의 미소가 피어올랐다.

그는 창비에게 나직이 일러주었다.

"창비, 아직 희망이 있어. 한 가닥 생명지기가 남아 있다."

창비의 표정이 대낮처럼 밝아졌다.

"저, 정말이야? 누나가 아직 살아 있다고?"

"가사 상태다. 회생은 장담할 수 없지만 아직 완전히 죽지 않은 것은 확실해."

"형, 살릴 수 있지? 반드시 살려야 돼."

창비가 다훼를 포옹하려 하자 일검향이 얼른 만류했다.

"함부로 손대면 안 돼. 극히 위험한 상황이야."

일검향은 다훼를 안아 들고는 자신의 방으로 향했다.

"창비, 대체 어찌 된 일이냐? 은천마국 놈들이 어떻게 천예사원을 침공할 수 있었던 거냐?"

"내가 묻고 싶은 말이야. 형은 언제 귀환한 거였어? 생사철교는 왜 끊어져 있었던 거야?"

"먼저 말해봐라. 그래야 정리가 될 것 같아. 지금은 나도 너무 혼란스러워."

자신의 방으로 들어선 그는 침상 위에 다훼를 눕혔다.

회생을 위해 어떤 처방을 내려야 했지만 두려움 때문에 진기조차 함부로 주입시켜 줄 수가 없었다. 약간의 침술을 알고 있었지만 그 또한 함부로 시술할 수가 없었다. 갑영과 을화에게 도움을 청해야 했지만 지금은 원주의 회생이 급선무이기에 그들 또한 여력이 없을 것이다. 일단은 외부의 충격이 없도록 조치하는 것이 그가 당장에 할 수 있는 전부였다.

그는 다훼의 근육이 마비되지 않게 경락을 따라 가볍게 추궁과혈을 해주었다. 온기 한 점 느낄 수 없기에 시신을 만지고 있는 기분이었지만 그는 그녀의 생존을 강하게 믿었다.

창비가 불안한 표정으로 다훼를 내려다보며 얘기를 시작했다.

"지난번 척살 때 형이 호법들의 검에 찔린 모습을 보고 난 형이 죽은 줄로만 알았어. 내 힘으로는 도저히 감당이 안 되어서 춘추봉으로 돌아올 수밖에 없었지. 원주님은 반드시 형의 생사를 확인하고 혹시 죽었다면 시신이라도 찾아와야 한다며 나와 대천살, 이천살을 출동시켰어."

"……."

"다훼 누나는 이번 임무가 계략일 가능성을 들고 나섰고, 원주님은 은룡왕자 척살에 나선 금살 일행에게도 귀환 조치를 취하셨어."

"다훼의 판단이 정확했다. 이번 척살은 함정이었어. 당시의 표적은 의천맹의 군사였어."

"맞아. 을화 누님이 여러 곳에서 정보를 수집해 당시 표적이 의천맹

의 군사임을 확인했지. 하지만 의천맹 역시 그 소재가 은밀해 쉽게 접
근할 수가 없었어. 어렵게 의천맹의 순찰사령과 접선해 형의 생사를
물어보았지만 아무런 확답도 받지 못했어. 그는 천예사원에 대해 어떤
보복 조치도 없을 것이라 했고, 형에 대해서는 수뇌부의 지시를 받은
후 결과를 말해주겠다고 하더군.”

창비는 침상가에 걸터앉아 다훼의 발을 주물러 주었다.

“결국 우리는 귀환할 수밖에 없었지. 한데 춘추봉에 당도해 보니 생
사철교가 끊겨 있었고 임시로 쇠사슬만 걸려 있었지 뭐야? 을화 누님
은 침공을 당해 금살 형님들이 생사철교를 끊었다고 판단했어. 임시
가교는 침입자들이 설치했다고 생각했던 거지.”

일검향은 묵묵히 고개를 끄덕였다.

그제야 상황이 조금 정리되었다. 갑영과 을화, 창비는 자신을 구출
하기 위해 출동한 상황이라 역시 천예사원의 침공에 대해서는 전혀 알
지 못했다. 을화가 순간적으로 자신을 오해한 것도 충분히 이해될 수
있었다.

“이번 침공은 너와 내가 귀환하기 수일 전에 벌어진 게 확실해. 살
해된 자객들은 춘추봉에 남아 있다가 변을 당한 거지.”

“한데 왜 금살 큰형님들의 시신이 보이지 않는 거지? 혹시 어딘가에
살아 계신 게 아닐까?”

“그럴 가능성은 거의 없어. 원주님이 위중한 부상을 당했다면 금살
형님들 역시 생사철교를 지키다가 사망했을 거야. 단애 아래로 추락했
다고 봐야 돼.”

창비가 침울한 표정으로 물었다.

“형, 이제 우리 천예사원은 어떻게 되는 거지? 이대로 끝나는 건가?”

일검향은 안색을 굳히며 그를 꾸짖었다.

"대체 무슨 소리를 하는 거냐? 다수의 동문들이 죽었지만 아직 원주님이 생존해 계셔. 그리고 출동한 두 분의 금살 형님과 일도살을 비롯한 자객들은 무사할 거다."

그는 몸을 일으키며 주먹을 불끈 쥐었다.

"천예사원은 건재해. 그리고 우리가 당한 것 이상으로 갚아줄 것이다."

"하지만 원주님께서 돌아가시기라도 하면……."

"……."

일검향은 두 다리와 팔, 눈까지 훼손된 원주를 떠올리자 가슴이 서늘해졌다. 위중한 부상과 과다한 출혈을 감안하면 요행히 회생한다 해도 그 수명은 장담할 수 없는 상황이었다.

일검향은 창비의 어깨를 다독여 주었다.

"원주님은 전설의 대자객이셔. 반드시 완쾌되실 거야."

그는 문을 열고 방을 나섰다.

"난 동문들의 시신을 옮긴 후 생사철교 구간을 지키고 있을 테니 네가 다휘를 보살피고 있어. 약고에 있는 서적이라도 뒤져서 회생 처방도 알아보고."

"알았어, 형."

창비는 어느 정도 안정을 찾은 듯 밝은 미소를 지어 보였다.

일검향은 무심 천살을 비롯해 두 명의 천살과 지살들의 시신을 한빙담 옆으로 옮겨놓았다.

자객은 죽으면 화장을 하고 재는 허공 중에 뿌려진다. 유령처럼 살아온 그들이기에 죽어서도 바람 속에 흩어질 뿐이다. 일곱 명의 동문들을 바라보는 일검향의 심정은 착잡하기만 했다.

아무리 죽음에 무관심한 자객이라도 인간의 심장을 지녔기에 동문들의 죽음 앞에서는 괴로울 수밖에 없었다.

그는 잠시 애도를 하고는 돌아섰다. 상급 천살들이 있기에 임의로 그들을 화장할 수는 없는 일이었다. 그들의 장례는 원주가 회생한 후 치러질 것이다.

철그렁철그렁……!

한 가닥 쇠사슬이 운무 속에 위태롭게 걸려 있었다. 일검향이 임시로 설치해 놓은 가교였다.

일검향은 바위에 걸터앉은 채 짙은 운무를 직시하고 있었다.

연속된 충격과 혼란으로 뒤엉켰던 머릿속이 다소 정리되면서 이제는 어느 정도 상황의 전모를 파악할 수 있었다.

춘추봉의 참변은 은천마국의 계획된 음모였다.

은천마국은 이미 무림천하의 절반을 지배하는 거대한 조직이다. 그러나 실체에 대해 알려진 것은 거의 없다. 국주(國主)가 누구이며 총단이 어디인지, 그리고 불과 10여 년 세월만에 어떻게 그 거대한 조직이 창건될 수 있었는지 모든 것이 의혹이다.

그 거대 조직에 비해 천예사원은 그저 저들의 지배를 받지 않는 작은 집단에 불과하다. 한데 최근 들어 일련의 척살을 통해 은천마국의 중간 수뇌부들이 연쇄적으로 죽었으니 저들로서도 좌시할 수는 없었을 것이다.

아니, 수련생 23호처럼 첩자를 파견했을 정도라면 오래 전부터 천예사원을 노리고 있었다고 봐야 옳다.

저들은 계략을 펼쳐 의천맹과 충돌하게 만들고 은룡왕자에 대한 척살을 조작해 금살자객을 출동시켜 경계를 약화시켰다. 춘추봉 내에 모든 자객들이 머물러 있었다면 저들은 생사철교를 건너지도 못했을 테니까.

일검향은 희뿌연 운무를 응시하면서 잠시 가슴 저린 상념 속으로 빠져들었다.

감소채…….

그녀는 그에게 있어 너무도 운명적인 여인이었다.

8년 전에는 보잘것없는 소년의 몸으로 그녀를 살리고자 하룻밤 동안 많은 고심을 했다. 한데 8년의 세월이 흘러 그녀는 표적이 되었고 자신은 자객이 되어 극적인 만남이 이루어졌다.

그녀의 심장을 찌르려 했던 당시의 충격은 오래도록 잊지 못할 것이다. 물론 그가 내상을 마다 않고 살식을 중단해 그녀가 죽지 않을 수 있었지만 그녀를 죽이려 했던 상황은 생각만 해도 끔찍했다.

그녀가 죽지 않았다는 것은 너무도 다행스런 일이었다.

의식을 찾은 후, 그녀의 보석 같은 눈망울을 대하는 순간 그는 부끄러움 때문에 눈길을 돌려야 했다. 아무리 자객의 신분이라지만 그녀를 자신의 손으로 죽이려 했다는 것을 스스로 용서할 수 없었다.

그러나 그녀는 그를 용서했다. 분노하지도 않았고 멸시하지도 않았으며 오히려 그녀를 죽이려 한 자신을 포용하려 했다.

그녀는 하루의 대부분을 그의 상처를 치료하는 데 소진했다. 그가 네 자루 검에 찔리는 중상을 당하고도 이렇듯 회복될 수 있었던 것은 그녀의 뛰어난 의술과 지극한 정성 덕분이었다.

그를 위해 자신의 피까지 선사했던 여인…….

그녀의 피가 자신의 심장을 적셨기에 이렇듯 가슴 저린 그리움에 젖어 있었는지도 모른다.

'스무 날이 아니라 20년 후에라도 돌아오라… 자객이 아닌 태사린의 신분이라면 언제든 반갑게 맞이하겠다……'

그는 마지막으로 감소채의 우아한 영상을 떠올리고는 의식적으로 기억 속에서 지웠다.

'감 소저, 당신의 얼굴을 다시 보았으니 이제는 잊겠소. 어린 태사린을 기억하고 있었던 당신의 고마운 마음만 간직하겠소. 우리가 다시 만날 일은 없을 것이오.'

그의 입에서 아쉬움이 깃든 한숨이 절로 흘러나왔다.

문득 그는 미약한 움직임을 감지하며 허리춤의 검을 쥐었다. 하지만 접근자의 신분을 대번에 간파한 그는 경각심을 해소하며 검을 쥔 손을 풀었다.

을화였다. 얼마나 울었는지 그녀의 눈두덩이가 퉁퉁 부어 있었다.

"너… 살아 있었구나."

일검향은 정중히 예를 올렸다.

"심려를 끼쳐 드려 송구합니다. 임무에 실패하여 천예사원의 명예를 실추시켰으니 어떤 처벌도 달게 받겠습니다."

"그래, 이 나쁜 자식아. 넌 벌을 받아야 돼."

을화는 그를 와락 끌어안으며 볼을 비볐다.

"창비한테 네가 죽었다는 말을 듣고 얼마나 놀랐는 줄 알아? 그래도 믿지 않았는데… 정말 살아 있었어."

"……"

"참, 다치지는 않았냐? 너한테 칼을 휘두를 때는 내가 제정신이 아니었어. 생사철교가 끊어진 데다 동문들이 무더기로 죽었잖아? 그랬으니 네가 노인네 가슴에서 칼을 뽑는 광경을 보는 순간 내가 돌아버리지 않았겠어? 만일 갑영이 적시에 내 칼을 막지 않았다면 널 죽여 버렸을 거야."

"누님의 칼에 죽는다면 후회는 없습니다."

"새끼… 말하는 게 항상 예뻐."

을화는 눈물 젖은 웃음을 지어 보이며 그의 귀를 아프게 쥐었다.

"창비한테 얘기 들었어. 다훼가 회생 가능성이 있다면서? 정말 다행이야."

"원주님은……."

"아, 노인네 말이야?"

을화는 소매로 눈가를 훔치며 애써 슬픔을 감추었다.

"사람은 누구나 죽잖아? 고희를 넘긴 연세이니 세상을 하직한다 해도 아쉬움은 없을 거야."

"그렇게 위중하십니까?"

"다행히 혼수상태는 벗어났어. 그 바람에 갑영의 진원지기가 크게 손상됐지. 보약이라도 지어주어야겠어."

을화는 다정하게 일검향의 어깨에 팔을 두르며 쇠사슬을 응시했다.

"뭐 때문에 경계를 서는 거냐? 어떤 새끼든 쳐들어오라고 해. 내가 토막토막 썰어버릴 테니까."

일검향은 그녀의 팔을 풀며 물었다.

"한데 사실입니까?"

"뭐가?"

"정말 원주님의 친따님이십니까?"

을화는 대수롭지 않은 표정으로 응수했다.

"맞아. 친딸이야. 눈치없게도 그걸 여태 몰랐단 말이냐?"

"상상도 못한 일입니다."

"하기는, 부녀 자객은 세상에 드문 경우지. 자식을 자객으로 키울 부모가 몇이나 있겠어?"

을화는 씩씩하게 걸음을 옮겼다.

"하지만 내가 선택한 길이었어. 노인네는 강하게 반대했지만 내가 자결을 시도하자 결국은 받아주더군. 지금 생각해도 내 결정은 옳았어. 덕분에 천예사원에서 함께 지낼 수 있었으니까."

"……."

"어서 따라와. 노인네가 널 보고 싶어 해."

일검향은 의외로운 듯 눈을 커다랗게 떴다.

"저를… 말입니까?"

"그래, 의식을 회복하면서 너의 생사부터 묻더군. 딸년은 아예 뒷전이야. 네가 살아 있고 무사히 귀환했다는 말에 아주 다행스럽다는 표정을 지었어."

"……."

을화는 그를 향해 돌아서며 다소 질투 어린 표정을 지었다.

"검향, 너 혹시 노인네의 숨겨놓은 자식 아니야?"

第22章
자객은 단지 사라질 뿐이다

원주는 등 뒤에 베개를 받치고 침상에 기대앉아 있었다. 눈의 상처 때문에 얼굴 한쪽은 붕대가 감겨져 있었다. 안색은 지극히 창백해 마치 관 속에서 갓 일어선 시신처럼 보였다.

반쯤 뜬 눈은 잿빛으로 평소의 빛나는 정광은 찾아볼 수가 없었다. 팔다리가 잘리고 눈까지 베어진 상태로 방치되었다가 이렇듯 회생한 것은 기적에 가까운 일이었다.

그러나 모두들 그의 길지 않은 수명을 예감하고 있었다. 원주는 꺼지기 전의 촛불이 되살아나듯 회광반조의 현상에 힘입어 겨우 의식을 회복한 상태였던 것이다.

침상 머리맡에는 갑영이 서 있었다.

원주를 회생시키기 위해 진원지기를 아낌없이 쏟아 붓는 바람에 그도 거의 탈진한 모습이었다. 희로애락에 대해 극히 무심한 그였지만 지금은 가슴 저린 비감에 젖어 있었다.

을화와 함께 들어선 일검향은 조용히 무릎을 꿇으며 예를 올렸다.

"천예사원의 명예를 더럽힌 저를 제명시켜 주십시오."

원주는 아주 천천히 고개를 돌렸다. 그는 한참 동안 일검향을 바라보았다. 의식은 되찾았지만 사물을 알아보는 지각 능력이 떨어진 듯 일검향을 알아보기까지는 제법 시간이 걸렸다.

"검… 향……."

불완전한 발음이었지만 따스함이 느껴지는 음성이었다.

"예, 원주님. 천살자객 일검향입니다."

원주는 잠시 그를 바라보다가 편안하게 머리를 기댔다.

"상황을… 듣고 싶다."

"예, 원주님."

일검향은 다소 장황하지만 어렸을 적 감소채를 만난 상황부터 거슬러 올라가 이번 임무가 실패할 수밖에 없음을 상세하게 보고했다. 원주는 정신이 혼미한지 간혹 이마를 짚었지만 끝까지 의식을 잃지 않고 일검향의 보고를 들었다.

상황 보고를 받은 원주는 한쪽 눈을 지그시 감은 채 가볍게 고개를 끄덕였다. 일검향의 어쩔 수 없는 사정을 수긍하는 모습이었다.

일검향은 조심스럽게 갑영을 올려다보았다.

갑영은 별다른 반응을 보이지 않았지만 임무를 수행하지 못한 그를 크게 꾸짖는 기운은 없어 보였다. 확실치는 않지만 웃는 듯한 인상으로 미루어 그를 이해하는 듯 보였다.

반면 을화는 얼굴까지 붉히며 그를 몰아붙였다.

"뭐야? 네 실력이 부족해서가 아니라 감정 때문에 표적을 맞히지 못했다고? 너 자객 맞아? 단지 팔 년 전 한 번 만난 계집일 뿐인데 왜 못 죽인단 말이냐? 설사 잠자리를 같이한 계집이라도 죽여야 될 상황이라면 죽였어야 했어!"

"……."

"새끼, 정말 실망이야. 난 창비 녀석의 말만 듣고 네가 엄청난 고수한테 당한 줄 알았다고! 이제 보니 제명을 당해야 마땅한 놈이잖아!"

을화는 자세를 낮추어 그와 눈높이를 맞추었다.

"얼굴을 면사로 가렸다는데 정말 눈만 보고 그 계집인 줄 알았어?"

"그렇습니다."

"흥, 네 첫사랑이냐? 하룻밤 사이에 네 영혼마저 지배할 만큼 매력적인 계집이었어?"

"……."

"왜 돌아왔어? 차라리 그 계집의 부탁대로 치마폭에 싸여 살 것이지."

매섭게 쏘아붙인 그녀는 원주에게 판결을 요구했다.

"원주님, 이런 놈은 살려둘 가치가 없습니다. 자객이 되고 싶다고 눈물 질질 짜면서 애원하기에 데려왔는데 모두 제 잘못이에요. 애초부터 자객이 될 놈이 아니었어요."

"……."

"황포 부락에서 수칙을 어기고 나선 죄와 독단으로 수월루에 뛰어들어 마음대로 척살을 한 죄까지 합쳐 중벌을 내려야 합니다. 내 손으로 죽이겠어요."

원주는 스르르 눈을 뜨며 힘겹게 입을 열었다.

"검향은… 진정한 자객이다."

"원주님?"

"죽여야 할 놈은 일도살… 도살 그놈이다."

"예에?"

을화가 바싹 다가서며 원주의 손을 쥐었다.

"지금 뭐라고 말씀하셨어요? 일도살… 그놈이 배신을 했단 말입니까?"

"놈이 은천마국의 진정한 첩자… 금살을 해치고… 마국의 수뇌들을 이끌고 왔다… 교교… 교교까지 배신을……."

원주는 울컥 피를 쏟으며 옆으로 쓰러졌다.

"아버님, 아버님!"

을화가 원주를 부축하려 하자 갑영이 급히 밀치며 대신 부축해 눕혔다. 원주를 진맥한 그는 일검향에게 조용히 손을 내저었다. 나가라는 지시였다.

명왕전을 나선 일검향은 새로운 충격에 머리가 터질 것만 같았다. 분노보다는 극도의 자책 때문에 심장이 세차게 요동쳤다.

"일도살! 놈이… 놈이 마국의 첩자였단 말인가?"

돌계단에 주저앉은 그는 자신의 머리를 쥐어뜯었다.

"바보! 이 멍청한 놈! 왜 보고를 하지 않았단 말이냐? 자객관에서 보였던 놈의 혈안은 착시가 아니었어! 분명 혈음마공에 의한 현상이었어. 놈은 23호와 더불어 또 다른 첩자였다. 놈이 진정한 마국의 첩자였어!"

그러했다. 자객관을 통과하면서 마주친 일도살은 분명 결정적인 실수를 보였다.

그는 일도살의 이글거리는 핏빛 눈을 보았고, 그것은 당연히 보고가 되었어야 했을 중대한 사안이었다. 만에 하나 그의 착각으로 밝혀져 동문들의 조소를 사는 일이 있었더라도 일도살에 대한 조사가 엄격하게 이루어졌다면 오늘날의 참극은 발생하지 않았을 것이다.

심장은 뜨거워도 피가 차가워야 한다!

이것이 냉정함을 잃지 않아야 하는 자객의 철칙이었지만 일검향은 자책과 분노로 피가 부글부글 끓었다.

'일도살!'

그는 입술이 터져라 깨물었다.

어렸을 적부터 보아왔던 일도살의 모습과 행동이 주마등처럼 스치고 지나갔다. 최고의 자객 단체라는 천예사원에 입문해 7년 동안 완벽하게 모든 자객들을 속여온 그의 피는 진정 차가웠다.

일검향은 비로소 23호가 왜 갑작스럽게 마각을 드러내고 죽었는지 분명하게 이해가 되었다.

당시 일도살은 정체가 탄로날 결정적 실수를 범했을 것이다. 그것을 감추기 위해 23호는 목격자인 42호를 죽여야 했고 자신의 목숨까지 던져 일도살의 신분을 지키려 했을 것이다.

그것이 첫 번째 실수였다면 두 번째 실수는 자객관에서 자신에게 보인 혈안이었다.

혈음마공을 수련한 자의 독특한 현상인 혈안!

일검향은 그런 결정적인 실수를 목격했지만 그만 간과하고 말았던 것이다.

이때 명왕전을 나선 을화가 그 옆에 털썩 주저앉았다.

"니미, 이게 말이나 될 법한 소리야? 일도살, 그 새끼가 첩자였다니!
그 새끼가 내 아버님 몸에 칼을 꽂았어!"

그녀는 연신 발작적으로 외치며 이를 갈았다.

일검향은 그녀 앞에 무릎을 꿇었다.

"누님, 저를 죽여주십시오. 모두 저의 불찰입니다."

"임마, 너 혼자 자책할 문제가 아니야. 우리 모두가 놈에게 당한 거
였어."

"아닙니다. 실은……."

일검향은 자객관에서 벌어졌던 사건을 소상하게 털어놓았다.

20호의 의문스런 죽음과 자신을 기습한 일도살, 그 순간 보였던 일
도살의 혈안.

을화는 기가 막힌 듯 한동안 그를 응시하다가 한숨을 내쉬었다.

"됐다. 단지 혈안을 보고 어떻게 혈음마공을 수련한 놈이라 확신할
수 있겠냐? 네가 착시라고 생각한 것은 당연해."

"아닙니다, 누님. 제가 일도살을 모함했다는 욕을 먹는 한이 있더라
도 반드시 보고를 올렸어야 할 중대한 사안이었습니다."

"그만 자책해!"

을화는 한 손을 뻗어 그의 어깨를 쥐었다.

"23호가 마국의 첩자임이 밝혀졌을 때 일도살 그놈도 조사를 받았
어. 한데 원주님은 아무런 징후도 발견하지 못했지. 그런 상황이기에
네가 놈의 혈안을 보았다고 해도 놈이 마국에서 파견한 첩자임을 입증
할 방법이 없었을 거다."

"……."

"검향, 놈들의 악독함에 우리가 패한 거지 네 잘못이 아니야. 지금

한가하게 네 탓 내 탓 할 상황이냐? 복수를 해야 되잖아?"

"누님……."

"난 반드시 복수할 거야. 일도살 그놈을 절대 그냥 두지 않겠어. 죽어 귀신이 되는 한이 있더라도 반드시 놈의 숨통을 끊어놓을 것이다!"

복수!

일검향은 혼란스런 악몽에서 깨어난 듯 정신이 맑아졌다.

자책과 후회는 해결책이 될 수 없었다. 을화의 말대로 이런 비극을 저지른 원흉을 찾아 죽이는 것이 가장 현실적인 해결책이었다.

'복수! 그래, 나의 과오를 씻기 위해서는 일도살을 내 손으로 죽여야 한다.'

겨우 냉정을 되찾은 그는 을화의 손을 굳게 쥐었다.

"고맙습니다, 누님. 우매한 저를 깨우쳐 주셨습니다."

"녀석, 이제야 본래의 너로 돌아왔구나."

그녀는 몸을 일으키며 그를 끌어당겼다.

"가자. 다훼를 회생시켜야 보다 정확한 상황을 알 것 같아. 노인네한테는 기대하기 힘들어."

다훼는 여전히 가사 상태였다. 창비가 반나절 이상 추궁과혈을 해주었지만 딱딱한 근육은 풀어지지 않았다. 호흡도 없고 맥이 잡히지 않았으며 땀구멍조차 닫혀 있었다.

한참 동안 다훼를 진맥한 을화가 미간을 찌푸렸다.

"정말 살아 있는 거야? 내 진맥으로는 도저히 생명의 기운이 감지되지 않는데?"

창비의 안색이 해쓱해졌다.

“누님, 그게 무슨 말입니까? 다훼 누나가 죽었다는 겁니까?”

“모르겠어. 난 확실한 판단이 서지 않아.”

을화는 일검향에게 시선을 돌리며 미심쩍은 표정으로 물었다.

“대체 무슨 근거로 다훼가 살아 있다는 거냐?”

“경락에서 기의 흐름이 희미하게 느껴졌습니다. 그것은 아직 체내에 생명지기가 남아 있다는 것을 의미합니다. 다훼는 분명 죽지 않았습니다.”

“흐음, 귀식대법도 아니고 대체 무슨 수법이지? 자객 36관의 수련 과정에는 없는 생존술이야.”

일검향은 죽은 듯이 잠들어 있는 다훼를 바라보다가 눈을 번쩍 떴다.

“다훼의 거처는 서고입니다. 수만 권의 책자와 정보를 분석하고 목록을 작성하는 것이 다훼의 취미이자 직무였습니다. 그 와중에 기이한 대법을 수련한 것 같습니다.”

을화는 타당성이 있다는 듯 힘있게 고개를 끄덕였다.

“맞는 얘기야. 검향, 네가 또렷한 것을 보니 확실하게 정신을 차렸구나. 이 한심한 새끼야.”

그녀는 평소처럼 쏘아붙이고는 창비의 어깨에 손을 얹었다.

“뭐 좀 먹었나?”

“전혀요. 물조차 넘어가지 않을 것 같아요. 전 괜찮으니 뭐라도 드십시오.”

을화는 사납게 눈을 부라렸다.

“임마, 내가 널 위해 음식 만들어줄 신분이냐? 슬픈 것은 슬픈 것이고 배고픈 것은 배고픈 거야. 일단 뭐라도 좀 먹어야겠어. 술과 안주를 서고로 가져 와."

　처방전을 찾아내는 일은 일검향의 몫이었다. 그가 서고를 뒤져 의서를 찾는 동안 을화는 책을 몇 권 들척이다가 창비가 가져온 술만 퍼마셨다. 워낙 강한 성격과 낙천적인 사고를 지닌 그녀였지만 몹시 울적한 듯 연신 욕설을 퍼부었다.

　"도살, 이 더러운 새끼! 확실히 의심스러운 면이 많았어. 하기는 마국 놈들이 가장 자객으로 성장하기 적합한 놈을 골랐을 테니 당연한 일이겠지만. 한데 교교 그년까지 배신을 해? 추악한 연놈들! 반드시 너희를 찢어 죽이겠다!"

　일검향은 서가 사이에 휘장을 둘러놓아 만든 다훼의 침소로 들어섰다. 다훼의 침소 삼면은 벽 대신 서가로 둘러져 있어 누운 상태에서도 얼마든지 책을 골라 뽑을 수 있도록 배려되었다. 다훼의 깔끔한 성격답게 서적은 일목요연하게 정리돼 있었고 각 항목별로 분류돼 있어 원하는 책을 찾아내기는 어렵지 않았다.

　다훼는 역사와 의술에 조예가 깊어 침소 주변은 대부분 역대 사서와 약학에 관한 서적으로 가득했다.

　일검향은 수백 권의 장서를 앞에 놓고 고민이 되었다.

　'다훼가 가사 상태에 빠져 있는 것을 어떻게 보아야 할까? 생존에 관한 비법이라면 약학과는 무관해. 하지만 어떤 대법인지 이름도 모르니 정말 난감하군. 서고의 방대한 책자를 모두 뒤질 수도 없고.'

　천예사원 내에서 의술에 가장 조예가 깊은 사람은 원주와 다훼였다. 한데 두 사람 모두 치명적인 부상으로 의식을 잃고 있으니 달리 조언을 구할 사람이 없었다. 갑영을 찾아가고 싶어도 원주의 회생에 전력을 기울이고 있기에 감히 엄두가 나지 않았다.

그는 분류된 항목을 따라 서가를 살피다가 문득 대나무 갈피를 꽂아 놓은 책을 보게 되었다.

무심코 책을 뽑아 든 그는 제목을 살펴보았다.

"현사의궤(玄邪醫軌)……? 이건 사도의 비술을 기록해 놓은 책이잖아? 다훼답지 않게 왜 이런 책을 보고 있었던 것일까?"

몇 장을 검토해 보니 사도의 술책과 교묘한 살인 수법이 상세하게 기술돼 있었다. 이어 중간 부분에 상대를 속이고 목숨을 구하는 생존 수법 몇 가지가 적혀 있었다.

"아, 찾아낸 것 같군."

침소를 나선 그는 을화 앞에 책을 내려놓았다.

"누님, 이 책을 보신 적이 있습니까?"

"뭐야, 현사의궤?"

을화는 몇 장을 넘겨보다가 고개를 갸웃거렸다.

"가만, 직접 보지는 않았지만 노인네한테 얘기를 들은 기억이 있어. 명왕전에 소장되어 있어야 할 책인데 어떻게 다훼가 갖고 있었던 거지?"

"다훼에게 필요했기에 원주님이 하사한 것이겠지요."

"그럴 수도 있겠군."

을화는 일검향에게 책을 건넸다.

"네가 검토해 봐. 난 지금 울화가 치밀어 제정신이 아니다. 도살 그 새끼를 어떻게 죽여야 할지 연구하는 것만으로도 머리가 터질 지경이야."

"알겠습니다."

일검향은 자리에 앉아 현사의궤의 생존 수법을 면밀하게 검토해 보았다.

그는 수련생 시절 수십 가지 생존술을 터득했기에 웬만한 수법은 모두 알고 있었다. 한데 현사의궤에는 그가 전혀 몰랐던 세 가지 수법이 기재돼 있었다.

세상의 모든 무공은 자연 현상과 만물의 이치를 토대로 창안되었다. 널리 알려진 귀식대법은 거북의 호흡법을 참조하였고, 사면대법(蛇眠大法)은 뱀의 겨울잠을 응용해 창안된 수법이다. 그 외에도 굼벵이처럼 장기간 땅속에서 생존할 수 있는 기술이 지둔술로 변형되기도 했다.

현사의궤에 기재된 생존 수법 중 하나인 잠명활사대법(潛冥活死大法)이 창안된 내력은 상당히 기이했다.

〈…타림분지의 사막은 지극히 척박해 한 해 동안 비 한 방울 내리지 않을 때도 있다. 한데 한번 폭우가 쏟아지면 습지가 형성되고 불과 수일 만에 습지 내에서 물고기와 거북이 종류의 생물들이 나타난다. 참으로 신기한 일이 아닐 수 없다. 하여 습지가 마른 후 땅을 파보았더니 생물들이 죽은 듯 잠들어 있었다. 아무리 살펴보아도 생존의 징후는 찾아볼 수 없었다.

노부는 그것들을 가져다 우물 속에 넣어 보았다. 그러자 잠시 후 죽은 생물들이 살아나 활동하기 시작했다. 성장 속도와 번식력은 놀라울 정도였다. 그것들을 다시 마른 습지로 옮겨놓자 땅속으로 파고들어 예전처럼 가사 상태에 빠져들었다.

노부는 그 생물들을 연구한 끝에 그것들이 기이한 호흡법으로 수년간 생존할 수 있음을 알게 되었다. 노부는 그 호흡법을 창안해 잠명활사대법으로 명명하였다.

그러나 노부 역시 잠명활사대법을 한 번도 시전해 본 적이 없다. 영원히 깨어나지 못할 수도 있기 때문이다.〉

현사의궤의 저자는 현사괴의(玄邪怪醫)였다. 세상에 널리 알려진 존재가 아니었기에 일검향도 그런 사람이 있는 줄은 처음 알았다.

"잠명활사대법! 맞아, 다훼는 교교의 연검에 당하기 직전 그 대법을 펼친 게 분명해. 물론 연검이 심장을 관통했다면 즉사했겠지만 다행히 심장을 비껴 나갔기에 아직 생존해 있는 거다."

그는 다시 현사의궤로 시선을 돌렸다.

현사괴의는 혹시 가사 상태에서 깨어나지 못할 경우 소생시키는 침술법에 대해 상세하게 기술해 놓았다. 하지만 마지막 대목이 마음에 걸렸다.

〈…사람에게 직접 시술한 적이 없어 회생을 장담할 수 없다. 자칫 불구자가 될 수도 있으니 삼가 주의를 요한다.〉

일검향은 잠시 고민을 하다가 을화에게 청했다.

"다행히 회생 처방을 찾아냈지만 고도의 침술이 요구됩니다. 누님께서 시술해 주십시오."

"임마, 침술은 네가 더 뛰어나잖아?"

"아주 위험한 침술이기에 옷을 모두 벗기고 정확하게 경혈을 찾아 시침을 해야 합니다. 제가 시술하기에는 조금 불편합니다."

을화는 안주를 우물거리며 심드렁하게 응수했다.

"야, 너희들은 어렸을 적부터 서로의 은밀한 부위까지 샅샅이 보면서 살아온 사이야. 한데 뭐가 문제야? 더군다나 다훼의 치료를 위한 일인데?"

"그래도 이제는 성인이 아닙니까? 사람으로서의 도리는 지켜야 합니다."

"검향, 혹시 나한테 시침할 일이 생기면 전혀 주저하지 마. 마음껏 주물러도 좋아. 살려내기만 하면 돼."

"누님은 여전하시군요."

일검향은 도저히 얘기가 통하지 않자 현사의궤를 안고 자리에서 일어섰다.

서고를 나선 그는 통로를 따라 자신이 거처로 향했다. 일순 통로 저편에서 누군가의 진입이 감지되었다.

'하나, 둘! 모두 두 명이군.'

일검향은 경각심을 높이며 통로 벽에 몸을 바싹 붙였다.

과거였다면 동문 외에 천예사원 내로 진입할 수 있는 사람이 없기에 경계할 일이 전혀 없었지만, 지금은 침공을 당한 상태였기에 임전 태세를 갖추어야 했다.

진입로로 들어서던 두 사람 역시 일검향의 존재를 간파한 듯 급히 은신술을 펼쳐 벽으로 붙어 섰다.

'자객 은신술? 그렇다면 동문이야.'

일검향은 반가운 심정에 젖어 외쳤다.

"난 일검향입니다! 누구십니까?"

그러자 은신해 있던 두 사람이 급히 통로를 따라 달려왔다. 놀랍게도 계도 천살과 묵궁이었다.

계도는 일검향의 손을 덥석 쥐며 다급히 물었다.

"검향, 이게 대체 어찌 된 일인가? 생사철교가 왜 끊어져 있는 것인가?"

"다행히 형님은 무사하셨군요."

"원주님께서 묵궁을 보내 위급 상황임을 알려주셨네. 그래서 아내와 소청을 친척집에 데려다 주고 막 당도했네."

"그러셨군요."

일검향은 간략하나마 천예사원의 참극에 대해 얘기해 주었다.

계도와 묵궁은 원주의 위중한 부상 소식에 경악하고 말았다. 불가침의 존재로 알려진 원주였기에 설사 침공을 당했다 해도 원주가 부상을 당하리라고는 누구도 생각지 못한 것이다.

"원주님은… 회생하시겠지? 그렇지 않은가, 검향?"

원주를 친아버지처럼 여기는 계도는 눈시울을 붉혔다.

일검향은 그와 원주와의 친밀한 관계를 잘 알기에 부드럽게 위로했다.

"계도 형님을 대하면 원주님도 한결 기력이 회복되실 것입니다. 어서 명왕전으로 가보십시오."

"그래, 어서 뵈어야지."

계도는 통로를 따라 황급히 달려갔다.

묵궁은 감격한 표정으로 정중히 예를 올렸다.

"검향 천살, 무사하셨군요. 정말 다행입니다."

"그래, 묵궁. 살아 있어주어 정말 고맙다."

일검향은 그를 데리고 자신의 처소로 향했다.

천살자객들이 대거 죽은 상황이라 이제는 그가 지살자객들을 관리해야 할 상황이었다.

그는 창비와 묵궁에게 생사철교의 수호를 지시했다.

"난 다훼를 돌봐야 하고 세 분 천살은 원주님을 지켜야 돼. 수고스럽지만 너희가 생사철교를 순찰하며 외부의 침공에 대비해. 몇몇 동문들이 더 귀환하게 되면 안정을 찾을 수 있을 거다."

"알겠습니다."

묵궁과 창비는 힘차게 외치며 통로 밖으로 향했다. 창비는 함께 수련 과정을 거쳐온 묵궁을 만나면서 한결 밝은 모습을 보였다. 지금으로서는 한두 명의 동문이 합류하는 것만으로도 큰 힘이 될 수 있었다.

일검향은 다른 동문들의 생존에 대해 깊이 생각해 보았다.

생사철교를 지키던 두 명의 금살은 이미 죽었다고밖에 볼 수 없었다. 시신으로 확인된 천살과 지살을 합하면 이미 아홉 명이 목숨을 잃은 상황이었다. 게다가 은룡왕자를 척살하기 위해 출동한 두 명의 금살과 천살자객 역시 일도살과 은천마국의 암습에 목숨을 잃었을 것이다.

'더 귀환할 동문들은 없어. 천살자객은 갑영과 을화, 계도, 나까지 합쳐 네 명이 전부야. 지살자객은 창비와 묵궁, 그리고 다훼뿐.'

그는 절염한 색기를 발하는 교교를 떠올리며 질끈 입술을 깨물었다.

'일도살은 본래 마국의 첩자였으니 천예사원의 적이다. 하지만 교교넌 아니었잖아? 네가 어떻게 배신을 할 수 있단 말이냐? 어떻게 원주님과 동문들을 배신하고 다훼를 죽이려 할 수 있단 말이냐?'

그에게는 교교의 배신이 더욱 충격적이었다.

수련생 시절부터 줄곧 충돌이 잦았기에 둘 사이에는 누구보다 교감이 많았다. 수월루주의 척살을 끝내고 함께 계도를 찾아가면서 과거의 감정을 해소해 친밀한 관계로까지 변모했다.

그는 교교와 살을 섞으려 했던 순간을 떠올리며 진저리를 쳤다.

'너와 교합을 맺지 않은 것은 정말 다행이었다. 널 죽이는데 한 치의 주저함도 없을 것이다. 더러운 배신자!'

그는 강렬한 복수심을 가슴에 묻어두고는 방으로 들어섰다.

다훼는 여전히 죽은 듯 누워 있었다. 워낙 가냘픈 체구이기에 가벼운 손길에도 꺾어질 갈대처럼 안쓰러워 보였다.

그는 침상가에 걸터앉으며 그녀의 홀쭉한 볼을 어루만졌다.

"다훼… 널 회생시킬 처방을 알아냈지만 너무 두렵다. 내 시술이 잘못돼 널 영영 잃을 것만 같아 두려워. 마음 같아서는 널 이대로 두고 싶어. 아직 죽은 것이 아니니까."

잠시 눈을 감고 가슴을 안정시킨 그는 다훼의 옷을 하나씩 벗겼다.

아무리 시술이 두려워도 다훼를 가사 상태로 방치할 수는 없는 일이었다. 최선을 다해 그녀를 회생시켜야 하는 것이 도리였다. 만에 하나 시술이 잘못돼 그녀가 죽는다면 비통하지만 운명으로 생각할 수밖에 없을 것이다.

2

사흘이 별다른 사건 없이 흘러갔다.

원주는 간간이 혼수상태에서 깨어났지만 한두 마디 말을 내뱉는 것이 고작이었다. 계도가 정성껏 죽을 쑤었지만 거의 입에 대지도 못했다.

원주는 의식을 찾은 상황에서도 깊은 상념에 빠져 있을 뿐 어떤 지시도 내리지 않았다. 최선의 수습을 위해 고심하고 있는 것이다. 평생토록 쌓아온 명예를 잃었지만 더 중요한 것은 천예사원의 존립이었다.

그의 유명(遺命)에 따라 천예사원의 운명이 결정될 것이다. 또한 살아남은 자객들의 앞날까지.

시술한 금침을 뽑는 손가락이 가늘게 떨린다.

일검향은 숨을 멈춘 채 다훼의 경혈에 꽂은 금침을 하나씩 뽑고 있었다. 다훼의 기력은 극히 쇠진해 있어 하루에 두 차례 이상의 시침은 위험했다.

일검향은 사흘 동안 여섯 번을 시침하면서 다훼의 회생을 기원했다.

다행히 다섯 번의 시침을 마치면서 그녀의 경락이 반응하기 시작했다. 희미하나마 심장이 뛰었고 피가 돌았다. 한 시진에 한 번 정도였지만 호흡도 이루어졌다. 가장 희망적인 현상은 메마른 피부에 땀이 배어 나온다는 것이다.

금침을 모두 뽑아낸 그는 다훼의 몸에 자리옷을 입혀주고 추궁과혈로 피의 순환을 도왔다.

호흡, 맥박, 체온과 땀.

생명 현상은 분명히 확인되었다. 하지만 중요한 것은 의식의 회복이었다. 만일 그녀가 의식을 회복하지 못한다면 그저 식물인간에 불과할 뿐이다.

“다훼… 제발 깨어나. 너의 목소리를 들려다오.”

일검향은 여의심결을 운기해 다훼의 단전에 장심을 올려놓았다. 장심에서 뿜어진 뜨거운 진기가 그녀의 십이경락을 타고 스며들며 사지백해로 흘러들었다.

진원지기를 불어 넣어주는 것은 그의 본신 공력이 소진되는 것을 의미한다. 이렇게 소진된 공력은 오랜 세월을 수련해서야만 회복될 수 있다. 하기에 아무리 친밀한 관계라도 자신의 생명과 다름없는 진원지기를 주입시키는 경우는 극히 드물다.

그러나 일검향은 진원지기의 소진을 전혀 아까워하지 않았다. 다훼를 되살릴 수 있다면 자신이 폐인이 된다 해도 상관없었고 죽는다 해도 여한이 없을 것 같았다.

갑영 천살이 원주를 회생시키기 위해 혼신의 힘을 기울였듯이 그 또한 다훼의 회생에 전력을 다했다.

그의 노력 덕분인지 다훼의 얼굴에 화색이 감돌며 죽음의 그림자가 급속도로 지워졌다. 다훼는 마치 곤히 잠들어 있는 사람처럼 평온한 모습으로 바뀌었다.

이윽고 그녀의 눈까풀이 깜짝이더니 스르르 눈을 떴다.

"아, 다훼!"

일검향은 안도의 한숨을 내쉬며 그녀의 단전에서 손을 뗐다.

"살아났어! 이제 살아난 거야!"

그는 그녀의 손을 감싸 쥐며 감격스럽게 외쳤다.

고마웠다. 누군가의 삶이 이렇듯 고마울 수가 없었다. 어렸을 적 자신의 힘으로 감소채를 구했을 때의 감격과 희열보다 훨씬 더한 감동으로 가슴이 뜨거워졌다.

"나야, 다훼. 내가 돌아왔어. 검향이 돌아왔다고."

한데 다훼는 의식을 회복했지만 아무런 반응도 보이지 않았다. 눈을 떴지만 알아보지를 못했고 귀는 열려 있지만 듣지 못하는 것이다.

"다훼……?"

일검향은 그녀의 눈앞에서 손을 저어 보았지만 그녀의 눈동자는 전혀 반응하지 않았다. 모호한 눈동자는 백치 상태로 지각 능력이 모두 상실된 것처럼 보였다.

기쁨도 일순간이었다. 현사괴의가 남긴 글을 되새긴 그는 등줄기가 서늘해졌다.

"그, 그래, 현사괴의도 잠명활사대법의 부작용을 경고했어. 불구자가 될 수 있다고 했지……."

일검향은 절망감에 빠져 자신의 머리를 감싸 쥐었다.

가사 상태에서 회복됐지만 식물인간이 되었다면 아무런 의미가 없는 것이다. 오히려 지켜보는 사람에게 있어 더욱 고통일 수 있었다.

일검향은 세차게 고개를 저었다.

"절망하기에는 아직 일러. 이제 눈을 떴을 뿐이다. 가사 상태에서 깨어났다면 새로 태어난 것과 다름없어. 갓난아기가 세상을 알아보기까지 많은 시일이 흘러야 하듯 다휘에게도 시간이 필요할 거야."

애써 스스로를 위로한 그는 다휘의 볼을 어루만졌다.

"넌 깨어날 수 있어. 반드시 깨어나야 돼. 내가 꼭 그렇게 만들어주겠어."

이때 문이 열리며 창비가 급히 들어섰다.

"형, 나야."

"그래, 어서 와라. 다휘가 눈을 떴어."

"정말?"

창비가 어린애처럼 좋아하며 펄쩍펄쩍 뛰었다.

"이제 다휘 누나가 되살아난 거야?"

일검향은 다소 어색한 미소를 지었다.

"아직 사물을 전혀 알아보지 못해. 시간이 필요한 것 같아."

"어쨌든 살아난 거잖아?'

창비는 다휘를 가까이 들여다보았다.

"누나… 나 창비야. 어서 일어나."

일검향은 심한 피로를 느끼며 자신의 뒷목을 다독였다.

"실혼(失魂) 상태에서 깨어나게 하는 처방이 있을 거야. 이제는 그것을 찾아봐야겠어."

창비는 잠시 다휘를 응시하다가 입을 열었다.

"형, 명왕전으로 모두 집결하래."

"모두?"

"응."

일검향은 깊이 숨을 들이켰다. 마침내 운명의 시간이 왔음을 직감할 수 있었다.

"가자."

원주는 깨끗한 학창의 차림으로 좌대에 단정히 앉아 있었다. 단정하게 빗겨진 머리카락은 문사건으로 단정하게 둘러져 있었다. 얼굴에 드리운 죽음의 그늘이 짙었지만 그는 최후의 의지를 발휘해 꼿꼿하게 허리를 펴고 있었다.

원주의 의연한 모습을 본 일검향은 눈시울이 뜨거워졌다. 그는 다른 자객들과 함께 좌대 앞에 조용히 부복했다.

원주의 숨소리가 거칠어지자 을화는 원주의 입에 바싹 귀를 댄 채 유명을 들었다.

원주의 메마른 입술이 가볍게 달싹거렸다. 워낙 기력이 쇠진한 상태라 신음 섞인 숨소리로 들릴 뿐이었다. 발음도 분명치 않기에 을화는 그 의미를 되새기며 원주의 유명을 모두에게 전했다.

"노부의 이런 몰골에 분노하지 않는다. 슬퍼하지도 않는다. 자객에게는 누구나 이런 최후가 찾아올 수 있다. 노부의 판단 착오로 제자들을 지키지 못한 실수가 부끄러울 뿐이다. 노부는 복수를 강요하지 않는다. 물론 막지도 않을 것이다. 판단은 산 자들의 몫이다… 마지막 바람은 천예사원이 지켜지는 것이다."

비록 원주의 입에서 직접 흘러나온 말은 아니었지만 최후까지 절제를 잃지 않은 유명은 모두에게 깊은 감동을 주었다. 모두가 소리없는 눈물을 흘렸다. 절제된 삶을 살아야 하는 자객들이기에 그들의 눈물은 뜨겁기만 했다.

원주의 입에서 가래 소리가 들끓었다. 잠시 숨을 몰아쉰 그는 유명을 계속 전했다.

"다훼가 생존해 있다는 것은 다행이다. 그 아이가 깨어나면 상황의 전모를 정확히 들을 수 있다. 반드시 살려라."

을화가 일검향에게 시선을 돌렸다.

일검향은 원주의 마지막 길을 조금이라도 편하게 해주기 위해 상황을 보고했다.

"다훼가 눈을 떴습니다. 곧 의식을 찾을 것입니다."

을화가 그 말을 여러 번 반복해 전하자 원주의 입가에 희미한 미소가 감돌았다. 그의 한쪽 눈에서 한 방울 눈물이 또르르 흘러내렸다.

천사명왕의 눈물…….

그것은 평생토록 죽음의 제왕으로 불리던 대자객도 역시 인간임을 보여주는 분명한 징표였다.

귀를 기울여 원주의 유명을 들은 을화가 갑영을 직시했다.

"갑영의 묵언계(默言戒)를 해지한다. 말로써 고하라."

모두의 시선이 갑영에게 모아졌다.

갑영의 입술이 파르르 떨렸다. 그가 20년 동안 말 한마디 못하고 살아온 것은 원주의 지엄한 지시 때문이었다. 이제 20년 금제가 해소된 것이다.

그는 고개를 조아리며 사의를 표했다.

"제자 갑영, 원주님의 은혜에 감사드립니다."

무심한 표정과 달리 깨끗한 음성이었다. 처음으로 그의 음성을 듣게 된 자객들은 마치 환청을 듣는 듯한 심정이었다.

을화를 통한 원주의 유명은 거의 끝나가고 있었다.

"천예사원은 갑영이 계승한다. 모두 복종해라. 노부의 시신은 제자들과 함께 화장해 춘추봉에 뿌려라. 노부는 그들과 함께 너희를 지켜볼 것이다. 자객은 태어나는 것이 아니라 만들어지는 것이다. 따라서 죽는 것이 아니라 사라질 뿐이다. 사라짐을 슬퍼하지 마라……."

유명을 마친 을화는 모두에게 마지막 인사를 지시했다.

갑영과 계도가 원주의 손등에 입을 맞추고는 절을 올렸다. 원주는 계도를 향해 희미한 미소를 지어 보였다.

"가정을… 반드시 지켜라."

계도는 감격의 눈물을 뿌리며 연신 고개를 조아렸다.

"명심하겠습니다, 원주님."

창비와 묵궁도 같은 의식을 치렀다. 마지막으로 일검향이 원주의 손등에 입을 맞추었다.

"원주님, 일도살과 교교를 반드시 죽이겠습니다."

일순 원주가 그의 손을 불끈 쥐었다. 죽음을 목전에 둔 노인치고는 아주 강인한 힘이었다.

그를 직시하는 원주의 진물 어린 눈에 복잡한 감정이 깃들었다.

"검향… 미안하구나……."

그것이 천사명왕이 남긴 최후의 한마디였다.

일검향은 그 말의 의미를 알 수 없었지만 그것을 되새길 상황이 아니었다.

원주가 긴 한숨과 함께 고개를 떨구었다. 당대 최고의 자객으로 불렸던 죽음의 제왕 천사명왕. 천하 누구도 죽일 수 있었던 타인의 칼에 죽게 되었으니 참으로 비감한 최후가 아닐 수 없었다.

을화는 그의 가슴에 얼굴을 묻으며 비통한 오열을 터뜨렸다.

"흑흑, 아버님……."

화르르륵!

모두 여덟 구의 시신이 장작불에 타오르고 있었다. 원주 천사명왕과 세 명의 천살자객, 네 명의 지살자객이었다.

살아남은 여섯 명의 자객은 묵묵히 화장을 지켜보고 있었다. 더 이상 울지도 않았고 슬퍼하지도 않았다. 사라짐을 슬퍼하지 말라는 원주의 지시를 지키는 것도 그들의 도리였기 때문이다.

자객은 사라질 뿐이다!

천사명왕의 유명이 시사하는 바는 의미가 깊었다.

천하인들은 그를 타고난 자객으로 경계했지만 그 자신은 타고난 자객임을 부정했다. 자객은 만들어지는 존재이지 타고난 것이 아님을 강하게 반박한 것이다. 그것은 수련을 통해 자객의 색깔이 바뀌어질 수 있다는 것을 의미하는 말이기도 했다.

화창한 하늘 위로 치솟는 연기는 한 시진이 넘도록 계속되었다. 죽은 자들의 흔적이 남지 않도록 육신을 깨끗하게 태우는 것도 살아남은 자들이 해야 할 몫이었다.

이때 등 뒤에서 바닥을 끄는 듯한 소리가 들려왔다.

돌아본 자객들은 모두가 놀라움을 금치 못했다. 특히 일검향은 마치 환각이라도 본 듯 자신의 눈을 의심하지 않을 수 없었다.

다훼였다.

그녀가 한 겹 자리옷 차림으로 바닥을 기어 한빙담 옆 화장터로 나온 것이다. 다리는 마비되었지만 뜨거운 눈물을 흘리는 그녀의 동공은 또렷했다. 기적적으로 실혼 상태에서 회복된 것이다.

그녀는 치솟는 불길을 향해 아홉 번 고개를 조아렸다. 임종을 지키지 못한 죄스러운 심정이 담긴 애도였다.

“흑흑, 원주님… 불민한 제자를 용서해 주십시오.”

第23章

최후의 7인

소청실 원탁에 일곱 명이 둘러앉아 있었다.

천예사원의 제2대 원주로 내정된 갑영과 세 명의 천살자객인 을화, 계도, 일검향, 그리고 지살자객인 묵궁, 창비, 다훼.

다훼는 두 다리가 마비된 상태라 나무 의자에 바퀴를 단 윤거(輪車)에 앉아 있었다. 일검향이 그녀를 위해 손수 제작한 윤거였다.

소청실에 둘러앉은 자객들은 모두 다훼에게 시선을 고정시키고 있었다.

그녀는 천예사원의 참살 속에서 살아남은 유일한 생존자였다. 대체 어떤 상황에서 생사철교의 방어망이 뚫렸고 당대 최고의 자객들이 몰살을 당했는지 그 내막이 밝혀지는 순간이었다.

다훼가 생각을 정리하고는 입을 열었다.

"제가 말씀드리는 것이 완벽하지 않을 수 있습니다. 직접 보고 들은 것 외에는 대부분 추측이기 때문입니다. 정확한 판단은 원주님과 선배님들, 그리고 동문들이 해주십시오.”

갑영은 20년 함구령이 해제되었지만 여전히 말을 아꼈다. 대부분의 지시는 을화를 통해 이루어졌다.

을화는 뜨거운 찻잔을 두 손으로 감싸며 고개를 끄덕였다.

“얘기해 봐. 너만큼 정확히 알고 있는 사람도 없을 테니까.”

다훼는 눈을 반개하며 회상에 젖은 눈빛을 지었다.

“참극의 원흉은 일도살입니다. 그자는 은천마국에서 파견된 첩자로서 아주 오래전부터 천예사원의 말살을 계획하고 있었습니다…….”

그녀의 얘기를 정리하면 이러했다.

은천마국은 무공과 계략을 두루 갖춘 거대한 조직이다. 그들은 자신들의 행보에 방해가 되는 어떤 단체도 용납하지 않는다. 다행히 전대의 악도들처럼 무자비한 살행을 저지르지 않지만 제거해야 할 상대는 반드시 괴멸시킨다.

자객 세계에서 독보적인 권위를 지닌 천예사원이 은천마국의 표적이 된 것은 당연한 일일 것이다.

은천마국은 천예사원을 우선적인 제거 대상으로 꼽았지만 어느 곳에 위치해 있는지 파악할 수 없었다. 이미 상당수의 자객 집단들을 복속시켰지만 그들 역시 정확한 소재를 몰랐다.

8년 전 천예사원에서 제4기 수련생들을 모집하자 각 자객 단체에서는 관례에 따라 자객으로 성장할 자질이 있는 수련생들을 천예사원으로 보냈다.

암암리에 천예사원을 노리던 은천마국에게 있어 수련생 모집은 절호의 기회가 아닐 수 없었다. 절대 금역과 같은 천예사원 내에 첩자를 심어둘 수 있기 때문이다.

은천마국에서는 뛰어난 자질과 의지가 굳은 제자를 선발해 자객 수련생으로 들여보냈다. 그러면서 최악의 경우를 대비해 한 명의 첩자를 더 선발했다. 주 첩자가 발각될 경우 그것을 무마시킬 희생양이 필요했기 때문이다.

일도살은 은천마국에서 파견된 주 첩자였다. 수련 도중 사망한 23호는 단지 보조였을 뿐이다.

당시 피살된 여자 수련생 42호는 일도살과 오랜 기간 같은 조에 있으면서 일도살의 신분에 의혹을 느꼈을 테고, 아마도 원주에게 의혹을 보고하려는 위기 상황이었을 것이다. 이에 일도살은 23호를 시켜 여자 수련생을 급히 죽이도록 명했다.

수련생들 간의 살인이 불러올 파장을 감안한다면 일도살과 23호에게는 커다란 모험일 수 있었다. 결국 23호는 일도살을 지키기 위해 정체를 드러내며 죽었다.

사건 직후 모든 수련생들은 원주와 금살에 의해 검사를 받았다. 일도살은 아마도 그때까지는 혈음마공을 수련하지 않은 것으로 보인다. 만일 혈음마공을 수련한 상태였다면 죽은 23호처럼 그 흔적이 발각되었을 테니까.

무사히 수련 과정을 마친 일도살은 당당히 천예사원의 천살자객으로 임명되어 자유로운 신분이 되었다.

임무를 맡아 출동하면서 그는 비로소 천예사원의 소재를 확실히 알게 되었고, 은밀하게 표식을 남겨 은천마국에 전했을 것이다. 천예사원의 소재를 알게 된 은천마국은 대대적인 침공 계획을 세웠다.

그러나 사대금살이 지키고 있는 생사철교를 통과하기란 극히 어려운 일이다. 아무리 뛰어난 경공 절예를 지닌 고수라도 운무 속에 은신해 있는 금살과의 대결에서는 승산이 없기 때문이다.

결국 그들은 사대금살의 방어막을 해소하기 위해 치밀한 계략을 강구했다.

영천왕부의 은룡왕자라는 거물급 척살을 의뢰한 것이다. 표적이 군왕의 아들이기에 두 명의 금살과 일도살, 두 명의 천살이 파견되는 대규모 출동이 이루어졌다. 안타깝게도 두 명의 금살과 천살은 일도살과 은천마국의 고수들에 의해 목숨을 잃었다.

동시에 의천맹의 군사를 척살하는 의뢰를 해온 것도 천예사원의 전력을 약화시키기 위함이었다. 파견된 자객들을 의천맹 고수들에 의해 죽게 만들려는 계산이기도 했다.

당시 창비가 죽지 않고 귀환해 보고를 올리는 바람에 갑영과 을화가 출동했다. 덕분에 그들 세 명은 죽음을 모면할 수 있었다.

첩자 일도살은 부상을 가장해 춘추봉으로 귀환했다.

누구도 일도살을 의심하지 않았기에 생사철교를 지키던 두 명의 금살과 두 명의 지살은 서둘러 그를 맞이했다. 하지만 그들은 일도살의 암습과 은천마국 고수들의 공격에 의해 허무하게 생사철교에서 추락하고 말았다.

일도살은 당당히 은천마국의 고수들을 대동해 춘추봉 안으로 진입했다.

당시 침공에 나선 은천마국의 고수들은 혈마공(血魔公)과 금마장(金魔將)에 속한 수뇌급들이었다. 가장 하급 무사들이 은마령일 정도로 은천마국의 정예 군단이었다.

일도살은 교활하게도 생사철교가 돌파됐다며 원내의 자객들을 진입 통로로 불러들였다. 결국 여섯 명의 자객은 일도살의 암습과 은천마국 고수들에 의해 무참하게 살해당했다.

일도살은 무슨 생각인지 교교를 죽이지 않고 항복을 종용했다. 아무리 위협을 받았다 해도 교교의 배신은 충격이다. 더군다나 교교는 다훼에게 접근해 등을 찔러 죽이려 했다.

그 후 상황은 다훼도 가사 상태에 빠져들었기에 정확히 알 수 없다.

그러나 천사명왕이 아무리 절세적인 대자객이라 해도 은천마국의 최정예들을 혼자 감당할 수는 없었을 것이다. 결국 두 다리와 팔이 잘리고 눈까지 베이는 참변을 당하게 되었다.

다훼의 긴 애기가 끝나자 소청실 안은 무거운 침묵 속으로 빠져들었다. 상당 부분이 그녀의 추정이지만 사실에서 크게 벗어나지 않을 것이라는 판단이 모두의 공통된 생각이었다.

은천마국!

그 거대 조직의 치밀함에 모두들 소름이 끼치지 않을 수 없었다. 또한 천예사원을 괴멸시키기 위한 8년의 장기적인 계략에 분노보다는 두려움을 느껴야 했다.

파삭……!

가벼운 폭음과 함께 을화의 손에 쥐어진 찻잔이 박살났다. 그녀는 무시무시한 살광을 발하며 이를 갈았다.

"일도살! 그 새끼는 꼭 죽이고야 말겠어! 하늘이 두 쪽 나도 그놈만은 죽여야 돼!"

창비가 분연한 어조로 말을 받았다.

“교교도 마찬가지입니다. 제 창으로 반드시 그년의 심장에 구멍을 뚫겠습니다!”

한데 다훼가 조용한 어조로 창비를 만류했다.

“교교를 너무 나쁘게 생각하지 마. 당시 상황에서는 교교도 어쩔 수 없었을 거야.”

“뭐야?”

을화가 탁자를 치며 일어섰다.

“너, 지금 무슨 소리를 하는 거냐? 사문을 배신하고 네 등에 검을 꽂은 계집이야! 그 추악한 반도를 두둔해?”

“언니, 교교는 절 죽일 수 있었지만 죽이지 않았습니다. 제가 아무리 잠명활사대법을 터득했다 해도 심장이 관통됐다면 즉사했을 것입니다.”

“흥, 널 일부러 안 죽인 게 아니라 실수였겠지. 어쨌거나 배신은 확실해! 일도살과 교교, 우리는 두 연놈을 죽이는 데 전력을 다할 것이다. 복수를 하지 못한다면 천예사원은 존립할 가치도 없어! 원주와 동문의 복수도 하지 못하면서 어떻게 천하제일의 자객 집단일 수 있겠어?”

한껏 흥분한 그녀를 계도가 달랬다.

“을화, 진정해. 지금은 냉정하게 처신해야 돼. 상황의 전모를 확실하게 알게 되었으니 일단 신임 원주의 견해부터 들어보자고.”

그는 갑영을 향해 정중히 손을 모았다.

“원주의 지시에 따르겠소.”

갑영은 팔짱을 낀 채 묵묵히 입을 다물고 있었다. 잠시 어색한 침묵이 흐르자 참다못한 을화가 다그쳤다.

“갑영! 아니, 원주! 아직도 함구만 하고 있을 거야? 묵언계가 해제됐으니 얘기를 해봐!"

갑영이 좌중의 자객들을 둘러보며 비로소 입을 열었다.

"난 아직 원주가 될 자격이 없다. 이제 천예사원의 직급을 재정비하겠다. 남은 자객은 우리 일곱뿐이다. 향후 천살과 지살을 구분 짓지 않겠다. 난 대살, 을화가 이살, 계도가 삼살, 검향이 사살이 된다. 그리고 묵궁이 오살, 창비가 육살, 다훼는 칠살이다."

을화가 눈을 커다랗게 떴다.

"모두 동급이란 말이야?"

"그래, 우리는 천예칠살로 불리게 될 것이다. 우리의 복수가 끝나고 차기 수련생을 받을 때에야 원주 직에 오르겠다."

갑영은 자객들을 둘러보며 짤막하게 한마디 덧붙였다.

"그때가 언제일지는 몰라도."

을화는 잠시 눈알을 굴리다가 흔쾌하게 고개를 끄덕였다.

"좋아. 일곱 명밖에 안 되는데 군이 직급을 가를 필요가 없지."

계도도 기꺼이 찬성을 표했다.

"적절한 개편입니다, 대살 형님. 한데 향후 우리의 행보는 어떻게 진행되는 겁니까?"

"변함이 없다. 우리들은 예전처럼 자객 단체들의 의뢰를 받는 자객 중의 자객이다. 원주님께서 천예사원을 창건한 의지를 그대로 계승하는 거다."

을화가 나직이 탄성을 발했다.

"와아, 훌륭해! 천예사원이 아직 건재함을 보여주겠다 이거지?"

"그게 사실이니까. 천예사원에는 아직 일곱이 남아 있다. 최후의 일인이 남을 때까지 천예사원은 존재한다."

갑영의 굳건한 의지는 모두에게 커다란 힘이 되었다.

원주와 동문들의 갑작스런 죽음으로 침체돼 있던 천예사원에 모처럼 활기가 일었다. 을화는 장난스럽게 계도와 주먹질을 해댔고 창비와 묵궁은 서로의 손을 쥐며 힘있는 미소를 교환했다.

한데 다휘가 고개를 떨구며 조용히 말했다.

"저는 자격이 없습니다. 오히려 짐만 될 뿐이니 제명시켜 주십시오."

"……!"

좌중의 분위기가 숙연해졌다. 급박한 상황 때문에 하반신이 마비돼 운신할 수 없는 그녀의 처지를 간과했던 것이다.

일검향이 안타까운 눈빛으로 그녀를 바라보았다.

"다휘……."

"조금도 자책하지 마, 검향. 너는 내 생명의 은인이야. 수련생 시절 생존관에서 네가 열양단을 먹여줄 때부터 내 은인이었어. 넌 두 번씩이나 내 목숨을 구해줬어. 내가 하반신이 마비된 것은 부상 때문에 신경이 다쳐서이지 네 시술이 잘못돼서가 아니야. 넌 최선을 다했어. 정말 고마워."

다휘는 애써 밝은 미소를 지어 보였다.

자리에서 일어선 갑영이 그녀의 등 뒤로 다가섰다.

"다휘, 넌 여전히 칠살이다. 지금 우리에게 있어 넌 누구보다 소중한 존재다. 너의 처지를 동정해서 하는 말이 아니야. 네가 자객으로 직접 출동할 수는 없지만 정보 분석과 척살 방법, 퇴각 작전을 수립하는 것도 중요한 일이다. 그 일엔 네가 적격이고, 원주님 또한 너의 능력을 높이 평가하셨다."

그는 그녀의 어깨를 가볍게 다독였다.

"너를 제명시킬지 말지는 내가 결정한다."

말을 마친 그는 훌쩍 소청실을 나가 버렸다.

그의 냉철한 판단과 행동은 천사명왕과 아주 유사했다. 비록 원주의 직함은 거부했지만 그는 천예사원의 최고 결정권자였다. 그가 결정을 내린 이상 누구도 반박할 수 없다.

다훼는 눈물을 글썽이며 자신이 칠살에 임명된 것을 감격스러워했다.

을화가 모처럼 호탕한 웃음을 터뜨렸다.

"자, 오늘 모처럼 실컷 마셔보자."

창비가 다소 탐탁지 않은 눈빛으로 그녀를 훑어보았다.

"그래도 되는 겁니까?"

"뭐가, 임마?"

"누님이 정말 원주님의 친따님 맞아요? 원주님이 돌아가셨는데 깊이 애도를 할 상황에 무슨 축제라도 열자는 겁니까?"

날카로운 지적에 을화의 눈초리가 매서워졌다.

"죽기는 누가 죽어? 노인네는 단지 사라진 거야. 자객이란 위치에서 사라졌을 뿐이라고!"

그녀는 거칠게 그의 멱살을 쥐었다.

"그리고 마냥 슬퍼한다고 해결될 일이냐? 지난 세월은 잊는 게 우리 자객들의 삶이다. 새끼, 초년생 주제에 뭘 안다고 나서!"

"죄… 죄송합니다, 누님."

"야, 등급이 없어졌어도 넌 서열상 한참 아래야. 감히 육살 주제에 어디 이살과 맞먹으려는 거냐?"

을화는 그를 주방 쪽으로 홱 내던졌다.

"삼살을 도와 어서 음식이나 만들어!"

함박눈이 쏟아지고 있었다. 하늘은 잿빛이었지만 지상을 덮는 눈은 더없이 희고 깨끗했다.

물을 긷기 위해 감천정 우물로 향하던 일검향은 잠시 걸음을 멈춘 후 하늘을 바라보았다. 윤거를 굴리며 그를 따르던 다휘도 그를 따라서 멈추며 내리는 눈을 두 손으로 받았다.

그녀는 눈을 입술에 대며 포근한 미소를 지었다.

"원주님의 체취가 느껴져."

"그렇겠지. 원주님의 유해가 깃들어 있을 테니까."

"원주님은 눈과 같은 분이셨어. 처음에는 차갑게 느껴지지만 두텁게 쌓인 눈 속처럼 따스함을 간직한 분이셨지. 만일 자객이 되지 않으셨다면 위대한 현자(賢者)가 되셨을 거야."

"자객이든 현자이든 위대한 삶을 사신 것은 확실해. 통한의 최후를 맞이하셨지만 최후까지 초연한 모습을 보이셨지."

일검향은 다휘의 뒤로 돌아가 윤거를 밀어주었다.

다휘는 정중하게 사양했다.

"괜찮아. 나 혼자도 얼마든지 이동할 수 있어."

"알아. 그냥 밀어주고 싶을 뿐이야. 네 다리가 멀쩡해도 업어주고 싶은 마음과 같아."

"……."

다휘는 다정한 미소를 지으며 고개를 끄덕였다.

"좋을 대로 해."

일검향은 윤거를 밀면서 천천히 이동했다.

"일도살… 놈의 태도는 어땠어? 동문들을 가차없이 죽이던가?"

다휘는 숙연한 모습으로 대답했다.

"도살은 단순한 첩자가 아니었어."

"……?"

"마국의 무리들을 지휘하는 신분이었어. 마국 내에서도 상당한 신분이었나 봐. 혈마공과 금마장 직위에 있는 자들까지 도살을 두려워하는 눈치였어."

일검향은 가볍게 입술을 깨물었다.

귀공자와 같은 기품과 오만함이 깃든 용모, 걸출한 역량과 냉혹한 심성, 속내를 측정할 수 없는 심기…….

천사명왕까지 감쪽같이 속인 일도살은 확실히 무서운 존재였다.

어린 나이에 자객 수련생으로 입문해 8년여의 세월 동안 자신의 정체를 감추고 있었으니 이미 정신적으로 완성된 존재라 해도 과언이 아니었다.

아마도 그는 첩자로 선발된 것이 아니라 자원을 했을 것이다. 하기에 고통스런 수련 과정을 감내할 수 있었고 8년 만에 소기의 목적을 달성할 수 있었을 것이다.

그는 탐스럽게 쏟아지는 눈송이를 올려다보았다.

만일 운명이 그를 이끌어준다면 일도살과 단독 대결을 벌이고 싶었다. 누구의 방해도 없는 곳에서 오로지 상대를 죽이기 위한 처절한 혈투를 벌이고 싶었다.

'일도살, 네가 사악한 흉계를 품고 천예사원에 입문했지만 원주님으로부터 자객명을 부여받은 자객임은 분명하다. 난 널 첩자가 아니라

배신자로 생각하고 싶다. 너와 교교, 너희 둘은 배신자다!'

그는 윤거를 밀던 걸음을 멈추며 다훼 앞으로 섰다.

"한 가지 묻고 싶은 게 있어."

"뭔데?"

"교교… 그 계집애가 정말 널 일부러 죽이려 하지 않았다고 생각하는 거야?"

"사실이야."

일검향은 강렬한 반감을 드러냈다.

"을화 누님의 말대로 실수였을 수도 있잖아? 네 몸을 관통할 만큼 위중한 상처였어."

"실수였다면 교교가 왜 내 상처 부위의 혈도를 찍어 출혈을 막아주었겠어? 내가 잠명활사대법에 빠져드는 순간 난 그것을 깨달을 수 있었어. 만일 교교가 지혈시켜 주지 않았다면 난 이미 과다출혈로 회생이 불가능했을 거야."

"……."

일검향은 달리 반박할 수가 없었다.

다훼의 말이 사실이라면 교교는 어쩔 수 없이 배신을 했지만 다훼를 살리기 위해 노력한 것이 된다. 만일 그녀가 아니라 일도살이 실수를 전개했다면 다훼는 즉사했을 것이다.

그러나 분명한 배신이기에 그는 교교에 대한 복수심을 누그러뜨릴 수가 없었다. 다훼에게는 우정 이상의 감정이 없었지만 교교에게는 일말의 연정을 품고 있었던 것이 솔직한 심정이었다. 그런 호감을 품고 있었기에 교교의 배신이 더욱 증오스러웠다.

그는 막연하지만 교교가 반드시 자신의 손에 의해 죽게 될 것임을 확신했다.

'교교, 넌 결코 용서받을 수 없을 것이다!'

모처럼 식사다운 식사였다. 화장을 통해 충격을 씻어내고 다훼의 증언을 통해 혼란이 정리되어서인지 모두들 안정된 모습이었다.

갑영은 평소에도 식사량이 적었기에 술 몇 잔에 안주 한 점을 집어먹는 정도였다. 을화가 가장 잘 먹었고 술도 많이 마셨다. 좌중의 분위기는 주로 그녀와 계도가 이끌었다.

창비와 묵궁은 상급자들의 눈치를 살펴야 했기에 한두 마디를 거들 뿐이었다.

일검향은 묵묵히 식사를 하다가 문득 몇 가지 문제점을 떠올렸다.

"대살 형님, 생사철교를 어떻게 처리해야 할지 모르겠습니다."

갑영은 손에 쥔 술잔을 매만지다가 다훼에게 시선을 돌렸다.

"칠살의 의견을 듣겠다."

천사명왕조차 다훼의 조언을 구해왔었기에 그녀의 의견이 중시되는 것을 모두들 당연하게 생각했다.

다훼는 이미 생각을 해두었는지 즉시 답변을 내놓았다.

"우리가 천예사원을 유지하는 한 은천마국에서 또다시 침공을 펼쳐올 수도 있습니다. 그렇다고 외부의 침공이 두려워 생사철교를 끊어놓으면 통행에 어려움이 많습니다. 식량과 물자 반입이 끊겨 곤궁하게 지낼 수밖에 없습니다. 물론 가장 큰 문제는 저들이 출구 쪽에 매복해 있을 경우입니다. 그렇게 되면 매번 출동할 때마다 중대한 위기에 직면하게 됩니다."

을화가 강한 어조로 말을 받았다.

"어느 새끼든 매복해 있으라고 해. 눈에 보이는 족족 죽여 버릴 테
니까!"

계도는 다훼의 우려에 깊이 동감했다.

"놈들의 매복은 미처 생각지 못했다. 통행로가 한 곳뿐이니 지키기
에는 용이하지만 고립될 수 있다는 가능성은 한 번도 해보지 않았어."

일검향이 조심스럽게 물었다.

"생사철교 외에 다른 출입로는 전혀 없습니까?"

"없는 것으로 알고 있다."

계도는 힐끗 을화 쪽을 보았다.

"을화, 혹시 원주님한테서 달리 들은 얘기는 없었냐?"

을화는 편안히 기대앉은 채 눈을 치켜떴다.

"10년에 한 번 정도 주변의 운무가 사라지면서 시야가 확 트일 때가
있어. 십수 년 전인가? 노인네와 함께 춘추봉 주변을 순시하다가 딱 한
번 서북쪽 방향으로 봉우리들이 늘어서 있는 것을 본 적이 있었지."

창비가 눈을 반짝이며 물었다.

"서북쪽이라면 생사철교 통행로와 반대 방향이군요?"

"한데 거리가 상당히 멀어. 가장 인접한 봉우리까지 도달하는 데도
30장 정도를 건너뛰어야 돼."

"30장이요?"

잔뜩 기대했던 창비는 어깨를 축 늘어뜨렸다.

경공술이 뛰어난 그로서도 12, 3장 정도가 한계였다. 갑영과 을화
역시 비슷한 수준이다. 20장 정도라면 일검향이 끊어진 생사철교를 건
넌 방법으로 새로운 통행로를 설치할 수 있겠지만, 30장은 아무리 생
각해도 접근이 불가능한 거리였다.

을화가 닭 날개 튀김을 오독오독 씹으며 이죽거렸다.

"임마, 너무 기죽을 것 없어. 내가 널 집어 던지면 돼. 뭐, 재수없으면 아득한 골짜기로 떨어져 박살이 나겠지만."

이때 다훼가 절묘한 방안을 내놓았다.

"궁노(弓弩)를 제작해 발사하면 가능합니다. 화살 끝에 질긴 끈을 매달아 쏘는 겁니다. 30장 이상은 충분히 날아가 꽂힐 겁니다. 물론 방향이 정확해야 하겠지만."

궁술에 가장 뛰어난 능력을 지닌 묵궁이 입을 열었다.

"궁노를 통해 화살을 쏘면 50장도 너끈히 날릴 수 있습니다. 하지만 화살 끝에 줄을 매달면 그 무게 때문에 30장 거리도 쉽지는 않습니다."

"천잠사(天蠶絲)!"

갑영의 한마디였다. 그가 을화에게 눈길을 돌리자 을화는 벌떡 일어서며 손뼉을 쳤다.

"그래, 천잠사를 화살 끝에 매달면 돼. 무게는 거의 없고 쇠심줄보다 질기니 건너편 봉우리까지 연결할 수 있을 거야."

다훼가 환한 표정으로 물었다.

"귀한 천잠사가 원 내에 있습니까?"

"물론이지. 침투용으로 구입해 놓은 게 있어. 몇 가닥만 꼬아서 줄을 만들면 충분할 거야."

새로운 통행로를 확보하는 문제가 해결될 듯 보이자 모두가 순식간에 활기를 띠었다.

천잠사는 천잠으로 불리는 누에고치에서 추출된 실을 말한다. 워낙 질겨 웬만한 도검으로도 끊기지 않고 한 올만으로 10근의 무게를 지탱할 수 있다. 하기에 몇 가닥만 꼬아 끈으로 엮으면 100근의 무게도 너끈히 감당할 수 있다. 또한 아주 가볍기에 30장 길이의 끈이라 해도 무게가 거의 나가지 않는다.

이틀에 걸쳐 대형 궁노가 제작되었다.

활대는 철이었고 활시위는 천잠사였다. 화살은 속이 빈 철관으로 길이가 7척에 달했다. 화살촉을 제작하는 것이 어려운 과제였다. 30여 장을 날아간 화살이 바위를 뚫고 단단히 박혀야 하기 때문이다.

자객들은 무기고와 보고를 모두 뒤져 하나의 보물을 찾아낼 수 있었다. 투명한 빛을 발하는 보석은 세상에서 가장 단단한 금강석(金剛石)이었다. 엄지손가락만한 금강석은 그 하나만으로도 자그마한 성을 살 수 있을 정도로 귀한 보석이었다. 하지만 그 어떤 보물이라도 그들의 생존이 걸린 통행로를 확보하는 것보다 중요하지는 않았다.

마침내 금강석 화살촉이 박힌 화살이 제작되었다.

사수(射手)는 묵궁이었다. 철제 활대는 워낙 무거워 들고 쏠 수가 없어 바닥에 단단히 고정시켜 두었다.

을화는 금강석 화살촉이 박힌 화살을 묵궁에게 건네며 다소 아쉬운 표정을 지었다.

"노인네가 나 시집갈 때 쓸 예물이라 했는데……."

그러자 창비가 볼멘소리를 해댔다.

"그 나이에 무슨 시집 타령입니까? 이미 시집을 갔으면 할머니가 됐을 나이인데……."

"이그, 요 새끼는 주둥이만 살아 있어!"

창비를 한 대 쥐어박은 을화가 묵궁에게 단단히 일렀다.

"한 방에 맞혀야 돼. 금강석이 예리하기는 해도 빗겨 맞으면 훼손될 수 있으니까."

"방향만 정확하면 자신있습니다."

묵궁은 활시위에 화살을 걸고는 희뿌연 운무를 향해 겨냥했다.

"어느 쪽입니까?"

을화는 신중한 모습으로 고심하다가 운무 한쪽을 가리켰다.

"저쪽으로 쏴. 첨봉의 높이가 이곳보다 10장은 아래쪽에 있는 것 같았어."

"알겠습니다."

묵궁은 방향과 위치를 가늠하고는 활시위를 힘껏 당겼다.

여섯 명의 자객은 호흡을 멈춘 채 운무 저편을 응시했다. 새로운 통행로를 확보하는 것은 중대한 문제였다. 기존의 생사철교 통행로가 노출된 이상 그들의 은밀한 행적이 언제든 간파될 수 있었기 때문이다.

피잉―!

예리한 바람 소리와 함께 천잠사를 매단 화살이 운무 속으로 뻗어나갔다. 워낙 빠른 속도라 화살은 이내 그들의 시야에서 사라졌다.

곧이어 희미하지만 둔탁한 음향이 들려왔다.

묵궁은 쇠말뚝에 감아놓은 천잠사를 힘껏 당겼다. 늘어졌던 천잠사가 당겨지면서 운무 속으로 하나의 외줄다리가 형성되었다.

을화가 안도의 한숨을 내쉬며 물었다.

"제대로 꽂힌 것 같아?"

"당겨진 감촉으로 보아 단단히 박힌 것 같습니다."

"좋아, 창비가 시험 삼아 건너가 봐."

"제, 제가 말입니까?"

창비는 떫은 감 씹은 표정이 되었다.

"임마, 우리 중 가장 날렵하다고 자부하는 너잖아? 몸도 가벼우니 네가 적격이야."

"누님도 날씬하지 않았습니까? 솔직히 저보다도 가볍고요."

"이런 새끼 보게? 자객이 죽음을 두려워해? 너 자객 맞아?"

"두려운 게 아니라… 누님이 더 적합해서 드리는 말씀입니다."

창비가 주저하자 일검향이 나섰다.

"제가 건너겠습니다. 끊어진 생사철교를 건넌 경험이 있어 창비보다 훨씬 나을 것입니다."

일검향은 준비해 둔 등짐을 메고 외줄다리 위로 올라섰다. 등짐에는 그가 끊어진 생사철교를 건널 때 사용했던 도구들이 들어 있었다.

을화가 놀란 눈으로 그를 올려다보았다.

"정말 자신있어?"

"기존 통행로도 첨봉들이 징검다리처럼 놓였기에 이용할 수 있었습니다. 춘추봉만 외로이 떨어져 있는 것이 아니라면 지형상 첨봉들이 주변으로 늘어서 있을 가능성이 높습니다. 제가 길을 찾아보겠습니다."

그는 갑영에게 시선을 돌려 허락을 구했다.

갑영은 잠시 그를 응시하다가 흔쾌하게 수락했다.

"혼자 몸으로 임시 생사철교를 설치한 너다. 최선은 다하되 무리는 하지 마라."

"알겠습니다."

일검향은 외줄다리를 밟고 운무 속으로 훌쩍 몸을 날렸다.

창비가 급히 갑영에게 다가섰다.

"저도 보내주십시오. 같이 행동하면 훨씬 수월할 겁니다."

갑영은 운무를 직시한 채 건조한 음성으로 대답했다.

"우린 기다린다."

뒤로 내려선 을화가 창비의 뒷덜미를 우악스럽게 움켜쥐었다.

"검향이 해질 무렵까지 돌아오지 않으면 벼랑 아래로 널 보내주겠다. 검향 혼자 저승으로 보내지는 않을 테니 너무 걱정 마."

무시무시한 경고에 창비는 진저리를 치며 입을 다물었다. 을화라면 충분히 그를 벼랑으로 내던질 여인이었기 때문이다.

한편 외줄다리를 밟고 운무 속으로 진입한 일검향은 무난히 건너편 첨봉 위로 내려설 수 있었다. 봉우리 주변으로 뾰족하게 돋아난 고드름이 창날처럼 예리했다.

그는 바위 사이로 쇠말뚝을 박고 허리에 두른 가죽띠에 쇠사슬을 연결했다. 쇠사슬에 의존한 그는 매끄러운 빙벽을 타고 최대한 내려갔다. 하지만 창비의 말대로 사방 어느 곳 하나 발 디딜 곳이 없는 매끄러운 빙벽으로 둘러져 있었다.

다시 첨봉 위로 올라선 그는 주변을 신중하게 살펴보았다.

차디찬 빙무(氷霧)로 인해 눈으로 확인할 수 있는 시야는 5, 6장 이내가 전부였다. 생사철교 구간보다 시야 확보가 더욱 어려웠다.

'눈에 보이는 모든 것이 전부는 아니다.'

그는 지그시 눈을 감은 채 바람의 흐름과 방향을 몸으로 느꼈다.

세찬 겨울바람이 칼날처럼 피부를 할퀴고 흐른다. 간헐적으로 정지했다가 다시 불어오기도 한다. 바람의 세기는 일정하지 않았고 방향마저 수시로 바뀐다.

일순 그는 바람의 기묘한 현상을 감지했다. 그것은 장애물 때문에 순간적으로 갈라진 바람이 다시 합쳐지는 느낌이었다.

그는 문득 깨닫는 바가 있어 번쩍 눈을 떴다.

"그래! 가까운 곳에 첨봉이 있다."

그는 등짐을 내려 갈고리가 달린 긴 쇠사슬을 꺼내 들었다. 쇠사슬의 길이는 9장 남짓. 자신의 직감이 정확하고 거리가 멀지 않다면 첨봉의 존재를 확인할 수 있을 것 같았다.

그는 바람이 합쳐진 방향으로 힘껏 갈고리를 던졌다. 갈고리는 긴 꼬리를 이끌며 운무 속으로 사라졌다.

태앵……!

날카로운 쇳소리가 들려왔다. 그것은 그의 직감을 확신시켜 주는 희망의 소리이기도 했다.

"아, 역시 첨봉이 있었어!"

그는 쇠사슬을 감아 갈고리를 끌어당겼다. 재수가 좋다면 첫 번째에 걸려서 다리를 놓을 수 있었겠지만 일단은 첨봉의 존재를 확인한 것만으로도 만족했다.

그는 재차 운무 속으로 갈고리를 던졌다. 요란한 쇳소리가 들렸지만 이번에도 걸리지 않았다. 다시 몇 번을 던졌지만 갈고리는 전혀 걸리지 않은 채 튕기기만 했다.

일검향은 또다시 고민에 빠지고 말았다.

"갈고리가 걸릴 만한 틈이 전혀 없는 빙벽이란 말인가?"

일전에 끊어진 생사철교 구간을 건널 때는 첨봉의 형태를 정확히 기억하고 있었기에 갈고리를 던져 다리를 놓을 수 있었다. 하지만 운무 저편의 봉우리는 그 형태를 전혀 모르기에 답답하기만 했다.

결국 그는 중대한 모험을 결심했다. 직접 건너가기로 작심한 것이다. 눈앞의 상황을 전혀 모르기에 아주 위험한 선택이었지만 달리 방법이 없었다.

그는 가죽 허리띠에 최대한 길게 쇠사슬을 연결하고는 두 손에 각기 갈고리를 쥐었다.

여의심결을 운기해 가슴을 진정시킨 그는 바닥을 박차며 운무 속으로 뛰어들었다. 거대한 그림자가 희미하게 시야에 들어왔다. 이어 깎아지른 빙벽이 눈앞을 가로막았다.

비로소 갈고리가 걸리지 않은 것이 이해가 되었다. 얼음벽이 너무나 매끄러워 갈고리가 걸릴 만한 틈이 없었던 것이다.

깊이 숨을 들이킨 그는 양손의 갈고리를 힘껏 빙벽에 박았다.

일순 빙벽 한 부분이 으스러지며 왼손의 갈고리가 힘을 잃었다. 다행히 오른손의 갈고리가 빙벽 깊숙이 박히며 그의 몸을 지탱해 주었다.

"후우!"

입에서 절로 안도의 한숨이 흘러나왔다. 아무리 죽음을 극복하는 수련을 쌓았다 해도 죽음의 위기가 닥친 순간에도 초연하기란 쉬운 일이 아니었다.

그는 양손의 갈고리를 번갈아 찍으면서 빙벽을 올라갔다. 발을 이용하고 싶어도 디딜 곳이 없기에 전혀 쓸모가 없었다. 그는 오로지 갈고리에만 의존해 빙벽을 기어올랐다.

빙벽이 아주 높지 않은 것이 그나마 행운이었다.

가까스로 빙벽에 올라선 그는 흥건한 땀에 젖어 있었다. 그는 연신 숨을 몰아쉬며 주변을 살폈다. 측면으로 가파른 비탈이 형성돼 있었다. 비탈은 눈과 얼음으로 뒤덮여 있었지만 곳곳에 튀어나온 돌부리가 디딤돌이 되어줄 것 같았다.

"이곳이 새로운 통로로 이용되기를 기원해야겠군."

그는 쇠말뚝을 박아 쇠사슬을 단단히 동여매 또 하나의 생사철교를 만들었다.

연후 그는 비탈을 따라 몸을 날렸다. 가파른 비탈은 무려 2백여 장이나 계속되었다. 간간이 수직으로 깎인 곳도 있었지만 아주 높지는 않았다.

그러던 어느 순간 시야가 확 트였다.

발 아래로 장대한 설경이 펼쳐진 것이다. 그다지 높지 않은 능선과 봉우리가 한눈에 들어왔고, 하얀 눈을 머리에 얹은 상록수가 빽빽하게 수림을 형성하고 있었다.

일검향은 마치 오랜 어둠 속에서 벗어난 심정이었다.

"아, 찾아냈어! 이제 천예사원의 새로운 통행로가 확보된 거야!"

스스로 생각해도 감동적이었으며 뿌듯한 자부심에 가슴이 활짝 펴졌다. 그가 미지의 운무 속으로 뛰어들어 찾아낸 통행로는 깊은 의미가 있었다. 단지 새로운 길이 아니었다. 그것은 천예사원의 부활을 고하는 역사적인 자객로였던 것이다.

第24章

가장 사소한 것이 중요하다

  매서운 눈보라를 뿌리는 사천성과 달리 호남성의 쌀쌀한 기후는 갖옷 하나만 덧대 입으면 충분할 정도였다.

  800리 동정호(洞庭湖)의 물빛은 가을 하늘보다 청명했고, 하얀 돛을 높이 단 범선들이 유유히 호상을 가로지르고 있었다. 대개는 물자를 가득 실은 상선들이었지만 동정호의 명승지를 두루 지나는 유람선도 제법 되었다.

  유람선보다 작은 배들은 어선이거나 놀잇배였다.

  그물을 던져 생계를 잇는 어부들에게 있어서는 기녀를 옆에 끼고 한가하게 시담을 읊조리는 풍류객들이 훼방꾼이면서 또한 고객이었다. 갓 잡은 싱싱한 생선은 풍류객들에 비싼 값으로 팔리기에 어선들과 놀잇배는 늘 어우러져 있었다.

  시원스럽게 물살을 가르며 호심을 가로지르는 일엽편주는 놀잇배도 아니었고 그렇다고 어선도 아니었다.

늙은 뱃사공은 능숙하게 노를 저었고 뱃전에는 두 남녀가 나란히 서 있었다. 그들은 간간이 술을 마시며 동정호의 풍광을 둘러보고 있지만 여느 유람객들처럼 한가해 보이지는 않았다.

두 사람 모두 경장 차림에 피풍의를 둘렀고 병기를 휴대한 것으로 미루어 강호인으로 보였다.

여인은 중년의 나이를 느낄 수 없을 만큼 아직도 매력적인 미태를 간직하고 있었다. 사내처럼 짙은 눈썹과 강렬한 눈빛이 다소 매섭게 느껴졌지만 빼어난 용모의 소유자였다.

구레나룻을 기른 청년은 언뜻 보면 수많은 사람들 속에 묻힐 만큼 평범한 용모의 소유자였다. 하지만 자세히 뜯어보면 수려한 오관은 미장부로 불리어도 손색이 없을 정도였다. 그렇듯 영준한 용모를 지니고도 평범함 속에 묻혀 있다는 것이 조금은 신비했다.

여인은 안주 삼아 육포를 우물거렸다.

"어때, 볼 만해?"

"호수인지 바다인지 모르겠군요. 물론 아직 바다는 한 번도 본 적이 없지만 말입니다."

"훗, 아직 바다를 구경하지 못했다고? 다음에 남해나 동해 쪽으로 출동할 일이 있으면 꼭 데려가야겠군. 처음 바다를 보는 사람은 그 광대함에 입이 절로 벌어지지. 동정호가 아무리 넓어도 바다에는 비할 수가 없어."

청년은 하늘과 물이 맞닿아 있는 수평선을 바라보았다.

"이렇듯 거대한 호수도 처음입니다. 매번 출동할 때마다 느끼는 일이지만 세상은 참으로 넓더군요."

"그래, 정말 넓지. 그러니 그 죽일 놈들이 어디에 처박혀 있는지 찾아낼 수가 없는 거야."

매력적인 용모답지 않게 거친 말투로 일관하는 여인은 다름 아닌 을화였다. 그녀와 동행한 청년은 물론 일검향이었다.

일검향이 새로운 통행로를 확보한 덕분에 임시로 설치된 생사철교는 철거되었다. 두 개의 봉우리를 가로지르는 가교는 새로이 자객교(刺客橋)로 명명되었다.

갑영은 계도와 조를 이루어 앞서 출동했고, 을화와 일검향은 다음날 춘추봉을 내려왔다. 창비와 묵궁은 천예사원을 방어하기 위해 남겨두었다. 물론 운신이 불편한 다훼를 보호하기 위한 조치이기도 했다.

그들의 이번 강호행은 척살을 위한 출동이 아니었다. 은천마국의 정확한 소재를 파악하기 위한 하산이었다.

복수!

원주와 동문들을 위한 복수는 절대적이었다. 복수에 집착해 이를 갈고 눈에 핏발을 세우지 않았지만 그들의 가슴속에는 서슬 퍼런 복수심이 숨겨져 있었다.

하지만 자객 중의 자객이라는 천예사원의 자객들이라도 은천마국을 상대로 펼치는 복수전에 대해서는 장담할 수가 없었다.

은천마국은 신기루와 같은 존재였다.

이미 수백 개의 문파를 복속시켰지만 그들은 세상을 향해 어떤 영향력도 행사하지 않았다. 복종을 강요하지도 않았고 무차별 살상을 벌이지도 않았다.

은천마국에 있어 하나의 문파는 그저 강호라는 바둑판에 놓인 바둑돌에 불과할 정도였다.

바둑돌은 상황에 따라 사석작전에 의해 얼마든지 버려질 수 있다. 당하는 자에게는 분노와 슬픔이겠지만 굽어보는 자에게는 그저 무수한 바둑돌 중 하나일 뿐인 것이다.

현 상황을 달리 생각하면 강호 전체가 은천마국일 수 있었다. 세상은 오직 두 개의 색깔로 분류될 뿐이었다.

스스로 복종하는 자와 불복하는 자.

은천마국의 국주(國主)는 수하들에게 싸움을 종용하지 않았지만 마국을 추종하는 잔마대들이 알아서 세력을 넓히고 있었다. 그들은 단지 은천마국에 예속되기 위해 목숨을 바쳐 충성을 다하고 있었다.

무림사 이래 은천마국과 같은 무단(武團)은 존재한 적이 없었으며 이후에도 다시없을 것이다.

일검향은 광대한 동정호를 감상하면서 어쩌면 이 거대한 호수마저 은천마국의 정원을 장식하는 연못에 불과할지도 모른다고 생각했다.

그는 을화가 어느 곳을 찾아가는지 전혀 알지 못했다.

처음에는 궁금함이 많았지만 이제는 굳이 앞서 알려 하지 않았다. 그녀의 장난스런 성격상 시원스런 답변을 기대할 수 없었기 때문이다. 그녀가 늘 말하는 대로 가보면 알게 될 일이었다.

편주는 수많은 선착장 중 한 곳에 정박했다.

선착장에는 물자와 손님들을 싣기 위한 마차가 다수 도열해 있었다. 을화는 마부에게 행선지를 일러주고는 일검향과 함께 마차에 탔다.

일검향과 나란히 앉은 을화는 그의 어깨에 머리를 기댔다.

"궁금하지 않아? 왜 아무것도 묻지 않는 거야?"

"가보면 알게 되겠지요."

"임마, 벌써 그러면 내가 너무 심심하잖아? 곧 당도할 테니 물어봐도 돼."

일검향은 그녀의 머리를 가볍게 밀쳐 내며 물었다.

"가는 곳이 어디입니까?"

그러자 을화는 기다렸다는 듯 되받아쳤다.

"가보면 알아, 임마!"

2

구주총련동정지부(九州總聯洞庭支部)!

누런 깃발에 여덟 개 글자가 힘찬 필체로 새겨져 있었다.

호수 변에 위치한 장원은 규모가 상당했다. 출입문은 시장처럼 북적 댔고 무수한 사람들이 연신 떠들어대며 무리를 지어 이동했다. 대부분은 양민들이었고, 간혹 병기를 휴대한 무사들이 보이기도 했다.

을화와 일검향은 번잡스런 인파를 뚫고 중문 앞에 이르렀다.

일반인의 출입이 금지되었기에 중문 앞은 한가했다. 문을 지키고 있는 네 명의 무사들은 하나같이 거만해 보였다.

쌀쌀한 날씨에도 불구하고 무성한 가슴 털을 과시하던 청년이 퉁명스럽게 소리쳤다.

"뭐야? 일자리가 필요하면 접수방에 기재하고 기다릴 것이지 왜 이 곳을 얼쩡대는 거냐?"

을화의 성격상 곱게 받아줄 리가 만무했다.

"이 새끼들 보게? 당장 들어가서 장(張) 지부장 나오라고 해!"

"큭, 멀쩡하게 생긴 계집이 미쳤나? 감히 지부장님의 영접을 받겠다는 거냐? 네년은 늙어서 기루에도 못 보내줘. 혹시 모르지, 낯짝 가리지 않는 하급 청루라면 모를까.”

털북숭이 청년의 걸쭉한 말에 동료 무사들이 과장된 웃음을 터뜨렸다.

“케헤헤, 왕소팔의 입담은 정말 걸쭉하군.”

“크흐훗! 소팔, 너무 심했어. 낫살은 좀 들었지만 아직 상판은 반반
한데 뭘?”

“첩실 자리라도 하나 소개해 줄까?”

일검향은 그들이 측은하게만 생각되었다.

세상에서 가장 오만하고 추잡한 자들이 바로 쥐꼬리만한 권한을 지
녔으면서 거들먹거리는 최말단직들이다. 곤경에 처한 사람들을 앞서
짓밟는 자들이 그들이며, 도움을 청하는 사람들을 버러지처럼 취급하
는 자들이 바로 그들이다. 그리고 곧 죽을지도 모른 채 거들먹거리는
어리석은 자들 또한 그들이다.

퍼퍼퍽—!

을화의 권법과 각법이 연속적으로 작렬했다. 감정적으로 강타하면
경비 무사들이 일격에 죽을 수도 있기에 그녀는 가급적 살살 때렸다.
그래야 오랫동안 주먹질을 할 수 있기 때문이다.

“아이쿠!”

“아악!”

경비 무사들의 죽을 듯한 비명 소리가 장원 전체를 진동시켰다.

그들은 을화의 주먹과 발길질에 거의 초주검이 되었다. 얼굴은 뭉개
졌고 늑골은 으스러졌으며 팔다리뼈는 모두 분질러졌다. 죽지는 않겠
지만 평생 폐인으로 살아야 할 정도였다.

장원 곳곳에서 경비 무사들이 달려왔지만 을화의 모진 매질에 감히
접근을 하지 못했다. 공연히 자신마저 불구자가 되고 싶지는 않았던

것이다.

이때 호위 무사들의 경호를 받으며 지부장이 급히 중문을 나섰다. 지부장은 워낙 비대한 데다 키까지 작아 마치 공이 굴러오는 듯한 모습이었다.

중년의 나이에도 불구하고 속알머리까지 훤히 벗겨진 대머리 지부장은 두 손을 모아 쥐며 사정을 했다.

"화… 화 아가씨, 죽이지는 마십시오. 제가 엄하게 벌을 내리겠습니다."

을화는 마무리 삼아 경비 무사들의 주둥이를 한 방씩 걷어찼다.

"나도 알아. 개 값 물어주고 싶은 생각은 없으니까."

그녀는 대머리 지부장과 아주 교분이 두터운 듯 다정하게 그의 어깨를 다독였다.

"잘 있었어?"

"반갑습니다, 화 아가씨. 미리 연통이라도 주시지 않고. 어쨌든 잘 오셨습니다."

지부장은 마치 왕녀를 대하듯 시종 공손함을 잃지 않았다. 그는 호위장에게 턱짓을 보냈다.

"저것들 당장 내쫓아!"

호위장은 팔이 안으로 굽는다고 수하들의 잘잘못도 확인하지 않는 지부장의 처사에 불만을 터뜨렸다.

"대인, 일단 자초지종이라도 들은 연후에……."

"호위장, 자네도 쫓겨나고 싶은가? 화 아가씨께서 이렇듯 화를 내셨다면 놈들은 죽을죄를 지은 게야. 당장 쫓아내!"

지부장은 을화를 정중히 안으로 청했다.

"어서 드시지요."

"그럴까?"

을화가 도도하게 걸음을 옮기자 일검향이 조용히 뒤를 따랐다. 지부장은 실눈으로 빠르게 일검향을 훑어보았다.

"이런, 동행이 계셨구려?"

"내 동생이야. 추검이라 하지."

"초면에 민망한 모습을 보여 송구하오. 드십시다."

지부장은 일검향에게 정중히 예를 올리고는 호위장에게 명했다.

"지소장들을 모두 내보내. 회의는 나중으로 미룬다. 그리고 후원 별채를 깨끗하게 청소해 놓도록 아랫것들에게 단단히 일러두게."

그는 호위장의 응대도 듣지 않고 중문으로 들어갔다.

호위장은 초주검이 되어 신음하는 경비 무사들을 내려다보며 쓴 입맛을 다셨다.

'젠장, 대체 어떤 신분이야? 왕부의 군주(郡主)라도 되는 건가?

접견실로 안내된 을화와 일검향은 하녀들이 들여온 더운물로 손을 씻고 입을 헹구었다. 지부장은 옷을 갈아입고 오겠다며 잠시 자리를 비웠다.

일검향은 접견실을 빠르게 둘러보았다.

그다지 정갈하지도 않았고, 호화로운 장식품이나 운치있는 예술품 하나 보이지 않았다. 손때가 묻어 반질반질 빛나는 탁자며 필기구로 미루어 많은 사람들이 수시로 드나드는 장소로 보였다.

을화는 하녀들이 내온 차를 한 모금 들이키고는 인상을 찌푸렸다.

"지독한 노랑이. 싸구려 차 맛은 여전하군."

"누구입니까?"

"보면 몰라? 구주총련의 동정호 지부장 장완(張玩)이야."

"구주총련이 대체 뭐 하는 곳입니까?"

"별 볼일 없는 곳이야. 사람들에게 일거리를 알선해 주는 인력 소개소이지. 지부와 지소가 천하 수백 곳에 널려 있어. 이곳 동정 지부는 호남성에서 가장 큰 규모라 할 수 있지."

"……."

일검향은 차를 한 모금 들이켰다. 나뭇잎을 삶은 맛이 나는 게 을화의 말대로 싸구려 하급 차였다. 하지만 중요한 것은 차 맛이 아니었다.

'왜 번잡스런 인력 소개소를 찾아온 걸까? 우리는 가급적 사람들과의 대면을 피해야 할 상황인데…….'

그는 천예사원과 인력 소개소를 연결시켜 보았지만 뚜렷한 합일점을 찾아내기 어려웠다.

이때 옷을 갈아입은 대머리 지부장 장완이 들어섰다.

"후원을 치웠다 하니 그리로 옮기시지요."

"그동안 별채는 수리를 해두었어? 예전 그대로라면 별로 가고 싶지 않은데?"

"헤헤, 거금 좀 썼습니다. 오로지 화 아가씨를 위해 단장해 두었지요. 한데 통 오시지를 않아 얼마나 속이 상했는지 모릅니다."

"그래? 어디 구경이나 해볼까?"

을화가 몸을 일으키자 일검향도 따라 일어섰다.

별채까지 이어진 길에는 하얀 자갈이 깔려 있었다. 정원수는 듬성듬성 심어놓았는데 손질이 엉성해 그다지 볼품은 없었다.

별채 전각은 새로 기와를 얹었고 요란하게 채색돼 있었다. 애써 화려함을 뽐내려 했지만 천박스러움은 감출 수 없었다. 한데도 별채를 바라보는 장완의 표정에는 자부심이 역력했다.

"헤헤, 이제는 귀한 분들을 맞이해도 체면이 구기지 않소이다."

을화는 건성으로 고개를 끄덕였다.

"확실히 돈은 들였군."

"우리 벌이로서는 정말 거금이었소이다. 한 놈 일자리 소개시켜 줘 봐야 몇 푼이나 받겠소이까?"

"장 지부장, 앓는 소리 좀 그만 해. 호남성에서 손꼽히는 거부라는 거 다 알아."

"아이고, 무슨 말씀을."

장완은 연신 허리를 굽실거리며 두 사람을 안으로 청했다.

원탁에는 벌써 주연석이 마련돼 있었다. 세 사람이 자리를 정하고 앉자 장완이 먼저 술을 올렸다.

"이거 얼마 만입니까?"

"한 3년 됐나?"

"화 아가씨는 여전히 매력적이십니다. 화 아가씨만 뵈면 저도 10년 은 젊어지는 기분이지요."

"아직도 아가씨야? 나 벌써 마흔이 넘었어."

"별말씀을 다 하십니다. 아직도 이십대 요조숙녀를 방불케 합니다. 나이 따위는 잊으십시오."

세 사람은 건배를 하고 단숨에 술잔을 비웠다.

장완의 아부는 역겨울 정도로 노골적이었다. 일검향은 전형적인 소 인배라는 생각에 별반 대화를 나누고 싶지도 않아 술만 마셨다.

을화는 온갖 화려한 수식어를 갖다 붙이는 장완의 아부와 칭송에 흐뭇한 미소를 짓고 있었다. 아무리 자객의 신분이라 해도 그녀는 어쩔 수 없는 여인의 몸이었다. 자신을 세상에서 가장 아름다운 귀공녀로 칭송하는데 굳이 마다할 이유가 없었다.

몇 순배의 술이 돌자 장완이 목소리를 낮추었다.

"화 아가씨, 한데 풍문이 사실입니까?"

"무슨 풍문?"

"마국에 의해 천예사원이 침공을 당했다 하더이다. 수많은 자객들이 죽었고 원주님마저……."

"사실이야."

을화가 순순히 시인하자 오히려 일검향이 놀라고 말았다.

'아니, 대체 이자가 누구이기에 그런 극비 사안을 확인해 준단 말인가?'

장완의 천박스러움에 대수롭지 않은 사람으로 경시했던 일검향은 새삼 생각을 다시 하게 되었다. 을화의 신분으로 미루어 무의미한 사람과는 함부로 교분을 갖지는 않았을 것이기 때문이다.

"맙소사!"

장완은 길게 한숨을 쉬고는 자리에서 일어섰다.

그는 춘추봉이 위치한 서북향을 향해 정중히 절을 올리며 한동안 애도의 태도를 취했다.

"……?"

일검향은 그의 신분이 점점 더 의문스러워졌다. 적어도 자신보다 천예사원에 대해 더 많은 것을 알고 있는 것처럼 보였다.

장완은 소인배답게 자신의 사정부터 하소연을 했다.

"저도 이제는 밥줄이 끊기게 되었군요."

"장 지부장, 인력 소개비만으로 충분하지 않아? 도대체 얼마나 더 많은 돈을 벌고 싶은 거야?"

"그까짓 푼돈으로 어떻게 동정 지부를 유지할 수 있겠소이까? 춘추봉의 지원금이 없었다면 저는 간신히 지소 하나를 꾸리며 살고 있었을 것입니다."

을화는 품속에서 납작한 옥함을 꺼내 탁자 위에 내려놓았다.

"받아둬."

장완은 옥함의 뚜껑을 열어보고는 입을 딱 벌렸다.

황금보다 수십 배는 값진 귀한 패물들로 가득했다. 은자로 환산해도 족히 천 냥에 달하는 거금이었다.

마른침을 꿀꺽 삼킨 장완은 몹시 아쉬운 표정을 지으며 옥함을 내려놓았다.

"제 목이 걸린 사안이겠군요."

"단도직입적으로 말하겠어. 천예사원은 아직 건재해. 우리는 반드시 복수를 할 것이고 놈들에 대한 상세한 정보가 필요해. 장 지부장에게는 어떤 피해도 가지 않을 거야."

"화 아가씨……."

장완은 아주 난감한 표정으로 말을 이었다.

"마국은 이미 천하의 절반을 지배하고 있소이다. 저들이 두려운 것은 가공할 마공이 아니라 무형의 권위입니다. 잔마대 놈들은 저들에게 충성을 못 바쳐 안달이고 의천맹에 협조하는 문파는 나날이 줄어들고 있소이다."

"나한테 복수를 단념하라는 말은 하지 마. 원주님이 내게 어떤 분인지는 잘 알고 있을 테니까."

“무, 물론이외다. 하지만 화 아가씨마저 잃는 것이 두렵소이다.”

을화는 거푸 두 잔의 술을 비우고는 단호하게 말했다.

“굳이 기한을 정하지는 않겠어. 최대한 빨리 방대한 정보가 필요해.”

“화 아가씨, 이건 우리 구주총련의 운명과도 직결되는 사안이외다. 제가 총사(總師)를 찾아뵙고 재가를 받아야 가능한 일입니다.”

“그럼 총사를 만나.”

“아이고… 이것 참.”

장완은 연신 실눈을 깜빡이며 울상을 지었다.

그러자 여태 묵묵히 술잔만 비우던 일검향이 처음으로 입을 열었다.

“구주총련에서 거절하면 당신들은 내가 죽여주겠소. 마국의 손에 죽든 내 손에 죽든 결정을 내려야 할 것이오.”

장완의 입이 쩍 벌어졌다. 그는 실눈을 부릅뜨며 일검향을 직시했다.

을화가 급히 일검향의 어깨를 쥐어박았다.

“당장 사과해! 어떻게 장 지부장을 위협할 수 있는 거야?”

“……”

“추검, 장 지부장은 우리의 가족과 같은 사람이야. 어려운 부탁을 하는 처지에 감히 협박을 하면 어떻게 해? 술이나 퍼마실 것이지 왜 나서는 거야?”

장완은 다소 진정을 하고는 양손을 저었다.

“돼… 됐소이다, 화 아가씨.”

그는 술을 한 잔 들이키고는 조심스럽게 물었다.

“귀하께서 혹시 무향검살(無香劍殺)이 아니시오?”

“……?”

“아, 대부분의 자객은 자신의 별호를 모르고 있지. 무향검살은 두 번씩이나 수월루에 뛰어들어 장안제일의 기녀 월아영과 수월루주를 척살한 자객을 말하는 것이오. 우리의 정보가 틀리지 않다면 소림의 정현 대사를 척살한 자객도 무향검살이오."

일검향은 무심한 눈빛으로 장완을 직시했다.

감정을 전혀 드러내지 않았지만 그의 놀라움은 대단했다. 월아영과 수월루주에 대한 척살은 공공연하게 이루어졌기에 굳이 비밀일 수 없었다. 하지만 정현 대사를 척살할 때는 소림의 금강나한들만 그 자리에 있었다. 각기 다른 살인 수법을 구사했기에 두 곳의 척살이 동일한 자객의 솜씨임을 알아챌 사람은 극히 드물다. 한데 한낱 인력 소개소의 지부장이 그것을 간파하고 있었던 것이다.

을화는 장완의 뛰어난 정보력을 인정하고 있기에 별반 놀라워하지 않았다.

"무향검살이라고? 어느 놈이 갖다 붙였는지 몰라도 잘 어울리는 별호로군. 하지만 자객이 별호를 얻었다는 것은 그다지 좋은 현상은 아니야. 표적이 될 수 있으니까."

장완은 한참을 고민하다가 옥함을 집어 품속에 넣었다.

"하루만 말미를 주시오. 일단 전서통문으로 사안을 보고한 후 재가를 받도록 하겠소."

을화가 그의 손을 쥐며 부드러운 미소를 지었다.

"이 녀석은 4기 수련생이라 모르는 게 많아. 장 지부장이 이해해."

장완은 연신 그녀의 손을 매만지며 딴소리를 했다.

"아이고, 손이 여전히 부드럽습니다."

그가 별채를 나가자 을화가 일검향을 닦달했다.

"검향, 앞으로는 함부로 나서지 마. 장 지부장이 너그러웠기에 망정이지 하마터면 산통 깨질 뻔했어."

"제가 보기에는 소인배일 뿐입니다."

"나도 알아. 사소한 실리를 챙기는 데 이력이 난 소인배는 확실해. 하지만 그는 2기 수련생 중 한 사람인 임표(王彪) 천살의 친동생이야."

"예에?"

"임표는 임무 수행 중 죽고 말았지. 장완은 자객으로서의 자질은 없지만 형을 대신해 천예사원의 가족이 되기를 원했기에 노인네가 허락하신 거야. 다시 말해 우리의 정보원이 된 거지."

일검향은 그제야 을화가 왜 장완을 천예사원의 가족처럼 대했는지 이해가 되었다. 하지만 장완에 대한 그의 선입견은 여전히 부정적이었다.

"인력 소개소 따위에서 대체 어떤 정보가 입수될 수 있단 말입니까?"

"물론 틀린 말은 아니야. 고급 정보는 기대할 수 없어. 하지만 구주총련은 세상의 가장 밑바닥을 소상히 알고 있지. 그들은 아주 사소한 정보로 최고 기밀을 파악하는 능력을 지닌 자들이야."

"……."

"세상을 움직이는 것은 비천한 자들이 묵묵히 자신의 일을 하고 있기 때문이지. 윗자리에 있는 자들은 누가 매일같이 침상보를 갈아주는지, 누가 물을 데워 오는지, 누가 때맞춰 요리와 간식을 내오는지, 누가 빨래를 하고 청소를 하는지, 누가 뒷간을 치우는지 전혀 몰라. 만일 그런 비천한 일들을 하는 사람들이 없다면 윗자리에 있는 놈들은 아주 불편하게 살아야 할 거야."

자리에서 일어선 을화는 창문을 밀쳐 공기를 환기시켰다.

"거대한 조직일수록 그 조직을 유지하기 위해 예속된 하녀와 일꾼들이 많이 필요해. 그런 자들을 모두 강제로 납치할 수는 없겠지. 구주총련은 그런 저급한 인력을 제공해 주는 단체야."

일검향은 자신의 편협한 사고가 부끄러웠다.

천예사원의 자객으로 임명되면서 자신도 모르게 세상을 경시하는 오만에 빠져 있었음을 깨닫게 되었다. 그것은 지나친 자부심이 가져다 준 그릇된 의식이었다.

을화는 창가에 걸터앉으며 말을 이었다.

"구주총련은 인력 소개와 더불어 자객 단체에 청부를 대신 해주기도 하지. 일반 사람들이 반드시 죽이고 싶은 원수가 있다 해도 어디에 있는지도 모르는 자객 단체를 어떻게 찾아갈 수 있겠냐? 구주총련은 살인 의뢰를 받게 되면 적절한 자객 단체에 의뢰를 하고 소정의 소개비를 받지."

그녀는 일검향에게 시선을 돌리며 다소 표정을 누그러뜨렸다.

"이제 좀 이해가 되니? 내가 미리 말해주었어야 했는데."

일검향은 조용히 시선을 내렸다.

"장 지부장에게 사과를 하겠습니다."

"그럴 필요 없어. 이미 지난 일이야."

"……."

"신경 쓰지 마. 장 지부장이 비록 금전에는 인색해도 감정 때문에 의뢰를 재고할 만큼 옹졸할 인간은 아니니까. 그들의 두려움을 우리가 이해해야 돼."

바닥으로 내려선 을화는 문으로 향했다.

"하암, 볼 것 하나 없는 곳이지만 잠시 산책이나 해야겠어."

일검향이 몸을 일으키며 물었다.

"누님, 한 가지 여쭤볼 게 있습니다."

"뭔데?"

"은천마국의 정보를 입수하기 위해서라면 은밀하게 접선을 했어야 하는 것 아닙니까? 문 앞에서 왜 그토록 소란을 피운 것입니까?"

"마국 놈들은 우리에 대해 속속들이 알고 있어. 그런 상황인데 굳이 도둑놈처럼 숨어 다닐 필요는 없잖아? 오히려 대놓고 활보하는 게 효과적으로 남의 이목을 속일 수 있어. 게다가 지금은 우리가 척살을 위해 출동한 것도 아니잖아?"

을화가 별채를 나가면서 의미 있는 한 마디를 던졌다.

"구주총련을 너무 하찮게 생각 마. 쓰레기더미 속에서도 꽃은 피니까."

혼자 남은 일검향은 손에 든 술잔을 물끄러미 바라보았다. 그는 을화를 통해 깨달은 새로운 진리를 가슴 깊이 새겨두었다.

'그래, 세상에 사소한 것은 없다. 풀 한 포기, 돌 한 조각도 그 존재의 이유가 있는 거야. 풀이 모여야 숲을 이루고 돌이 모여야 산을 이룰 수 있는 법이니까.'

일순 눈앞을 씌운 한 겹 막이 사라진 듯 세상이 한층 밝게 보였다.

'가장 사소한 것이 가장 중요한 것이다!'

3

다음날 오후.

장완은 송구한 표정으로 옥함을 내려놓았다.

"화 아가씨, 정말 죄송하게 되었습니다."

정보 의뢰비가 반환되자 을화의 표정이 싸늘하게 굳어졌다.

"장 지부장, 금액이 부족하다는 건가?"

“아니외다. 일단 진정하십시오.”

“총사를 만나게 해줘. 내가 직접 담판을 짓겠다.”

을화의 등등한 기세에 장완은 식은땀을 삐질삐질 흘렸다.

“화 아가씨, 좌정하십시오. 말씀 올리겠소이다.”

“좋아, 말해봐.”

“총사께서도 천예사원의 불상사에 대해서는 깊은 유감을 표명하셨습니다. 하지만 상대가 은천마국이기에 우리로서도 현실적으로 도울 방법이 많지 않습니다. 우리 구주총련이 갖고 있는 정보는 별반 쓸모가 없을 것입니다.”

“뭐라도 좋아. 놈들의 실체를 조금이라도 파악할 수 있다는 것이 중요한 거니까.”

장완은 힐끗 일검향의 반응을 살폈다.

그는 을화보다는 일검향의 반응을 두려워했다. 을화와는 오랜 교분이 있기에 자신을 해치지 않을 것이라 확신할 수 있지만 신참 자객은 예측하기가 힘들기 때문이다.

일검향이 담담한 어조로 말했다.

“구주총련이 결정적인 정보를 쥐고 있다고는 생각지 않소. 하지만 당신네 조직이라면 남들이 모르는 잡스런 정보를 갖고 충분히 유추할 수 있을 것이오. 시간이 필요하다는 거요, 아니면 할 수 없다는 거요? 정확한 입장을 밝히시오.”

장완은 어제와는 사뭇 다른 그의 태도에 다소 놀란 표정을 지었다.

“호오, 무향검살께서는 정말 예리하시군.”

그는 쌉쌀한 차로 입을 축이고는 목소리를 낮추었다.

“화 아가씨, 정보를 분석할 시간이 필요한 것은 확실합니다. 또한 이번 거래는 황금으로 대신할 수가 없습니다."

"어쨌든 거절은 아니란 말이지?"

"물론입니다. 우리 구주총련은 버러지처럼 살아가는 대다수 양민들을 위한 조직이외다. 우리들은 그저 평화로운 세상에서 살기를 바랄 뿐입니다. 세상의 주인이 누가 되든 상관이 없지만 억압받는 세상은 원치 않습니다."

직설적으로 표명을 하지는 않았지만 그 역시 은천마국에 대한 반감을 우회적으로 드러냈다.

"이번에 총단에서 아주 골치 아픈 의뢰를 받게 되었습니다. 살인 청부에 대한 의뢰입니다. 당연히 자객 단체에 청부를 의뢰해야겠지만 아마도 모든 자객 단체에서 거부를 당할 청부입니다. 결국 살인 청부는 천예사원으로 넘어가게 되겠지요."

"표적이 대체 누구야?"

"사실 천예사원과 직거래를 하게 되면 그동안 거래를 해왔던 자객 단체와의 관계를 깨는 일이기에 우려가 큽니다. 만일 화 아가씨께서 비밀을 지켜주신다면 처음이자 마지막으로 직거래를 해보겠습니다."

장완은 커다란 손수건으로 연신 땀을 닦았다.

일검향은 그의 우려를 충분히 짐작할 수 있었다.

살인 청부는 거액이 오가는 커다란 거래다. 청부를 맡은 자객 단체가 직접 출동할 자신이 없을 경우 천예사원에 청부를 위임하는 것은 수십 년 이래의 관례였다. 임무가 완수되면 자객 단체는 단지 의뢰를 맡은 것만으로 상당한 수수료를 챙길 수 있다.

한데 중대한 살인 청부가 곧바로 천예사원에 의뢰된다면 자객 단체들의 수입은 급감하게 된다. 대다수의 자객 단체는 오로지 은자를 위해 살인을 하기에 수입의 감소는 반발을 야기시킨다.

결국 구주총련이 막대한 수수료를 챙기기 위해 천예사원과 직거래를 텄다고 생각할 것이며 심각한 분란을 일으킬 수도 있었다.

그동안 천예사원이 모든 자객 단체들로부터 존경과 인정을 받은 이유는 직접적인 살인 청부를 받지 않았기 때문이다. 즉, 그들이 이권을 챙길 수 있도록 배려한 것이다. 만일 가장 뛰어난 자객들을 보유한 천예사원이 직접 살인 청부를 받게 되면 최소한 100여 곳의 자객 단체는 문을 닫아야 할 것이다.

사람의 목숨을 담보로 하지만 그 또한 은자가 걸렸기에 상거래일 수밖에 없었다. 장완의 장황한 변론은 간단히 말해 고액의 수수료를 챙기면서 기존의 이권은 잃고 싶지 않다는 뜻이었다.

을화도 그 내막을 어느 정도 파악하고 있기에 짜증스럽게 응수했다.

"알았어. 적당한 자객 단체를 물색해 그들에게 의뢰를 받은 것으로 하겠어. 그러면 문제없겠지?"

비로소 장완의 얼굴에 화색이 감돌았다.

"헤헤, 그렇게 해주신다면 우리 구주총련도 신용을 잃지 않을 수 있소이다."

"그럼 거래를 하자고. 의뢰비 외에 우리가 한 건의 살인 청부를 해결해 주겠어. 대신 은천마국에 대한 모든 정보를 넘겨줘야 돼."

"아이고, 고맙습니다. 의뢰비까지 주실 줄은 몰랐습니다."

장완은 말과는 달리 당연하다는 듯 옥함을 챙겨 넣었다.

일검향은 그의 영악한 상술에 속이 매스꺼워졌다. 장완은 을화가 의뢰비를 되받지 않을 것임을 예상했으며, 더불어 한 건의 살인 청부에 대한 청부금까지 확실하게 챙긴 것이다. 은자보다는 구주총련의 교활한 상술에 넘어갔다는 생각에 일검향은 입맛이 썼다.

'지독한 소인배로군. 우리의 다급한 사정을 철저히 이용하고 있어.'

을화는 장완과 머리를 가까이 맞댔다.

"표적이 누구야?"

"그게… 워낙 대단한 인물이라서……."

"뜸들이지 말고 빨리 말해. 내 성격 몰라?"

"너무 놀라지 마십시오. 표적은 바로 벽력신군(霹靂神君)입니다."

장완은 표적을 밝히자마자 잽싸게 별채를 빠져나갔다.

막대한 정보 의뢰비를 챙겼고 공짜로 살인 청부까지 해결했으니 그로서는 성공적인 거래였다. 이제 살인 청부의 성사 여부는 천예사원의 몫이고 실패할 경우 모든 배상 역시 천예사원에서 지불해야 한다. 그가 더 이상 앉아 있을 이유가 없었던 것이다.

"젠장!"

을화는 신경질적으로 탁자를 쳤다.

"대체 어떤 새끼가 이런 의뢰를 한 거야? 하필 벽력신군이라니."

"벽력신군이라면 천하구절(天下九絶)의 한 사람인 권절(拳絶) 담후천(潭侯天)을 말하는 겁니까?"

"그래, 벽력장(霹靂莊)의 장주 벽력신권 담후천이야."

을화는 그녀답지 않게 난감한 표정을 지었다.

"곤란하군. 벽력장은 접근조차 어려운 곳인데……."

"벽력신군이 금살명부(禁殺名簿)에 올라 있습니까?"

금살명부는 각 자객 단체마다 절대 죽일 수 없는 사람들을 기재해 놓은 명단을 말한다. 천예사원에도 금살명부가 있지만 일검향은 본 적이 없기에 그 대상자가 누구인지는 알지 못했다.

을화는 자신의 가슴을 감싸 안으며 천천히 실내를 거닐었다.

"금살명부에는 올라 있지 않지만 아주 까다로운 상대야."

그녀는 깊이 고심하다가 결정을 내렸다.

"아무래도 갑영과 상의해야겠어. 이번 표적은 오직 갑영만이 맡을 수 있어."

"제가 하겠습니다."

"뭐야?"

"제가 표적을 해결하겠습니다."

일검향이 단호하게 말하자 을화는 어처구니가 없는 듯 실소를 흘렸다.

"호홋, 네가 해결한다고?"

그녀는 의자를 끌어다 일검향과 가까이 앉았다.

"너 자객 경력이 얼마나 돼?"

"9개월째입니다."

"임마, 난 21년이 넘었어. 그런 나도 감히 나서지 못하는데 네가 해결한다고?"

"금살명부에 오르지 않은 자라면 누구든 죽일 수 있습니다."

"넌 벽력신군이 어떤 자인지 제대로 알기나 하는 거야? 그자는 천하구절의 한 사람이야. 당대의 초절정고수라고. 맞대결을 펼치면 넌 그자의 십초지적도 못 돼."

일검향은 담담하게 말을 받았다.

"전 그자와 비무를 하려는 것이 아닙니다."

"그래도 어느 정도 상대는 돼야지. 너, 창비한테 얘기 못 들었어? 네가 자나깨나 사모하는 감소채를 척살하러 나섰을 때 창비 녀석은 마부의 일격에 패퇴하고 말았어. 그 마부가 천하구절의 한 사람인 편절 도광패편이야. 한데 벽력신권은 도광패편보다 훨씬 뛰어난 고수라고. 게다가 벽력장은 침투가 불가능한 요새와 같아."

을화는 정색하며 고개를 흔들었다.

"안 돼. 절대 안 돼. 이건 자살행위야."

일검향은 그녀의 거부를 완전히 무시했다.

"벽력신군에 관한 상세한 정보가 필요합니다. 장 지부장에게 그것만 구해줄 것을 요구해 주십시오."

"검향!"

을화가 벌떡 일어서며 소리쳤다.

"내가 상급자다! 난 이살의 신분이야. 사살인 넌 내 지시에 따라야 돼. 임무에 나서도 내가 하겠어!"

"제가 먼저 자원했습니다."

"검향……?"

일검향은 우려의 눈빛을 발하는 을화의 눈을 차분하게 들여다보았다.

"안심하십시오. 결코 무모한 행동은 하지 않겠습니다."

"정말… 괜찮겠어?"

"누님이 이미 제게 방법을 일러주었습니다."

"내가……? 언제?"

일검향은 문을 향해 걸음을 옮겼다.

"사소한 것이 가장 중요하다는 진리 말입니다. 아무리 강력한 표적이라도 허점은 있게 마련입니다. 그자도 인간이니까요."

第25章

위험한 침투

벽력장(霹靂莊)은 장사(長沙)에 위치한 명문세가다.

이 장원은 70여 년 전 무적권왕(無敵拳王)에 의해 창건된 이래 3대에 걸쳐 명성을 떨쳐 오면서 이제는 당당한 무림세가로 자리매김하게 되었다. 제자들은 100명 정도로 아주 많은 숫자는 아니었지만 엄격한 선발 과정을 거쳐 입문한 인재들이라 하나같이 무공이 뛰어났다.

그들은 모두 벽력신군의 절기인 벽력권법을 수련했기에 도검을 사용하지 않는다. 벽력신권은 빠르면서도 강력했기에 병기에 의한 초식을 구사하는 것보다 훨씬 위력적이었다.

최근 들어 벽력장의 명성이 더욱 높아진 것은 장사를 침범한 잔마대들을 몰아낸 혁혁한 전공 덕분이었다.

벽력장은 정사(正邪) 어느 한쪽에도 치우치지 않은 중도 세력이었다. 100여 리 이내의 영역을 고수할 뿐 여느 문파처럼 세력 확장에 몰두하지 않았으며, 자파의 내실을 다지는 데 주력했다. 한데 은천마국의 후광을 등에 업은 장사성의 몇 개 사파가 스스로 잔마대임을 표방하며 벽력장에 굴복을 강요한 것이다.

담후천은 일언지하에 거절하며 오히려 그들에게 떠날 것을 경고했다.

이에 호남성에 난립해 있던 잔마대 300명이 대규모 공세를 펼쳐 왔다. 그들의 요구는 벽력장의 항복이 아니라 전 제자들의 죽음이었다.

담후천은 총관과 오대당주를 이끌고 당당히 그들과 맞섰다.

수적으로 현격한 열세였지만 벽력장 제자들은 죽음을 불사하는 투혼으로 잔마대를 멋지게 격퇴했다. 당시 싸움에서 담후천은 단신으로 일곱 명의 잔마대주를 격살했고, 잔마대 무사들은 절반이나 목숨을 잃었다.

비록 상대가 은천마국에서 파견된 마인들이 아니었지만 이 전투를 통해 담후천은 잔마대를 격퇴하면서 은천마국과 맞서 싸운 열협으로 추앙을 받게 되었다.

한데 그는 의천맹의 은밀한 묵계조차 냉담하게 거절했다.

벽력장이 잔마대를 격퇴한 것은 스스로를 지키기 위함일 뿐 은천마국과는 무관하며, 강호의 다툼에 개입하지 않는 것이 가문의 전통임을 강하게 내세웠다.

수시로 뒤바뀌는 강호의 정세를 감안한다면 현명한 처사일 수 있었다. 그러나 확실한 색깔이 없다는 것은 우군도 가질 수 없는 고립무원의 상황을 초래하기도 한다. 하기에 중도파로 존립하기 위해서는 강력한 자생력이 필요하다.

벽력장이 여느 무림세가와 달리 관할 영역을 넓히지 않는 것도 오래도록 가문을 지키기 위한 방편일 수 있었다.

　강남의 겨울은 아주 짧아 벌써 매화가 만개했다.

　담후천은 정원 가득히 핀 매화를 완상하며 천천히 산책을 즐기고 있었다. 벌써 50줄을 넘긴 나이였지만 갓 중년에 이른 나이로 보일 만큼 그는 체격이 당당했고 혈색이 좋았다.

　구레나룻에서 시작된 검은 수염은 마치 사자의 갈기를 방불케 하는 그의 기상을 높여주었다. 정광이 감도는 두 눈에서 간혹 푸른빛이 번득이는 것은 벽력신공에 의한 현상이었다.

　그는 가문의 절학인 벽력신권으로 당당히 천하구절에 오른 당대의 절정고수였다. 벽력신권은 소림의 백보신권을 능가하는 파괴력과 벼락같은 쾌속함을 지녔기에 가히 무림일절로 불리기에 충분했다.

　그는 매화가지를 하나 꺾어 들고는 향기를 음미했다.

　"흐음, 올 해의 매화는 향기가 유난히 짙군. 별반 유쾌한 일은 아니야. 향기란 은은할수록 그 깊은 맛이 있는 법인데."

　벽력원(霹靂園)의 담장 너머로 사람들의 소란한 움직임이 간헐적으로 들려왔다.

　벽력장은 본래 조용한 곳이었지만 납월 23일이라 모두가 제사 준비에 바빴다. 이날은 조상들에게 제를 올리는 것이 관례였다. 이때부터 원단 하루 전날 저녁인 제석(除夕), 원단 당일까지 명절 기간이라 할 수 있었다.

　제사를 위한 음식 준비로 벽력장은 모처럼 바쁜 일과를 보내고 있었다. 싱싱한 과일과 식재료의 반입이 줄을 이었고 사당을 깨끗이 청소하느라 부산을 떨었다.

담후천은 연못가 정자로 올랐다. 평소 정자에 올라 차를 마시며 독서를 하는 것이 그의 취미였다. 정자 한쪽에는 그가 즐겨 읽는 당송대의 시문이 빼곡하게 꽂혀 있었다.

그가 당시(唐詩) 한 권을 빼 들고 탁자 위에 펼칠 즈음 중년 문사가 정자로 올라섰다. 단아한 용모의 소유자였지만 눈빛이 다소 날카로웠다.

그가 바로 벽력장의 총관인 강헌영(姜憲英)이었다. 풍부한 학식과 경륜의 소유자로 벽력장의 대소사는 대부분 그에 의해 결정이 된다.

담후천이 서책을 뒤적이며 물었다.

"그래, 제례 준비는 차질없이 진행되고 있겠지?"

"물론입니다, 장주."

"이번 원단에는 청평사(淸平寺)에 들러 불공을 올리고 싶구나. 미리 넉넉히 시주를 보내도록 해라."

강헌영이 공손하게 손을 모았다.

"장주, 당분간 출타는 자제하시는 편이 좋을 듯하오이다."

"왜?"

"황망하게도 장주에 대한 암살이 진행되고 있다는 제보가 날아들었습니다."

담후천은 대수롭지 않은 표정으로 응수했다.

"하핫, 암살? 수년 전에도 그런 투서가 날아든 적이 있지 않느냐? 그런 일로 예정된 출타를 중단한다면 세상 사람들이 본좌를 뭐라 하겠느냐? 이 담후천도 이제 늙었다고 조롱하겠지."

"이번에는 투서가 아니라 제보입니다. 놀랍게도 첩보를 보내온 곳이 바로 은천마국이외다."

"은천마국?"

담후천은 이해가 되지 않는 듯 고개를 갸웃거렸다.

"그자들이 왜 그런 중대한 첩보를 제공한단 말이냐? 지난번 잔마대를 격퇴한 일로 인해 본좌에게 반감을 갖고 있을 텐데 말이다."

"저들은 첩보 외에도 한 가지 제안을 보내왔습니다."

"무엇이냐?"

"마국의 정예들을 보내 이번 암살을 막아주고 혈마공(血魔公)의 직위를 제수하겠다고 했습니다."

담후천은 어처구니가 없는 듯 웃음을 터뜨렸다.

"하하핫! 본좌에게 혈마공 직위를 제수한다고? 대체 마국의 국주란 자가 무림황제라도 된단 말이냐? 감히 누구에게 직위를 제수한다는 것이냐?"

"물론 얼토당토않은 제안입니다. 하지만 척살에 대한 첩보는 신중하게 생각하셔야 하오이다."

"강 총관, 자객 따위가 감히 본좌를 암살할 수 있다고 생각하는 겐가?"

강헌영은 황송한 듯 깊숙이 허리를 굽혔다.

"그럴 리가 있겠습니까? 하지만 어둠 속 화살은 피하기 어려운 법입니다. 우리 벽력장이 마정(魔正) 어느 쪽에도 치우치지 않는 것을 질시하는 무리들이 많습니다. 조심하셔서 나쁠 것은 없소이다."

"……."

"당분간 경계 수위를 높여 장주의 안위에 만전을 기할까 하오이다. 허락해 주십시오."

담후천은 시송을 즐길 마음이 사라져 서책을 덮었다.

“강 총관, 자네는 이번 제보가 은천마국의 얄팍한 속임수일 수 있다고는 생각지 않는가?”

“물론 그럴 가능성도 추정해 보았소이다. 장주를 끌어들이기 위해 일부러 암살을 조장할 수도 있는 일입니다. 한데 구주총련을 통해 알아본 결과 그들 역시 가능성을 부인하지 않았소이다. 정보 부족으로 확인해 줄 수 없다고 했지만, 그 말은 구주총련의 전형적인 수법입니다. 그들은 졸렬한 소인배들이라 항상 빠져나갈 길을 열어두고 있지요.”

“구주총련은 지저분한 놈들일세. 인력 알선을 미끼로 정보나 캐는 쥐새끼 같은 자들이지. 무엇 때문에 그런 놈들을 상대하는가?”

“용서하십시오. 달리 확인할 길이 없었소이다.”

강헌영은 다시 허리를 굽히며 손을 모았다.

“그럼 경계를 강화시키도록 지시하겠습니다.”

담후천은 자신의 안위를 우려하는 그의 충정을 무시할 수가 없었다. 벽력장이 장사 일대에서 독보적인 명성을 지닐 수 있었던 것도 강 총관의 신중한 처세술 덕분임을 깊이 인정하고 있었던 것이다.

“그리 하게. 하지만 제례에는 차질이 없어야 되네.”

강헌영은 담담히 미소를 지었다.

“여부가 있겠습니까?”

벽력원을 나선 그는 곧바로 오대당주를 호출했다. 그는 경계를 강화하고 반입 물자에 대한 철저한 검색을 지시했다.

“제자들이 동요할 수 있으니 암살에 대한 제보는 누설하지 마시오. 잔마대들을 경계하기 위함이라고 일러두면 될 것이오.”

“알겠소이다.”

오대당주는 힘차게 복명하고는 의사청을 나갔다.

강헌영은 신중한 표정으로 생각에 잠겼다.

거짓된 제보라 해도 벽력신군에 대한 암살이 진행되고 있다는 것은 결코 간과할 수 없는 중대 사안이었다. 벽력장의 대소사를 책임져야 할 총관인 그로서는 낙엽 한 점 날아드는 것까지 신경을 쓰는 것이 당연했다.

그리고 비상 경계령은 단지 그의 직무에 충실하기 위함이었다. 벽력신군의 안위에 위급함이 발생할 것이라고는 조금치도 생각지 않았다.

'벽력장에 자객이 침투한다는 것은 절대 있을 수 없다!'

2

동정호 주변으로는 수많은 어시장이 형성돼 있다. 동정호는 바다처럼 넓은 호수였기에 어종이 풍부하다. 다양한 물고기들이 진열된 좌판 앞은 상인들과 흥정하는 사람들로 북적였다.

제석을 하루 앞둬서인지 어시장 적하장은 쏟아지는 물고기로 가득했다. 어부들은 능숙한 솜씨로 물고기별로 분류를 했고, 상인들은 눈대중으로 값을 치른 후 마차에 실었다. 평소였다면 물고기 한 마리를 놓고 실랑이를 벌였겠지만 워낙 바쁜 상황이라 서로 간에 합의만 되면 거래가 성사되었다.

인파를 헤치며 좌판의 물고기를 살피는 중년인은 몹시 권태로워 보였다. 아직 마땅한 생선을 구하지 못한 듯 물건을 지고갈 종자는 빈손이었다.

좌판의 상인 하나가 그를 보자 반색을 지으며 아는 체를 했다.

"아이고, 황 숙수(熟手) 대인이 아니십니까요? 어쩐 일로 직접 나오셨습니까?"

"요즘 쓸 만한 생선이 들어오지 않아 직접 찾으러 나선 것일세."

"내일 모레가 원단이 아닙니까? 최상품은 원단 제사상에 올리기 위해 벌써 동이 났습죠. 하지만 장주님께서 드실 만한 생선은 충분히 있습니다요."

중년인은 좌판을 훑어보고는 고개를 흔들었다.

"쓸 만한 게 없군. 장주님 입맛이 워낙 까다로워서 말이야."

그는 종자를 대동하고 다른 좌판 쪽으로 걸음을 옮겼다. 그를 알아보는 상인들은 모두가 굽실거리며 한껏 예우를 해주었다.

이렇듯 상인들 앞에서 거드름을 피울 수 있는 이유는 그가 벽력장의 주방 책임자이기 때문이다. 숙수라는 위치에 있기에 식재료의 선별과 구매는 그의 권한이었다.

벽력장 식솔들은 100여 명에 달해 그들이 하루에 먹어대는 식사량은 상당하다. 반입이 까다롭지만 워낙 후하게 값을 쳐주기에 상인들로서는 벽력장에 물자를 댈 수만 있다면 황 숙수의 발바닥이라도 핥고 싶은 심정이었다.

잠시 어시장을 둘러본 황 숙수는 시장기를 느껴 노천반점으로 걸음을 옮겼다. 장소가 어시장이기에 노천식당의 대부분은 생선구이와 찜, 튀김 등 생선을 주재료로 하는 식단이 주류를 이루었다.

문득 생선 굽는 냄새를 맡은 황 숙수는 깜짝 놀라며 눈을 동그랗게 떴다.

"오, 이럴 수가 있나? 대체 어떤 생선이기에 이렇듯 그윽한 향기를 풍긴단 말인가?"

장사 제일의 문파 벽력장의 숙수답게 그의 요리 실력 또한 장사 일대에서 최고라 해도 과언이 아니었다.

요리사로서 최고의 경지에 이르려면 남다른 후각과 미각을 지녀야 한다. 하기에 그는 음식의 냄새를 맡는 것만으로 식재료와 양념을 구분할 수 있을 만큼 탁월한 후각을 지니고 있었다.

그는 냄새를 쫓아 노천반점을 헤집었다. 냄새의 진원지는 노천반점 귀퉁이에 놓인 화덕이었다.

석쇠에 여러 마리의 생선을 올려놓고 굽고 있는 사람은 평범한 용모의 청년이었다. 햇살에 그을린 피부가 다소 까무잡잡했지만 어부로 보이지는 않았다.

생선 굽는 냄새에 현혹된 사람은 황 숙수 혼자가 아니었다. 많은 사람들이 화덕 주변에 둘러서서 연신 코를 벌름거리며 탄성을 발하고 있었다.

"흐음, 정말 기가 막히군."

"냄새가 이 정도면 맛은 어떨까?"

"비린 맛이 전혀 느껴지지 않는군. 대체 비결이 뭘까?"

청년은 생선을 구워 파는 장사꾼이었다. 생선구이는 시간이 많이 걸리기에 그는 한 사람당 두 마리밖에 팔지 않았다. 결국 시간이 촉박한 사람은 냄새만 맡은 채 아쉬운 발길을 돌려야 했다.

"……."

황 숙수는 청년의 생선 굽는 과정을 유심히 지켜보았다.

생선은 동정호에서 흔히 잡히는 초어와 잉어, 붕어였다. 생선 껍질에 촘촘히 칼질을 내고 소금을 뿌리는 것은 여느 사람과 다를 바 없었다. 다만 생선을 굽기 전에 맑은 양념수를 생선에 바르는 과정이 추가

되었을 뿐이었다.

황 숙수는 한 시진가량 대기한 후에야 겨우 두 마리의 생선을 구입할 수 있었다.

그는 잘 익은 생선살을 입에 넣고는 천천히 씹었다. 아주 특별한 맛이었다. 씹을 때마다 입 안에서 향기가 감돌았으며 쫄깃한 씹는 맛까지 느끼게 해주었다.

황 숙수는 감탄과 더불어 몹시 자존심이 상했다.

스스로 장사 제일의 요리사임을 자부하던 그였지만 이러한 생선구이를 만들어낼 자신이 없는 것이다.

생선구이는 누구나 할 수 있는 간단한 요리였지만 제대로 구워내기는 쉽지 않다. 석쇠를 바싹 달구지 않으면 생선이 눌어붙어 모양이 흐트러진다. 또한 너무 바싹 구우면 향기와 맛을 잃게 되고 덜 구우면 비린내가 진동한다.

벽력신군이 생선을 즐겨 먹기에 그는 생선요리에 관해서는 달통한 상태였다. 어떤 생선을 어떻게 구워내야 최상의 맛을 내는지도 훤히 알고 있었다.

한데 허름한 노천반점 귀퉁이에서 생선을 구워 파는 장사꾼의 솜씨에 그의 자부심이 모래성처럼 허물어지고 만 것이다.

생선은 구워지는 족족 팔렸기에 다섯 망태의 생선은 금방 동이 났다. 미처 생선구이를 사지 못한 사람들은 입맛을 다시며 돌아서야 했다.

황 숙수는 노천반점으로 들어가 주인을 찾았다. 그는 장사성 상계와 요리계에서 유명 인사이기에 반점 주인은 한눈에 그를 알아보았다.

"아이고, 황 숙수께서 이런 누추한 곳에는 어쩐 일이시오?"

"주인장, 저 친구는 대체 누구요?"

"누구… 아, 추명(秋明) 말이군요?"

"이름이 추명이오?"

"그렇소. 수일 전에 우리 가게를 찾아와 화덕 한자리 놓을 곳을 빌려달라고 해서 자리를 내주었소. 오로지 생선구이만 파는데 맛이 정말 특별했소. 덕분에 우리 반점의 매상도 많이 올랐기에 계속 붙들어둘 생각이오."

황 숙수는 화덕의 재를 치우는 청년을 주시하며 중얼거렸다.

"뜨내기란 말인가?"

반점 주인은 주판알을 토닥거리며 넌지시 물었다.

"황 숙수도 혹시 맛을 보셨소? 전문가 입장으로 솔직히 어떻소?"

황 숙수는 애써 대수롭지 않다는 표정을 지었다.

"먹을 만한 정도였소."

"그래요? 내가 비록 반점을 운영하고 있지만 그렇게 맛있는 생선구이는 처음이던데……."

"비결은 생선을 굽기 전에 바르는 양념수에 있는 것 같소. 굽는 솜씨는 별것 아니오."

그는 청년의 솜씨를 한껏 깎아 내리고는 반점을 나섰다.

청년은 빈 망태를 걸머메고 커다란 석쇠를 기름종이로 감싸고 있었다. 종일 생선을 구워 팔면 그런대로 괜찮은 수입이 될 수 있건만 벌이에는 큰 관심이 없는 듯 보였다.

황 숙수가 옆으로 다가서며 슬며시 물었다.

"하루 수입이 얼마인가?"

"……?"

청년은 잠시 황 숙수를 훑어보고는 짤막하게 대꾸했다.

"먹고살 정도는 됩니다."

"혹시 안정된 직업을 갖고 싶지 않은가? 길바닥에서 생선을 구워 파는 것보다는 훨씬 나은 자리가 있네."

"난 얽매이는 게 싫소."

청년이 석쇠를 옆구리에 끼고 걸음을 옮기자 황 숙수는 마음이 급해졌다. 그는 청년과 나란히 걸으며 은근하게 청했다.

"술 한잔하지 않겠나?"

"초면에 왜 술을 사겠다는 거요?"

"하하, 사람 사이에는 누구나 초면이 있는 법이지. 너무 경계하지 말게. 난 벽력장의 숙수로 있는 황흠이라 하네."

청년은 그를 힐끗 보고는 고개를 끄덕였다.

"벽력장의 명성은 익히 들었소. 그곳의 숙수라면 요리 실력이 대단하시겠군요?"

"남못지 않다고 자부하네. 한데 자네는 이곳 출신이 아닌가?"

"동정호 주변을 두루 다니는 떠돌이요. 싱싱한 생선을 수시로 구할 수 있으니 생선구이를 파는 데 적격이 아니겠소?"

황 숙수는 노천주점을 하나 찾아내고는 청년을 이끌었다.

"자, 들어가세나."

"그럽시다. 신분이 확실한 분이니 술값을 뒤집어씌우지는 않을 것 같군."

청년이 마지못한 듯 수락하자 황 숙수는 탁자를 사이에 두고 마주 앉았다. 술잔을 들어 건배를 한 황 숙수는 본론을 얘기했다.

"솔직히 자네의 생선 굽는 솜씨에 반했네. 비법을 전수해 줄 수 있겠나?"

“훗, 술 한잔에 남의 밥줄을 끊을 생각이시오?”

“내 생각에는 생선 굽기 전에 바르던 양념수가 특별한 것 같더군.”

“특별한 것은 없소. 생강을 달인 물에 향신료를 약간 섞었을 뿐이오.”

“어떤 향신료인가?”

청년은 희미한 조소를 머금었다.

“명색이 벽력장의 숙수가 아니시오? 내가 구운 생선구이를 드셨다면 감별해 낼 수 있어야 하지 않겠소?”

“양념수를 직접 맛보지 않아 모르겠네.”

“내 직업상 비밀이니 밝힐 수 없소.”

청년은 술잔을 내리고는 자리에서 일어섰다.

“잘 마셨소.”

“이보게.”

황 숙수는 얼른 그의 소매를 잡아끌어 다시 자리에 앉혔다.

“비법에 대해서는 묻지 않겠네. 대신 나를 도와주게.”

“나 같은 놈이 무슨 도움이 되겠소?”

“벽력장에 한동안 머물면서 생선구이를 전담해 주게나. 보수는 넉넉히 주겠네.”

청년은 실소를 지으며 고개를 흔들었다.

“내가 객점에 취직하려 했다면 진작에 했을 것이오. 하지만 난 자유롭게 사는 게 좋소. 윗사람들 비위 맞추는 일은 질색이오.”

“자네는 그저 생선만 구워주면 되네. 설거지며 청소와 같은 궂은일은 일체 시키지 않겠네. 숙소도 특별히 독방을 주지.”

“내가 그런 대우를 받아야 할 이유라도 있소?”

청년이 약간 관심을 보이지 황 숙수는 나직이 한숨을 내쉬었다.

"내가 벽력장의 숙수를 지낸 지 벌써 5년째일세. 후한 보수에다 당당한 직책이기에 놓치고 싶지 않네. 객점에 취직해 하루종일 시달리지 않아도 되니까 말일세. 한데 요즘 들어 장주님께서 내 요리에 대해 조금씩 식상해하시는 것 같더군. 정성껏 새로운 요리를 만들어냈지만 별반 반응을 보이지 않으시네."

"혹시 벽력장주가 즐겨 드시는 음식이 생선요리요?"

"그러하네. 특히 생선구이를 좋아하시지."

"그래서 내 생선구이에 관심을 가진 것이로군?"

청년은 내려놓은 빈 망태를 어깨에 걸머멨다.

"생선구이에는 특별한 비결이 없소. 숯불의 화력을 어떻게 조절하고 얼마나 정성껏 굽느냐가 비결이오. 이 정도면 술 한잔 값은 한 것 같소. 그럼."

그는 가볍게 목례를 취하고는 성큼성큼 주점을 나갔다.

황 숙수는 생면부지의 사람에게 공연히 속내만 드러낸 것 같아 몹시 속이 쓰렸다. 또한 상대를 너무 가볍게 본 것이 후회되었다. 많은 사람들이 벽력장의 주방 요리사로 채용되는 것을 감격해했기에 청년도 그런 부류로만 생각했었던 것이다.

'놓칠 수 없다. 저자를 한두 달만 주방에 붙들어놓으면 생선구이 비법을 확실하게 익힐 수 있어. 내가 그런 구이 맛을 낼 수 있다면 향후 수년간 숙수 자리는 걱정하지 않아도 돼.'

그는 자리를 박차고 일어섰다.

주점을 나선 그는 종자에게 마차를 준비토록 지시하고는 급히 청년을 쫓아갔다.

'잠시 머리를 굽히자. 사정을 해서라도 붙들어야 돼. 내 여생이 편해지는데 무얼 못하겠어?

3

내당 당주로부터 보고를 받은 총관 강헌영은 즉시 황 숙수를 호출했다. 집무실로 들어선 황 숙수가 예를 올리자 강헌영은 매섭게 추궁했다.

"주방에 새로이 사람을 들이려면 먼저 보고를 올린 후 재가를 받아야 하지 않았더냐?"

황 숙수는 다소 의아한 표정으로 응대했다.

"총관님, 주방 문제는 제게 일임하시지 않았습니까? 원단과 원소절 등 명절이 연이어 있기에 보조 요리사가 필요한 상황입니다. 관례대로 내당 당주님께 말씀을 올렸고 당주님도 승인하신 일입니다."

그 말에 강헌영은 자신이 지나치게 날카로워져 있음을 깨닫게 되었다.

사실 주방의 요리사들과 청소와 빨래를 담당하는 소방 하인들의 채용 여부는 당주들이 책임졌다.

특히 주방 쪽은 황 숙수가 임의대로 채용과 해고를 결정할 수 있었다. 맛이 없거나 부실한 식사는 벽력장의 체면 문제이기도 하기에 전문가인 황 숙수에게 모든 권한을 주었던 것이다. 관례적으로 당주에게 보고를 하지만 그것은 요식행위일 뿐이었다.

강헌영은 차를 한 모금 들이키고는 언성을 다소 낮추었다.

"나의 추궁을 언짢게 생각 마라. 지금은 최고 수위의 경계가 내려진 상황이다. 반입 물자 하나에도 각별히 신경을 쓰고 있기에 외부인의 채용이 의외라서 한 소리다."

"신중한 경계 상황임은 저도 알고 있습니다. 잔마대 놈들이 장사 일대에 출몰했다는 소식도 들었습니다."

"그래, 언제 놈들이 기습을 가해올지 모르기에 주의를 기울여야 한다. 또한 놈들이 첩자를 심어놓을지 몰라 외부인을 경계하지 않을 수 없다."

황 숙수는 공손하게 손을 모았다.

"총관님, 저도 사람 보는 눈은 있는 놈입니다. 추명은 동정호 일대를 두루 다니는 장사꾼일 뿐입니다. 얽매이는 것이 싫다며 한사코 거절을 했지만 제가 사정해서 몇 달 정도 있기로 한 것입니다."

"그자가 청한 것이 아니라 자네가 찾아낸 거라고?"

"그렇습니다."

"흐음, 그래?"

강헌영은 비로소 마음을 놓았다. 황 숙수가 직접 찾아냈고 사정을 해서 들였다면 의도적으로 침투하려는 첩자일 가능성은 전무했다.

"그자의 특기가 무엇이냐?"

"생선구이입니다."

"생선구이? 단지 그 정도 요리를 위해 사람을 더 고용했단 말이냐?"

"생선구이는 장주님께서 가장 즐겨 드시는 음식입니다. 제가 어시장에서 한번 맛을 보았는데 아주 특별했습니다. 장주님께서도 좋아하실 것이라 확신합니다."

"……."

강헌영은 턱을 어루만지며 잠시 생각에 잠겼다.

호탕한 성격의 장주였지만 척살이 진행되고 있다는 보고를 들은 후부터는 다소 식사량이 줄어들었다. 게다가 즐겨 먹는 생선요리까지 별반 손을 대지 않았다.

식사는 장주의 건강과 안위에 직결되는 문제였기에 그도 신경 쓰지 않을 수 없었다. 한데 황 숙수가 그것을 간파해 뛰어난 생선구이 전문 요리사를 채용했다면 오히려 칭찬을 해주어야 마땅한 일이었다.

그러나 그는 신중한 성격의 소유자였기에 만에 하나 있을 불상사에도 대비를 해야 했다.

"그자의 이름이 무엇이냐?"

"추명이라고 합니다."

"당장 생선구이 한 접시를 올리도록 명해라. 장주님께서 드시는 것으로 말하고 나한테 가져와라. 내가 먼저 시식을 해야겠다."

"총관님……?"

"공연히 사람을 의심한다 생각지 마라. 단지 맛을 보기 위함이니까."

"알겠습니다."

황 숙수는 예를 올리고는 총관실을 나왔다.

그는 이해가 되지 않는 듯 연신 고개를 갸웃거렸다. 주방에 새로이 요리사가 채용되었어도 총관이 이처럼 민감한 반응을 보인 적이 없었기 때문이다.

'날 너무 무시하는군. 행여 독이 든 음식이라면 내 예민한 후각으로 대번에 판단할 수 있는데 말이야.'

그는 씁쓸한 심정을 곱씹으며 주방으로 향했다.

주방에서는 추명이 생선을 손질하고 있었다. 생선 비늘을 벗겨내는 솜씨가 아주 능숙했다.

황 숙수는 옆으로 다가서며 은근한 어조로 말했다.

"장주님께 자네 얘기를 했더니 아주 기뻐하시더군. 당장 생선구이를 드시고 싶다 하셨네. 어서 한 접시 올리게."

추명은 손질해 놓은 생선에 소금을 뿌렸다.

"장주님께서 드실 만한 생선은 없소. 내일 어시장에 나가 구입해야 할 것 같소."

"무슨 소리인가? 오늘 구입한 생선도 싱싱하던데?"

"싱싱하기는 하지만 비늘이 떨어져 나갔소."

"그물에서 고기를 떼어내고 운송 도중 비늘 한두 개 떨어지는 거야 당연한 일 아닌가?"

추명은 소금으로 간한 생선을 약간씩 간격을 두고 소쿠리에 늘어놓았다.

"장주님이 직접 드실 요리라면 완벽해야 하오. 비늘이 떨어져 나간 생선은 굽는 도중 살이 헤질 수가 있소."

"그 정도는 자네 솜씨로 해결해야 하지 않겠나? 어쨌든 장주님의 명이니 어서 생선구이를 준비하게."

"한 시진 정도가 필요하오."

황 숙수가 다소 짜증을 부렸다.

"이보게. 생선 한 마리 굽는 데 한 시진이나 필요하단 말인가?"

"한 마리든 열 마리든 적당한 숯불을 만들려면 시간이 필요하오. 더군다나 장주님같이 귀한 분이 드실 음식이라면 각별히 신경을 써야 하지 않겠소?"

황 숙수도 더는 채근할 수 없었다.

벽력장에 고용돼 첫 번째로 요리를 만들어내는 상황이기에 충분히 그럴 수 있다 싶었다. 사실 그가 직접 찾아낸 요리사인만큼 그의 성공적인 요리는 자신을 위한 길이기도 했다.

"알았네. 최대한 실력을 발휘해 보게."

“알겠소.”

추명은 소쿠리에서 생선 한 마리를 찾아내고는 주방을 나섰다.

기존 요리사들은 뒤뜰로 나가 그가 생선을 굽는 과정을 주의 깊게 지켜보았다. 단지 생선구이 전문 요리사로 채용되었다는 것은 그들에게 있어 몹시 자존심이 상하는 일이 아닐 수 없었다. 그래서 추명에 대한 그들의 시선은 곱지 않았다.

숯불을 피운 추명은 일각에 걸쳐 숯불의 세기를 조절하는 데 신경을 썼다. 그는 숯덩이를 최대한 작게 부숴 불의 세기를 고르게 유지했다. 연후 생강을 달인 물에 그가 지닌 향료를 몇 방울 떨구고는 생선에 고루 발라 말렸다.

일각 정도가 흘러 양념수가 생선에 충분히 스며들자 비로소 생선을 석쇠 위에 올려놓았다.

황 숙수가 넌지시 충고를 해주었다.

“굽는 도중 살이 헤질 수도 있으니 여벌로 몇 마리를 한꺼번에 굽게나. 그중에서 가장 상태가 좋은 것을 올리는 게 방법일세.”

추명은 그의 충고를 귓전으로 흘려들었다.

“난 실패에 대비해 여벌로 굽는 일은 하지 않소.”

대단한 자부심이었지만 지켜보는 황 숙수나 요리사들은 그의 오만함에 속이 매스꺼워졌다. 그들은 잔뜩 벼르며 그의 실수를 찾기 위해 쌍심지를 돋웠다.

추명은 수시로 숯불의 세기를 감지하며 석쇠의 높이를 조절했다.

생선이 조금씩 익으면서 향긋한 냄새가 풍기기 시작했다.

코를 벌름거리며 냄새를 맡던 요리사들은 하나같이 놀란 표정으로 서로를 돌아보았다.

그들이 여태 구워왔던 생선구이와는 너무도 구별이 되었다. 생선구이 특유의 탄내가 전혀 감지되지 않았다. 특별한 생선도 아니고 평범한 초어구이였지만 마치 별개의 생선처럼 느껴졌던 것이다.

생선구이를 마친 추명은 은 접시에 채소를 깔고 간장에 절인 마늘을 잘게 썰어 모양을 냈다.

"가져가시오."

추명이 생선구이 요리를 내밀자 황 숙수가 받아 들었다. 그는 진심으로 감탄에 찬 표정을 지었다.

"자네의 구이 솜씨는 정말 예술이군."

강헌영은 생선구이에서 풍겨오는 향기만으로 입 안에 침이 감돌았다.

"향기가 특별하군."

그는 젓가락으로 살점을 뜯어 우물거렸다.

황 숙수의 칭찬대로 흠 잡을 데 없는 맛이었다. 담백하면서도 찰진 맛이 이것이 과연 생선구이일까 하는 생각이 들 정도였다.

"어떻습니까?"

황 숙수가 조심스럽게 묻자 강헌영은 고개를 끄덕였다.

"괜찮군."

간단한 칭찬이었지만 황 숙수는 그의 표정을 통해 속내를 헤아릴 수 있었다.

'괜찮은 정도가 아니야. 좀처럼 감정을 드러내지 않는 총관이기에 애써 칭찬을 아끼는 것이지.'

황 숙수는 내심 웃음을 감추며 그를 떠보았다.

"시식이 끝났으면 내갈까요?"

강헌영은 가볍게 헛기침을 하며 소매를 저었다.

"술 한잔 곁들여 간식 삼아 먹겠다. 자네는 나가 보게."

"예, 총관님."

황 숙수는 어깨를 쭉 펴며 집무실을 나갔다.

그가 나가자 강헌영은 체면 불구하고 생선구이를 발라먹었다. 그 평생 먹어본 최고의 별미였다.

"정말 대단하군. 단순한 생선구이로 이런 맛을 낼 수 있다니."

그는 추명에 대한 의구심을 깨끗이 지웠다. 생선구이 전문 요리사라는 점에서는 달리 의심할 여지가 없었던 것이다.

4

딱… 딱……!

순찰 무사들이 나무토막을 마주치며 장원 주변을 순시하고 있었다. 그것은 잠복해 있는 경비 무사들에게 경각심을 일깨우고 주변의 경비 상황에 아무런 문제가 없음을 알리는 신호였다.

추명은 주방 위에 마련된 작은 다락방을 숙소로 배정받았다.

다락방은 천장이 낮고 협소했지만 혼자 사용하는 독방이기에 특별 대우일 수 있었다.

그는 내일 아침에 쓸 생선을 손질하느라 저녁 늦게서야 주방 일을 마칠 수 있었다.

제자들과 식솔들까지 합치면 백수십 명이 먹을 생선이기에 수량이 엄청 많았다. 평소라면 모든 요리사들이 달려들어 생선을 손질하지만 추명은 굳이 동료들의 도움을 청하지 않았다.

기존 요리사들 역시 오로지 생선구이만 전담하는 특별 요리사를 돕 겠다는 마음은 없었다. 고용 첫날부터 까다로운 총관에게 흡족한 판결 을 받은 추명의 존재가 고까웠던 것이다.

삼경이 넘은 시각이기에 경비 무사들을 제외하고는 모두가 깊은 잠 에 빠져 있었다.

추명은 순찰 무사들이 주방을 지나가자 스르르 눈을 떴다.

조용히 자리에서 빠져나온 그는 창문 틈새로 밖을 내다보았다. 드문 드문 화톳불이 밝혀져 있을 뿐 짙은 어둠뿐이었다.

추명으로 이름을 밝히고 벽력장 요리사로 고용된 이는 일검향이었 다. 그는 구주총련에서 의뢰받은 척살을 위해 요리사를 가장해 침투한 것이다.

벽력신군의 척살은 아주 어려운 임무였다.

그와 을화가 벽력장을 여러 번 배회했지만 침투하기가 여간 어렵지 않았다. 힘겹게 침투한다 해도 벽력장주의 처소인 벽력원은 접근 금지 구역이었다. 어찌해서 벽력원까지 침투한다 해도 벽력신군의 침소까 지 잠입하기는 불가능한 일이었다. 따라서 암습에 의한 척살은 머릿속 에서 지워야 했다.

게다가 어찌 된 일인지 경계가 대폭 강화돼 있었다.

을화는 척살 계획이 사전에 누설되었음을 감지해 철수를 종용했지 만 일검향은 끝내 고집을 부렸다.

그 역시 무리한 척살임을 감지했지만 은천마국에 대한 정보가 너무 도 절실했다. 구주총련이 지니고 있는 정보를 얻기 위해서는 반드시 척살을 성공시켜야 했던 것이다.

일검향은 고심 끝에 요리사를 가장해 벽력장으로 들어가는 계책을 세웠다. 이 계획을 세우게 된 배경은 구주총련에서 제공한 잡다한 정보 덕분이었다.

생선요리를 즐겨 먹는 벽력신군, 주방의 책임자인 황 숙수의 흔들리는 위치, 최근 들어 벽력신군의 입맛이 떨어져 고심하는 총관…….

구주총련의 기록에는 대부분 사소한 일들만 나열되었기에 정확한 정보를 얻으려면 무수한 기록을 검토해 유추해야 했다. 일검향은 이틀 동안 백여 권의 기록을 검토해서야 벽력장의 실체를 어느 정도 파악할 수 있었다.

그가 계도 천살에게서 다양한 요리법을 배워둔 것은 커다란 행운이었다.

계도 천살은 생선구이의 특별한 비법을 알고 있었다. 생강을 달인 물에 해남에서 생산되는 과일즙을 섞어 생선에 발라 구우면 특별한 맛을 낼 수 있다고 하였다.

일검향은 황 숙수가 주로 다니는 어시장과 반점을 사전에 파악해 생선구이 장사꾼으로 행세하면서 상황을 기다렸다. 과연 모든 일은 그의 예상대로 진행이 되었다. 일단 무사히 벽력장에 침투하는 데 성공한 것이다.

그렇다 해도 오래 끌 상황은 아니었다.

어찌 된 일인지 몰라도 벽력신군에 대한 척살 정보가 누설됐다면 신속한 결단이 요구된다. 자신이 아무리 평범함을 가장해도 인간인 이상 자객의 기운을 완벽히 지울 수 없기에 발각될 수 있음을 우려해야 했기 때문이다.

"……!"

일검향은 비록 눈으로 볼 수는 없지만 감각으로 느낄 수 있었다.

순찰 무사들과 담장과 지붕에서 보초를 서는 무사들 외에도 어둠 속에 잠복해 있는 무사들의 존재를 감지할 수 있었다. 정확한 위치는 알 수 없었지만 잠복한 것은 확실했다.

'을화 누님이라도 은밀하게 침투하기는 쉽지 않겠군.'

을화의 역할은 그의 탈출을 지원하는 데 있었다.

척살에 성공하든 실패하든 탈출은 필수다. 하지만 한바탕 소란이 일어나면 벽력장은 백 명의 제자들에 의해 봉쇄될 것이고 단신으로 돌파하기란 불가능하다. 어떤 형태로든 을화의 지원을 받아야만 탈출을 꾀할 수 있다.

그는 높은 담장으로 둘러진 벽력원을 잠시 응시하고는 다시 자리에 누웠다. 긴장 때문인지 쉽게 잠이 오지 않았다.

그는 벽력신군을 척살할 수백 가지 살인 수법을 떠올렸다.

문제는 어떻게 그와 다섯 자 이내의 거리에 당도하느냐에 있었다. 웬만한 사람이라면 삼 장 밖에서 살수를 펼칠 수 있다. 일류고수라도 일 장 이내의 거리라면 충분히 죽일 수 있다. 하지만 상대가 천하구절의 일인인 벽력신군이기에 최소 다섯 자 이내의 접근이 필수였다.

벽력신군의 절기인 벽력신권은 내가기공치고는 지극히 빠른 절기다. 벼락처럼 빠른 권공은 웬만한 기습보다 앞선다. 하기에 살인 수법이 펼쳐지는 순간 상대를 죽이지 못하면 기회는 없다.

'다섯 자 이내!'

또 한 가지 어려움은 지척지간에 이른다 해도 병기를 손에 쥐어야 하는 문제였다. 물론 맨손으로 얼마든지 척살을 결행할 수 있지만 절정고수인 벽력신군과 맨손으로 맞선다는 것은 계란으로 바위 치기였다. 그의 살수가 미치기 전에 그의 몸은 벽력신권에 의해 박살이 날 것이다.

다섯 자 이내로 접근해야 하고 병기를 지녀야 한다!

참으로 어렵고도 어려운 문제들이었다.

그러나 그는 그런 난제들을 해결할 기발한 방법을 생각해 두었다. 그것은 을화가 침투에 앞서 제공해 주어야 할 도움이었다.

다음날 아침.

일검향의 생선구이를 접한 벽력신군 담후천은 무릎을 치며 탄성을 발했다.

"허어, 세상에 이런 생선구이가 있단 말이냐?"

장주의 기뻐하는 모습에 강헌영은 적이 마음을 놓았다.

"맛이 어떠하십니까?"

"훌륭해. 정말 특별하구나. 황 숙수가 왜 여태 이런 생선구이를 내오지 못했단 말이냐?"

"사실 생선구이 요리를 위해 전문 요리사를 채용했습니다. 장주께서 원하시면 앞으로도 얼마든지 드실 수 있소이다."

"호오, 그래?"

담후천은 생선구이를 오물거리며 연신 고개를 끄덕였다.

"그동안 식욕이 없었는데 입맛이 확 도는구나. 단지 맛뿐만 아니라 정신까지 상쾌해지는 것 같아."

"장주께서 식욕을 되찾으셨다니 다행입니다."

"황 숙수를 들여라. 내 건강을 위해 이렇듯 애를 썼으니 하사금이라도 내려야겠구나."

"장주, 숙수로서 당연히 해야 할 도리일 뿐이외다."

담후천은 손을 내저었다.

"아니야. 아랫사람들의 공은 작더라도 높이 인정해 주어야 한다. 총관은 너무 냉정한 게 흠이야."

"알겠습니다."

강헌영은 시비를 시켜 황 숙수를 들이라 명했다.

잠시 후 처소로 들어선 황 숙수는 다소 긴장된 표정으로 예를 올렸다.

"찾으셨습니까, 장주님?"

담후천은 짐짓 엄한 표정을 지으며 그를 꾸짖었다.

"너는 어찌 여태껏 맛없는 생선구이를 내놓았단 말이냐?"

"소, 송구하옵니다."

황 숙수는 사색이 되어 급히 무릎을 꿇었다.

"하하핫!"

담후천은 호기로운 웃음을 터뜨리고는 손뼉을 쳤다.

"아니다, 아니야. 너를 추궁할 마음은 없다. 다만 너무도 맛있는 생선구이를 이제야 먹게 된 것이 아쉬워서 하는 소리다."

시녀가 하사금을 건네자 황 숙수는 비로소 안도했다.

담후천은 황 숙수를 내려다보며 자신의 후덕함을 과시했다.

"생선구이 전문 요리사를 찾아냈다고? 네가 이렇듯 본좌를 생각하는 마음이 갸륵해 하사금을 내리는 것이다. 그 요리사와 나눠 갖도록 해라."

"망극하옵니다, 장주님."

황 숙수는 거듭 절을 올리며 감사를 표했다.

강헌영은 눈짓으로 그에게 나갈 것을 지시했다. 한데 황 숙수가 부복한 채로 공손하게 아뢰었다.

"장주님께 한 가지 보고드릴 것이 있습니다."

"무엇이냐?"

"잠시 전 웬 어부가 넉 자 크기의 초어를 진상해 왔습니다."

"호오, 그렇게 커다란 초어가 있었단 말이냐?"

"초어는 잉어의 한 종류로 큰 물고기이기는 합니다. 제가 석 자 크기의 초어를 본 적은 있지만 넉 자 크기는 처음입니다. 그런 초어가 잡혔다는 것은 아주 진귀한 일입니다. 어부는 평소 장주님을 존경하기에 제석 때 올릴 요리로 쓰라며 진상을 한 것입니다."

담후천은 자신을 존경해서 올리는 진상품이라는 말에 기분이 좋아졌다.

"어디 가져와 봐라."

"예, 장주님."

처소를 나간 황 숙수는 잠시 후 커다란 광주리를 안고 낑낑거리며 들어섰다.

실로 커다란 물고기였다. 대가리에서 꼬리지느러미까지 길이가 족히 넉 자는 넘어 보였다. 낚시로 갓 잡아 올렸는지 아직도 살아 있어 지느러미가 꿈틀거렸다.

담후천은 감탄을 금치 못했다.

"호오, 실로 엄청나구나. 세상에 이렇듯 커다란 생선이 있다는 것이 신기할 정도다."

그는 강헌영에게로 시선을 돌렸다.

"총관이 보기에는 어떠하냐? 이렇듯 진귀한 대물이 잡혔다면 상서로운 징후겠지?"

"나쁜 징조는 아닙니다."

"쯧쯧, 좋다는 말도 있는데 총관의 평가는 너무 박해."

담후천은 대형 초어를 쓸어보다가 재미있는 생각을 떠올렸다.

"숙수, 그 물고기로 구이 요리를 만들어낼 수 있겠느냐?"

"통째로 말입니까?"

"그래. 생선구이야 통째로 먹어야 제 맛이지. 토막을 내면 육즙이 빠져 신선한 맛을 느낄 수 없지 않느냐?"

"그렇기는 하오나… 이렇게 커다란 생선은 구울 수가 없습니다."

"왜?"

"너무도 커서 속살까지 익히려면 껍질이 모두 타버립니다. 그렇다고 덜 익히면 익지 않은 속살의 비린내 때문에 드실 수가 없습니다."

담후천은 사자 갈기와 같은 수염을 어루만졌다.

"하하, 최고의 생선구이 전문 요리사가 있지 않느냐? 그자에게 가져가 구이 요리가 가능한지 알아봐라."

"예, 장주님."

황 숙수가 광주리를 안고 나가자 담후천은 강헌영에게 지시를 내렸다.

"참, 총관은 이 물고기를 진상한 어부에게 넉넉한 하사금을 내주게나. 본좌가 야박하다는 뒷말은 듣고 싶지 않으니까."

"알겠습니다."

강헌영이 처소를 나가자 시녀들이 상을 치우기 시작했다.

담후천은 느긋하게 기대앉은 채 향기로운 차를 음미하며 황 숙수를 기다렸다.

"만일 제대로 구워낼 수 있다면 세상에 드문 진귀한 요리가 되겠군."

얼마 후 황 숙수가 서둘러 처소로 들어섰다.

"장주님께 아룁니다."

“그래, 가능하다더냐?”

“가능하기는 한데 다섯 시진이 필요하다 합니다.”

“다섯 시진씩이나? 허어, 저녁나절에나 완성된다는 말이로군.”

“추명 자신도 넉 자 크기의 생선은 구워본 적이 없다고 합니다. 하지만 장주님이 원하신다면 구워보겠다고 했습니다.”

담후천은 흥미로운 표정을 지으며 고개를 끄덕였다.

“오냐, 약속을 했으니 반드시 제대로 된 생선구이를 만들어야 한다. 만일 실패한다면 본좌를 우롱한 죄로 벌을 내릴 것이야.”

“며, 명심하겠습니다.”

“만일 구이 요리가 제대로 되면 그자에게 직접 들이도록 하라. 어떤 자인지 한 번 보고 싶구나.”

“알겠습니다.”

황 숙수는 잔뜩 주눅이 들어 고개를 조아렸다.

담후천은 산책을 즐기기 위해 전각을 나섰다. 사소한 일이었지만 공연히 유쾌해졌다.

적어도 다섯 시진 정도는 가벼운 흥분을 느낄 수 있을 것 같았다. 전문 요리사가 제대로 구이 요리를 만들어내 모두가 생선구이를 먹으며 제석을 흐뭇하게 보내는 것도 유쾌한 일일 듯 싶었다.

이때 강헌영이 정원으로 들어서며 보고를 올렸다.

“어부에게 하사금을 전달했습니다. 장주님을 위한 진상품인데 어떻게 은자를 받을 수 있냐며 한사코 거절하기에 애를 먹었습니다.”

“하하, 고생했다. 본좌가 그래도 악명을 떨치지는 않았나 보구나.”

“한데 왜 번거롭게 생선구이를 하명하셨습니까? 자칫 요리를 망칠 수도 있는데 말입니다.”

담후천은 쓸쓸한 고소를 머금었다.

"솔직히 며칠 사이 무척 무료했다. 누군가 내 목숨을 노린다 생각하니 책을 읽어도 눈에 들어오지 않고 잠자리에 들어도 마음이 편치 않아. 무공을 수련하려 해도 산만해져서 집중이 되지 않았다. 그러나 사람의 목숨은 하늘이 내린 것이 아니더냐? 내 운수가 다 되었다면 쇠로 만든 방에 숨어 있어도 죽을 것이며, 아직 때가 되지 않았다면 천군만마 속에서도 죽지 않을 것이다."

"장주……."

"그래서 마음을 편안히 하기로 했다. 더군다나 새해가 열리는 원단을 하루 앞둔 제석이 아니더냐? 사소한 일이지만 긴장 상태에 있는 제자들에게도 흥미로운 관심사가 될 것이다. 총관은 비상경계를 해제하라. 제석에는 함께 어울려 즐기면서 하룻밤을 보내는 것이 관례다."

담후천의 의연한 모습에 강헌영은 가슴이 뜨거워졌다. 그는 감격에 젖어 정중히 배례를 올렸다.

"장주께서는 실로 신인(神人)이십니다. 높으신 기상에 속하는 감읍할 따름입니다."

담후천은 수염을 내리쓸며 당당히 걸음을 옮겼다.

"하하, 오늘 저녁이 기대되는구나."

第26章
어장(魚藏)의 비극

어장(魚藏)의 비극 1

넉 자 크기의 초어.

주방 뒤뜰에 놓여진 초대형 생선을 보기 위해 벽력장 제자들은 물론
이고 각 당의 당주들도 한 번씩 주방을 지나쳐 갔다. 그들은 장주의 지
시로 구이 요리가 만들어진다는 소식에 재미 삼아 내기를 걸었다.

물론 요리가 실패할 것이라는 쪽이 압도적으로 많았다. 그들이 알기
로도 넉 자 크기의 생선이 통째로 구워진 요리가 있다는 건 들어본 적
도 없었던 것이다.

일검향은 꼼꼼하게 생선의 상태를 살폈다. 비늘이 떨어진 부위가 있
으면 굽는 동안 탄내가 스며들어 맛을 버리기 때문이다. 다행히도 생
선의 상태는 아주 양호했다. 낚시로 끌어올렸기에 주둥이 부위가 다소
훼손됐지만 그 정도는 문제될 것이 없었다.

'누가 낚았는지 몰라도 정말 대단하군. 누님이 용케도 구했어.'

사실 초대형 초어는 우연히 진상된 생선이 아니었다. 일검향의 계책에 의해 반입되도록 을화에게 일러두었던 것이다. 그는 가급적 담후천이 관심을 가질 만큼 큰 생선이면 족하다 했는데 생각 밖으로 초대형 초어를 들여보낸 것이다.

솔직히 그도 넉 자나 되는 초대형 생선을 구워내야 한다는 사실에 큰 부담을 느끼고 있었다.

굽는 도중 자칫 모양이 틀어지거나 태우게 되면 황 숙수 선에서 반려될 것이다. 반드시 구이 요리를 성공해야 그가 직접 생선구이를 들고 담후천 앞에 이를 수 있다.

그것이 척살 작전의 마지막 단계였다.

그는 철기점에 대형 석쇠 두 벌을 부탁해 놓고 뒤뜰에 석쇠를 올려놓을 커다란 화덕을 만들었다. 또한 하인들에게 엄청난 양의 숯불을 준비시켰다. 그런 와중에도 양념수를 입힌 생선에 적당히 소금 간을 하면서 스며들 시간을 기다렸다.

두 시진 후 주문한 석쇠가 도착하면서 본격적으로 생선구이 작업이 진행되었다.

황 숙수와 요리사들은 온통 일검향의 생선구이에만 정신이 팔려 있어 벽력장 제자들을 위한 점심 식사는 간단하게 소면과 튀김으로 대신해야 했다.

일검향은 숯불을 최대한 얇게 깔아서 생선이 타지 않도록 신중을 기했다. 생선 껍질이 먼저 익어버리면 속살까지 열기가 스며들지 않기 때문이다.

그는 숯불이 약해지면 새로 숯불을 깔고 잘게 으스러뜨렸다. 그렇게 한 시진이 지나자 조금씩 생선이 구워지는 냄새가 풍겨 나왔다.

황 숙수는 냄새를 맡고는 고개를 흔들었다.

"아니야. 비린내가 심해. 역시 통째로 굽다 보니 속살까지 익히기는 무리다."

제석 음식으로 교자를 준비하던 요리사들도 나름대로 후각을 지니고 있기에 조롱 섞인 웃음을 지었다.

"황 숙수, 애초부터 무리였습니다."

"당연히 양념장을 얹은 찜을 했어야 합니다. 저렇게 큰 생선은 절대 구울 수가 없지요."

"공연히 아까운 생선만 버리게 됐지 뭡니까?"

황 숙수는 입술을 빨았다. 입맛이 아주 썼다. 구이 전문 요리사 때문에 공연히 자신까지 망신을 당하게 되었다는 사실에 후회가 막심했다.

그가 맛있는 생선구이를 만들어내는 재주는 있지만, 이렇듯 초대형 생선을 구워내는 요리는 비법과는 별개임을 간과한 것이다. 만에 하나 제대로 구워낸다 해도 맛이 문제였다.

초어는 통상 두 자짜리를 구이로 쓴다. 너무 크면 육질이 물러서 찜 요리로 쓰는 것이 통례였다.

'내가 잠시 홀렸군. 요리는 식재료에 따라 그 방법이 바뀌는 법인데 내가 너무 믿었던 게야.'

그는 벌써부터 걱정이 앞섰다.

그의 안목으로 찾아낸 요리사가 구이 요리에 실패한다면 전적으로 자신의 책임이었다. 아침 식사 때 모처럼 하사금을 받으며 얻은 신뢰까지 수포로 돌아갈 상황이었다.

하지만 이미 엎질러진 물이었다. 그로서는 그저 장주의 진노를 사지 않기만을 기원할 수밖에 없었다.

그렇게 네 시진이 흘렀다.

겨울 해는 짧아 벌써 사위가 어둑어둑해졌다. 전각마다 제석을 알리는 화등이 밝혀지고 있었다.

비상경계가 해제되었기에 벽력장 제자들은 홀가분한 심정으로 경계에 임할 수 있었다. 그들의 관심사는 초대형 생선구이 요리가 과연 완성될 수 있느냐였다. 저마다 은자 한두 냥씩을 걸었기에 기다림이 즐거웠다.

벌써 두 시진 이상 숯불과 씨름을 하느라 일검향은 땀으로 흥건하게 젖어 있었다. 화력이 생선 맛을 좌우하기에 그는 반 각 단위로 숯불을 추가하고 끌어내면서 생선이 타지 않도록 애썼다.

조롱을 하던 요리사들도 그의 열정과 집념에는 감탄을 금치 못했다. 더불어 하나의 생선구이를 완성하기 위해 보이는 그의 정성에 부끄러움을 느껴야 했다.

"할 말이 없군."

"저런 정성을 봐서라도 제대로 구워져야 하는데."

"우리가 도와줬으면 좋겠군. 장주님의 칭찬을 받으면 우리 주방의 자랑이 아닌가?"

요리사들은 진심으로 일검향의 구이 요리가 완성되기를 기원했다.

황 숙수는 진하게 풍겨오는 냄새를 맡으며 탄성을 발했다.

"그래, 제대로 구워진 것 같아. 추명이 구워냈던 생선들과 같은 향기야."

마침내 일검향이 제시했던 다섯 시진이 지났다.

그는 급히 화덕의 숯불을 긁어내며 생선을 뒤집었다.

"다 되었소."

일검향은 무척 지쳤는지 진땀을 흘리며 털썩 주저앉았다.

황 숙수가 급히 다가섰다. 그는 한껏 냄새를 들이키고는 힘있게 고개를 끄덕였다.

"그래! 바로 이 향기일세!"

"난 좀 씻어야겠소."

"그래, 자네가 직접 요리를 올려야 하니 어서 깨끗이 씻고 옷을 갈아입게나."

"내가 요리를 올리란 말이오?"

"그래, 자네의 정성으로 만들어낸 요리가 아닌가?"

일검향은 어쩔 수 없는 듯 수락했다.

"알겠소. 잠시 씻고 올 테니 장식할 채소를 부탁드리겠소."

"그건 걱정 말게. 그 정도는 내가 해야지."

"요리를 담을 은 접시는 준비해 두었소. 석쇠에서 옮겨 담을 때가 중요하니 그것은 내가 하겠소."

황 숙수는 안심하라는 듯 두 손을 흔들었다.

"알겠네. 다른 사람은 손도 못 대게 하겠네."

평소 무술을 수련하던 넓은 연무장은 제석을 위한 연회장으로 바뀌어 있었다.

일부 경비 무사들을 제외한 벽력장 모든 제자들은 활기찬 표정으로 연회장에 들어서 있었다. 아직 장주와 총관이 자리하지 않았기에 서서 대기할 수밖에 없었다.

하녀들은 주방에서 장만한 음식을 내오느라 연신 주방과 연회장을 왕래해야 했다. 이날 하루는 제자들의 편의를 감안해 구주총련에서 제공한 아낙네들 다섯 명이 임시로 고용되었다. 덕분에 제자들은 편안한 기분으로 연회장에서 대기할 수 있었다.

잠시 후 예복을 차려 입은 담후천이 총관과 호위 무사들을 대동해 연회장으로 들어섰다.

"장주님을 뵈옵니다!"

제자들은 일제히 외치며 예를 올렸다.

담후천은 상석에 서며 듬직한 제자들을 둘러보았다.

"지난 한 해 동안 본 장의 권위와 명예를 지키느라 고생들 많았다. 돌이켜보면 가장 혁혁한 전과는 잔마대의 침공을 당당히 격퇴한 일이다. 우리 벽력장이 비록 천하제일문파는 아니지만 은천마국의 싸움에서 굴복하지 않았으니 위대한 승리라 할 수 있다. 이제 오늘밤만 지나면 원단이다. 벽력장의 무궁한 발전과 명예를 위해 축배를 들자."

그가 술잔을 쳐들자 제자들은 다 같이 술잔을 높이 치켜들었다.

"건배!"

담후천은 단숨에 술잔을 비우고는 머리 위에 털었다.

제자들도 모두 잔을 비우고는 동료들의 머리 위로 뒤집어 빈 잔임을 확인시켰다.

담후천이 좌정하자 모두들 자리에 앉으며 연회가 시작되었다.

"총관, 초어구이는 어찌 되었느냐?"

"지금 주방에서 나오는 중이라 합니다."

"하하, 오늘의 주 요리는 초어구이다. 워낙 커다란 생선이라 모두가 한 접시씩 나눠 먹어도 충분할 것이야. 정말 기대되는구나."

담후천은 식욕을 돋우는 전채 요리로 간단히 식사를 했다.

이때 좌우로 도열한 연회석 가운데로 황 숙수로 들어섰다. 뒤로는 한아름은 될 커다란 은 접시를 받쳐 든 일검향이 깔끔한 옷차림으로 서 있었다.

황 숙수가 공손하게 예를 올리며 고했다.

"장주님, 초어구이를 대령했습니다."

담후천은 은은히 풍겨오는 냄새를 음미하고는 힘있게 고개를 끄덕였다.

"흐음, 냄새로 보아 구이 요리가 제대로 된 것 같구나."

"그러하옵니다. 준비하는 데 두 시진, 굽는 데 무려 세 시진을 소진했습니다. 지켜보는 저로서도 추명의 정성과 열정에 감복하지 않을 수 없었습니다."

"오냐, 나도 얘기는 들었다. 정말이지 이번 제석 연회는 아주 의미가 크다. 어서 올리거라."

"예, 장주님."

황 숙수는 옆으로 비켜서며 일검향에게 넌지시 주의를 주었다.

"존엄하신 장주님 앞이네. 각별히 예의를 갖추게."

"알겠소."

초대형 생선구이를 받쳐 든 그는 조심스럽게 걸음을 옮겼다.

좌우로 길게 도열한 연회석에 앉아 있던 벽력장 제자들은 무려 넉 자 크기의 생선에 입을 딱 벌리고 말았다. 호기심 삼아 잠깐 구경했던 제자들도 화려한 채소 장식으로 둘러진 구이를 보고는 혀를 내둘렀다.

"이야, 정말 대단한데!"

"저 거대한 생선을 통째로 구웠단 말인가?"

"이봐, 내 말대로 구이 요리가 완성됐으니 은자 세 냥은 내 차지일세."

"무슨 소리. 장주님께서 시식을 하신 후 판정을 내리실 때까지는 모르는 일이야."

일검향은 수뇌급들과 나란히 앉아 있는 담후천을 빠르게 훑어보았다.

위엄에 찬 사자 수염을 기른 담후천의 풍채는 보기에도 당당했다. 넓은 이마와 정광이 넘치는 눈빛은 일문의 종사로 부족함이 없었다.

'과연 구절의 일인으로 추앙받는 절정고수다운 풍모다.'

그는 당대의 영웅을 척살해야 한다는 사실이 괴로웠다. 흑백도 어디에도 치우치지 않은 정사지간의 신분이지만 담후천은 당대를 대표하는 영웅으로 손색이 없는 인물이었다.

그러나 상대가 어떤 신분이든 한 번 표적으로 삼으면 예외가 없었다. 월아영을 척살할 때처럼, 죽여야 하는 것은 그의 숙명이고 죽어야 하는 것은 담후천의 운명이었다.

담후천의 좌우로는 총관 강헌영과 오대당주가 앉아 있었다.

그들 역시 일류급 고수이지만 일검향은 그들의 존재를 아예 무시했다. 어차피 척살의 기회는 한 번뿐이다. 연후 신속한 탈출이 이루어져야 한다. 그들과 접전을 벌이는 상황은 전개되지 않을 것이다.

그는 머릿속으로 수백 번을 그려보았던 척살의 과정을 마지막으로 되새겼다.

'연회석 앞까지만 당도하면 된다. 다섯 자 이내로 접근하는 순간 살수를 펼쳐야 한다. 조금도 주저해서는 안 되며 표적을 맞힌 후 확인할 필요도 없다. 즉시 탈출을 꾀해야 한다.'

표정은 담담했지만 혈관의 피는 무섭게 들끓고 있었다. 본능적인 긴장감 때문에 발걸음이 더디었지만 그것을 의심하는 사람은 없었다. 넉 자 크기의 생선 요리를 받쳐들고 있었기에 당연히 조심하는 정도로만 생각할 뿐이었다.

담후천이 앉아 있는 연회석 앞은 생선 요리를 올려놓기 위해 비워져 있었다. 그는 진귀한 생선 요리를 대할 마음에 흐뭇한 미소를 짓고 있었다. 한 치의 경계심도 없어 보였다.

담후천의 연회석까지는 일 장 정도.

다섯 자 폭의 탁자를 감안하며 접시를 내려놓는 순간이 기회일 수 있었다.

일검향은 가볍게 숨을 들이키고는 걸음을 내딛었다.

이때였다. 그를 유심히 주시하던 강헌영이 차갑게 외쳤다.

"잠시 멈춰라!"

그의 일갈에 장내의 분위기가 싸늘하게 가라앉았다. 일검향은 그의 지시에 따라 걸음을 멈추었다.

담후천이 그를 돌아보며 가볍게 눈살을 찌푸렸다.

"왜 그러는 게냐, 강 총관?"

"장주, 신원이 분명치 않은 자입니다. 별문제는 없겠지만 관례적인 절차라고 생각해 주십시오."

강헌영은 담후천의 호위 무사들에게 명을 내렸다.

"몸을 수색해 보아라."

"예, 총관."

호위 무사들 중 두 명이 나서 일검향에게로 다가섰다.

담후천은 다소 기분이 상한 듯 강헌영을 질책했다.

"한낱 요리사가 아니더냐? 연회가 한창 무르익는 순간인데 이럴 필요는 없지 않느냐?"

"송구합니다. 아주 잠시 지체될 뿐입니다."

강헌영은 정중히 예를 올리고는 일검향에게로 시선을 고정시켰다.

일검향은 은 접시를 받쳐 든 자세 그대로 몸수색을 받아야 했다. 두 호위 무사는 소매와 겨드랑이, 등과 허리춤, 사타구니와 발목에 두른 각반까지 철저하게 수색했다.

흐뭇한 미소를 지으며 일검향의 뒤를 따르던 황 숙수는 자신이 몸수색을 당하는 듯 긴장했다.

몸수색을 마친 두 호위 무사는 아무 이상이 없다는 표시로 강헌영에게 목례를 보냈다.

강헌영은 그래도 안심이 되지 않는지 다시 지시를 내렸다.

"너희가 요리 접시를 받아 장주님 상에 올리거라."

"예, 총관님."

두 호위 무사는 양쪽에서 접시를 받쳐 들고는 담후천의 연회석으로 옮겨갔다.

일검향은 짧은 순간 수없이 많은 고민을 했다.

숨겨진 단검을 빼 들고 척살을 결행해야 하는가. 그러기에는 거리가 너무 먼 데다 자신에게 모든 시선이 집중돼 있다는 것이 문제였다. 그러나 이렇듯 근접할 기회는 다시없을 것이다. 역시 무리가 따르더라도 척살을 결행해야 한다. 아니다. 연회 중에 더 확실한 기회가 찾아올 수 있다. 서두르지 말고 기다리자…….

결국 그는 냉철한 판단력을 발휘해 잠시 유보하기로 결정했다.

황 숙수가 뒤로 다가서며 넌지시 일러주었다.

"예를 올리게."

일검향은 정중히 절을 올리며 심리적인 안정을 꾀했다.

"추명이라 하옵니다. 존엄하신 장주님을 뵙게 되어 영광입니다."

"그래, 네가 아침에 올린 생선구이는 정말 맛있게 먹었다."

담후천은 앞에 놓인 거대한 초어구이를 쓸어보며 나직이 탄성을 발했다.

"참으로 놀랍구나. 워낙 큰 생선이기에 이렇듯 요리로 만들어질 줄은 그다지 기대하지 않았다. 어떻게 탄 흔적 하나 없지? 확실히 구워진 것이냐?"

"그러하옵니다."

"요리는 후각, 시각, 미각이 두루 갖춰져야 한다고 들었다. 향기는 만족스럽고 모양 또한 완벽하니 후각과 시각으로는 합격점이다. 이제 맛을 보아야겠구나."

일검향은 부복하며 공손하게 아뢰었다.

"생선은 부위별로 그 맛이 다릅니다. 특히 석 자 이상 되는 대형 생선은 부위별 맛이 각별해 수십 가지로 구분됩니다."

"호오, 처음 듣는 얘기로다. 하면 어느 부위가 가장 맛이 좋으냐?"

"뱃살과 아가미 살입니다. 뱃살은 향긋한 맛을 지녔고 아가미 살은 깊은 맛을 지녀 어느 것이 낫다고 말씀드릴 수가 없습니다. 원하신다면 소인이 부위별로 발라 올리겠습니다."

담후천은 차를 한 모금 들이켜 입 안을 헹구었다.

"오냐, 네가 직접 발라서 올리거라."

"알겠습니다."

일검향은 몸을 일으켜 연회석으로 다가섰다.

서두르지 않은 보람이 있었다. 자신이 직접 살을 바르게 되면 굳이 숨겨둔 병기를 사용하지 않아도 된다. 생선살을 바를 식도만으로 충분하며 거리는 석 자 이내까지 접근이 가능하다. 더 이상 좋은 기회는 생각할 수 없을 정도였다.

한데 강헌영이 또 한 번 그의 접근을 저지시켰다.

"잠시 멈추어라."

담후천은 몹시 불쾌한 표정으로 강헌영을 꾸짖었다.

"강 총관, 왜 또 나서는 겐가? 몸수색까지 했지만 아무런 문제가 없지 않았더냐?"

"송구하오이다, 장주. 유난히 커다란 생선구이를 보니 한 가지 비극적인 고사(故事)가 생각나 불안한 마음을 금할 수가 없었습니다. 속하의 충정을 헤아려 주십시오."

"강 총관의 충정을 왜 모르겠느냐? 한데 무슨 고사인데 비극적이라는 표현까지 한 것이냐?"

"바로 어장(魚藏)의 고사입니다."

"어장의 고사?"

담후천은 학식을 두루 갖춘 무인이었기에 대번에 그 의미를 알아들었다. 그는 초대형 생선구이를 둘러보고는 실소를 지었다.

"허허, 가능성이 전혀 없지는 않구나. 하지만 아득한 춘추시대의 전설이 아니더냐?"

"전설이 아닙니다. 사서에도 분명히 기록돼 있는 사실입니다."

"의미있는 고사이니 모두가 알아듣도록 일러주거라."

"예, 장주."

자리에서 일어선 강헌영은 길게 도열해 앉은 제자들을 둘러보며 어장의 고사에 대한 이야기를 해주었다.

"아득한 옛날 춘추시대의 일이다. 춘추오패의 일인인 오나라의 왕 부자와 월나라의 왕 구천이 행한 와신상담(臥薪嘗膽)의 고사는 모두가 알고 있을 것이다. 오왕(吳王) 부자의 아버지는 합려인데, 그가 오나라의 왕에 오르는 과정에서 어장의 비극이 벌어졌다. 합려는 자신의 숙부가 왕위를 차지한 후 관례에 따라 자신에게 전하지 않고 그 자식에게 왕위를 넘기려 하자 역모를 꾀한 것이다."

일검향은 연회석과 일곱 자 거리를 둔 채 묵묵히 듣고 있었다.

그는 강헌영이 무슨 의도로 갑자기 어장의 고사를 들먹이는지 정확히 파악하고 있었다. 그 역시 역사에 밝은 다훼에게서 들은 기억이 있었던 것이다.

'직관력이 뛰어난 자로군. 만일 내가 척살에 실패한다면 벽력신군의 무공 때문이 아니라 이 사람의 직감 때문일 것이다.'

강헌영은 모두에게 이야기를 하면서도 눈길은 일검향에게 고정시켜 두고 있었다.

"합려는 초나라에서 망명한 오자서를 가신으로 삼아 은밀한 계획을 진행시켰다. 그는 여러 가지 계책으로 당시 오왕의 신하들을 멀리 보내고는 자객을 들여보냈다. 자객은 요리사로 가장해 아주 커다란 생선구이 요리를 오왕에게 바쳤다. 생선의 뱃속에는 오왕을 암살할 예리한 단검이 숨겨져 있었지. 그 단검이 바로 오늘날까지 강호의 전설로 불리는 어장검(魚藏劍)이다."

벽력장 제자들은 어장검이라는 말에 서로를 보며 고개를 끄덕였다.

어장검은 춘추시대 제일의 장인(匠人) 구야자가 제작한 다섯 자루 검 중의 하나다. 어장검에 대해서는 그동안 단편적으로 알고 있었는데 강헌영의 입을 통해 비로소 그 상세한 내력을 듣게 된 것이다.

"자객은 호위병들의 몸수색을 무사히 통과한 후 직접 생선살을 바르겠다면 오왕에게 가까이 접근했다. 그리고 생선 뱃속에 숨겨둔 단검을 꺼내 오왕을 살해했다. 물론 자객은 그 자리에서 죽고 말았지. 이것이 바로 어장의 비극이다."

벽력장 제자들의 시선이 모두 일검향에게 집중되었다. 그를 직시하는 그들의 눈에는 의혹이 가득했다.

공교롭다 하기에는 어장의 비극과 현 상황이 너무도 흡사했다.

갑자기 등장한 생선구이 전문 요리사, 때맞춰 진상된 초대형 초어, 그리고 살을 직접 발라서 올리려는 요리사의 태도…….

마치 고대의 전설적인 이야기가 현실로 재현되는 기분이었다.

강헌영은 예리한 눈빛으로 일검향을 직시하며 물었다.

"어장의 고사에 대해 들은 적이 있느냐?"

"알고 있습니다. 자객의 이름은 전제입니다. 그의 모친은 아들이 왕을 암살할 자객으로 나서게 되자 스스로 목숨을 끊어 아들에게 부담을 주지 않으려 했습니다. 저는 그것을 더한 비극으로 생각합니다."

담후천은 놀랍다는 표정으로 지으며 수염을 내리쓸었다.

"호오, 생선만 잘 굽는 게 아니라 역사에도 밝구나? 네 어찌 깊은 내력까지 알고 있단 말이냐?"

"전 생선구이를 업으로 삼으며 살아왔습니다. 생선구이와 연관된 가장 슬픈 이야기가 바로 어장의 비극이기에 상세한 이야기를 듣게 되었습니다."

"훌륭하구나. 생선구이가 특별한 요리는 아니지만 너는 남다른 경지에 이르렀다. 또한 어장의 고사까지 깊이 알고 있으니 너의 업에 대해 자부심을 갖고 있음을 인정하지 않을 수 없구나."

담후천은 아직도 김이 모락모락 피어오르는 생선구이를 훑어보았다.

"하핫, 재미있군. 이 생선 뱃속에 어장검이 들어 있을 수도 있다?"

이때 강헌영이 정중히 청을 올렸다.

"장주, 배를 가를 수 있도록 윤허해 주십시오."

"그럴 필요까지 있느냐? 총관이 알고 있고 본좌도 알고 있는데 어장의 고사가 어찌 재현될 수 있단 말이냐?"

"어차피 모두에게 분배해 주실 요리입니다. 미리 배를 가른다 하여 문제될 것이 무에 있겠습니까?"

담후천은 그도 그렇다 싶어 흔쾌하게 고개를 끄덕였다.

"강 총관이 그리도 원하니 배를 갈라 보자꾸나. 만일 어장검이 나온다면 내 총관에게 선사할 것이다."

"망극하옵니다."

강헌영은 일검향 뒤에 서 있는 황 숙수에게 지시를 내렸다.

"숙수는 어서 배를 갈라라."

한데 일검향이 팔을 들어 황 숙수를 저지했다.

"안 됩니다."

강헌영은 본능적으로 벽력신공을 운기해 주먹을 불끈 쥐었다.

"안 되다니? 한낱 요리사 주제에 지엄하신 장주님의 명에 반발하는 것이냐?"

"……."

일검향은 나직이 한숨을 쉬고는 팔을 내렸다.

"분명 어장검은 없습니다."

황 숙수가 좋은 말로 그를 위로했다.

"추명, 당연히 없어야 하겠지. 만일 생선 뱃속에 흉측한 물건이 들어 있다면 자네나 나나 죽은 목숨일세."

황 숙수는 나무 칼을 이용해 생선구이의 배를 갈랐다.

벽력장 제자들은 모두 자리에서 일어나 만약의 불상사에 대비했다.

그러나 갈라진 생선 뱃속에는 더운 김이 모락모락 피어오르는 내장만 들어 있을 뿐이었다.

담후천은 그럴 줄 알았다는 듯 호쾌한 웃음을 터뜨렸다.

"하하핫, 아쉽구나. 전설의 신검인 어장검이 들어 있기를 기대했는데 말이다."

강헌영은 비로소 영문을 알 수 없는 불안감이 해소된 듯 자리에 앉았다. 그는 눈가를 다소 붉히며 고개를 숙였다.

"송구합니다. 공연히 연회의 흥을 깨뜨렸습니다."

담후천은 그의 어깨를 다독였다.

"괜찮다. 본좌의 안위를 위한 충정이 아니더냐?"

황 숙수가 공손하게 고개를 조아렸다.

"장주님, 생선구이는 뜨거울 때 드셔야 제 맛을 느끼실 수 있습니다. 제가 발라드리겠습니다."

"그래, 오늘따라 강 총관이 너무 신중한 태도를 보여 시각이 너무 지체됐구나. 모두들 시장할 테니 어서 분배하거라."

담후천은 입맛을 다시며 연회석에 바싹 다가앉았다.

한데 일검향이 한 걸음 나서며 결연하게 외쳤다.

"그 생선구이는 드실 수 없습니다!"

연회장의 분위기가 또 한 번 경직되었다. 생선 뱃속에 아무런 흉기도 들어 있지 않자 자리에 앉았던 벽력장 제자들은 어처구니가 없는 듯 서로를 바라보았다.

"또 뭐야?"

"이러다 쫄쫄 굶으면서 날밤 새겠군."

"왜 먹을 수 없다는 거지?"

담후천은 일검향을 물끄러미 바라보다가 손짓해 불렀다.

"네 태도가 발칙하지만 연유가 궁금하구나. 대체 왜 먹을 수 없다는 것이냐?"

일검향은 황 숙수와 나란히 연회석 앞으로 섰다.

"살을 바르기 전에 배를 갈랐기에 요리가 상했습니다."

"이마 다 구워진 생선이 아니더냐? 배를 갈랐다고 요리가 상했다는 말은 이해가 되지 않는다."

"워낙 큰 생선이다 보니 세 시진을 구웠어도 내장의 일부가 채 구워지지 않았습니다. 하지만 내장까지 마저 익히게 되면 껍질이 타고 살에서 육즙이 말라 버려 구이의 참 맛을 느낄 수가 없게 됩니다. 그래서 일단 살만 바른 후 내장 부위는 열기에 의해 저절로 익도록 기다린 후 배를 갈랐어야 했습니다."

담후천은 잔뜩 미간을 찌푸렸다.

"왜 미리 고하지 않았느냐?"

"전 분명 안 된다고 말씀드렸습니다. 하지만 장주님의 지엄하신 분부였기에 감히 반발할 수가 없었습니다. 그로 인해 의심을 살 우려가 있어 두렵기도 했습니다."

"추명, 완벽한 요리를 만들려는 너의 장인 정신은 높이 인정한다. 하지만 덜 익은 내장 일부만 도려내면 충분하지 않겠느냐?"

"그럴 수는 없습니다. 배를 가르면서 덜 익은 내장의 비린내가 이미 살 속으로 스며들어 맛이 상했습니다. 이것은 더 이상 요리로써 가치가 없습니다."

담후천은 몹시 아까운 듯 생선구이를 내려다보았다.

"그럼 어찌할 생각이냐?"

“상한 요리는 버려야 합니다. 이건 요리사로서의 제 자존심이기도 합니다.”

“허어, 너무 지나친 처사로구나.”

“유감입니다, 장주님.”

일검향은 커다란 은 접시를 번쩍 안아 들었다.

그 순간 참으로 예상치 못한 변괴가 일어났다. 일검향이 담후천을 향해 생선 접시를 내던진 것이다.

지켜보던 벽력장 제자들은 모두가 입을 쩍 벌렸다.

벽력신군은 그들의 사부이자 지존이었다. 평소 하늘처럼 섬겼기에 그림자조차 밟는 것을 불경으로 생각하였다. 한데 한낱 요리사가 장주의 면전에 생선 접시를 집어던졌다. 그것은 꿈에서도 생각지 못할 충격이 아닐 수 없었다.

당사자인 담후천 역시 황당함에 눈을 부릅떴다. 자신이 생선 요리를 뒤집어쓰는 수모를 당하리라고는 전혀 짐작하지 못했던 것이다. 그러나 아주 짧은 순간 그는 요리사의 이런 행동이 결코 우발적인 망동이 아님을 간파했다.

암살!

본능적인 위기를 직감한 그는 날아드는 생선 접시를 향해 일권을 내질렀다. 물론 생선 접시 따위로 흠집 하나 날 그가 아니었지만 문제는 순간적으로 시야가 가려진다는 데에 있었다.

워낙 창졸간의 상황이라 삼성의 공력도 깃들지 않은 벽력신권이었지만 그 위력은 엄청났다.

퍼엉!

폭음과 함께 생선살이 흩어지면서 은 접시가 산산조각으로 부서졌다. 한데 접시의 파편을 뚫고 한줄기 섬광이 벼락처럼 날아들었다.

담후천은 눈앞이 아찔해졌다.

보이는 모든 것이 빛이었다. 소리도 들을 수 없었고 상대의 형체도 빛 속에 묻혀 있었다. 식탁을 사이에 둔 넉 자도 안 된 거리였기에 자객은 길게 손을 뻗는 것만으로 그의 숨통을 위협할 수 있었던 것이다.

천돌혈 부위가 뜨끔해진 그는 반사적으로 벽력신권을 내질렀다.

퍼억!

둔탁한 폭음과 함께 가슴을 강타당한 일검향은 울컥 피를 토하며 뒤로 나가동그라졌다.

그의 오른손은 피로 붉게 물들어 있었다. 맨손으로 검날을 쥐고 살법을 전개했기 때문이다.

사실 담후천을 척살할 병기는 생선의 뱃속이 아니라 은 접시 밑바닥에 정교하게 숨겨져 있었다. 구주총련에서 받은 정보를 분석한 그는 담후천에게 올려지는 요리가 모두 은 접시에 담긴다는 것을 알았다. 하여 그는 침투 전에 이미 은으로 제작된 예리한 검날을 휴대하고 있었다.

길이 아홉 치 정도의 아주 짧은 검날.

사람을 죽이는 데는 반드시 긴 병기가 필요치는 않다. 사혈을 관통해 즉사시키려면 세 치의 검날로도 충분하다. 하지만 손에 쥐어야 했기에 최소한 일곱 치 이상의 병기는 되어야 한다.

은으로 제작된 검날은 은 접시와 같은 재질이라 접시를 뒤집어보기 전에는 확인할 수 없다.

일검향은 생선구이를 완성한 직후 미리 준비해 둔 접시에 검날을 단단히 부착한 후 몸을 씻었다. 주방의 요리사들은 모두 구워진 생선에 정신이 팔려 있어 그의 은밀한 작업을 전혀 눈치챌 수가 없었다.

　본래 그는 생선구이를 연회석에 내려놓는 순간 숨겨둔 검날을 빼내 척살을 결행하려 하였다.

　한데 강헌영이 호위 무사를 통해 생선요리를 올리는 바람에 첫 번째 시도는 무산되었다. 자객에게 있어 결정적 기회가 사라졌다는 것은 척살 실패를 의미한다.

　그러나 그는 침착하게 두 번째 기회를 기다렸다. 생선살을 발라준다는 구실로 연회석 앞으로 접근한다면 척살 가능한 근접 거리에 이를 수 있기 때문이다. 한데 두 번째 시도도 무산되었다.

　어장의 고사……

　강헌영이 제기한 춘추시대의 고사는 진정 예리했다. 모든 상황이 당시와 너무도 흡사했다. 오왕을 암살하려 했던 자객 전제와 일검향, 보기 드물게 커다란 생선요리. 단지 강헌영이 미처 파악치 못한 것은 생선 뱃속에 흉기가 숨겨져 있지 않다는 사실뿐이었다.

　일검향이 어장의 고사에 근거해 척살 작전을 계획한 것은 분명했지만 그대로 흉내를 내지는 않았다. 풍부한 학식을 지닌 강헌영이라면 생선의 배를 갈라 확인할 가능성이 있기 때문이었다.

　그의 예상대로 강헌영은 생선의 배를 갈랐지만 접시 아래쪽에 부착된 검날의 존재는 미처 간파하지 못했다. 덕분에 그는 세 번째 기회를 포착할 수 있었다.

　어찌 본다면 몸수색과 생선 배를 가르도록 지시한 강헌영이 그를 도와준 격이었다. 두 번에 걸친 강헌영의 날카로운 의혹이 해소되면서 담후천이 아무런 경계도 하지 않았기 때문이다.

　생선 접시를 내던지면서 검날을 손에 쥔 그는 담후천이 접시를 깨뜨릴 것을 확신했다. 그의 예상대로 시야가 가려진 담후천은 일검향의 살식을 전혀 대비할 수 없었기에 천돌혈을 겨눈 검날을 막아내지 못했다.

만일 담후천이 접시를 깨뜨리지 않고 뒤로 물러섰다면 그의 척살은 실패했을 것이다. 그러나 담후천의 호쾌한 성격상 절대 물러서지 않을 것임을 간파했기에 그는 척살을 완수할 수 있었다.

척살의 성공 여부는 검날을 쥔 손으로 감지했기에 굳이 담후천의 생사를 확인할 필요는 없었다.

한데 담후천이 반사적으로 전개한 벽력신권은 미처 예상치 못한 반격이었다. 벼락처럼 발출된 권공에 그 역시 상당한 부상을 당하고 만 것이다.

충격과 경악!

모두가 지켜보는 와중에 자행된 암습 앞에 잠시 마비된 벽력장 제자들이 깨어났다.

"자객이다!"

"죽여라!"

연회석이 와르르 흩어지며 일검향과 가까운 거리에 있던 제자들이 대거 달려들었다.

어장의 고사에서 자객 전제는 당시 오왕의 호위병들에게 무참한 죽음을 당했다. 강력한 반격을 당한 일검향으로서는 100명에 달하는 벽력장 제자들의 포위망을 뚫고 탈출할 힘이 없었다.

척살은 완수했지만 그 역시 죽게 되었으니 절반의 실패였다.

일검향은 놀랍도록 차분한 모습으로 벽력장 제자들을 바라보았다. 사력을 다한다면 몇 명 정도는 상대할 수 있겠지만 그것은 무의미한 발악일 뿐이었다.

자객이 되기 위한 수련생으로 입문한 이후 죽음은 늘 곁에 있었기에 그다지 두려움은 없었다.

안타까운 것은 일곱밖에 남지 않은 천예사원의 자객이 한 명 더 줄어들었다는 점이었다. 그리고 통한의 원수 일도살과 교교를 자신의 손으로 죽이지 못하는 것이 회한으로 남을 뿐이었다.

"이 더러운 자객 놈!"

네 명의 벽력장 제자들이 그의 머리를 향해 벽력신권을 내질렀다. 한주먹에 황소도 때려눕히는 벽력신권이기에 일검향의 머리가 대번에 박살날 위기였다.

순간 예리한 파공성과 함께 섬광이 벽력장 제자들의 목을 스쳐 갔다.

쐐애액─!

벽력장 제자들은 마치 보이지 않는 칼날에 적중된 듯 단말마를 토하며 베어진 짚단처럼 쓰러졌다.

"가자!"

일검향을 안아 든 사람은 연회의 일손을 거들기 위해 임시로 채용된 아낙네였다. 머리가 부스스했고 옷차림도 허름했지만 숨겨진 매력이 쉽게 감춰지진 않았다.

바로 천예사원의 여자객 을화였다.

일검향의 탈출을 지원하기 위해 침투를 고심하던 그녀는 벽력장의 비상경계가 해제되는 바람에 손쉽게 잠입할 수 있었다. 구주총련을 통해 벽력장에서 인력 고용 의뢰가 들어왔다는 것도 행운이었다. 그녀는 아낙네로 변장해 임시직으로 고용될 수 있었던 것이다.

벽력장 제자들에게 또 한 명의 자객은 너무도 의외였다.

그들이 동료들의 죽음을 인식했을 때 을화는 이미 일검향을 부축해 정문으로 내달리고 있었다.

강헌영이 피를 토하듯 외쳤다.

"잡아라!"

벽력장 제자들이 일제히 함성을 외치며 추격에 나섰다.

담후천은 자리에 앉은 자세 그대로였다. 최후로 일권을 뻗은 상태로 굳어 있었다. 두 눈도 부릅뜬 상태였다.

"자… 장주님……?"

강헌영은 와들와들 떨면서 가까이 다가섰다.

외견상 부상의 흔적은 전혀 없었다. 자객의 기습을 당했지만 피 한 방울 흘리지 않고 있었다.

강헌영은 담후천이 무사하다는 착각에 빠져 덥석 손을 쥐었다.

"장주님, 괜찮으십니까?"

한데 담후천의 몸이 급격히 옆으로 기울어졌다. 당주 한 명이 급히 그를 부축했다.

"장주님!"

그들은 비로소 담후천의 자랑인 사자수염이 축축하게 젖어 있음을 알게 되었다.

강헌영은 떨리는 손으로 담후천의 수염을 헤치며 목 부위를 살폈다.

반짝이는 은빛 검날이 천돌혈을 뚫고 깊숙이 박혀 있었다. 담후천은 이미 즉사한 상태였다.

천하구절의 일인으로 한 시대를 풍미한 벽력신권 담후천!

당대의 영웅으로 추앙받던 그가 한낱 자객의 손에 의해 통한의 최후를 맞이한 것이다.

第27章
자객 대 자객

벽력신군 담후천의 죽음은 강호를 진동시키는 대사건이었다. 소림의 정현 대사가 피살된 것보다 더한 충격이었기에 강호인들은 두려움을 느끼지 않을 수 없었다.

과연 자객의 살행이 어느 선까지 번질 것인가를 놓고 의견이 분분했다. 천하구절의 일인마저 속절없이 죽었기에 누구도 자신의 안위를 장담할 수 없는 상황이었다.

특히 요리사로 가장한 자객의 교묘한 침투에 모두들 혀를 내둘렀다. 자객으로서 암습에만 능한 것이 아니라 일류 요리사의 솜씨를 지녔다면 세상 어디든 파고들 수 있기 때문이다.

그렇다고 주방의 요리사만 의심할 수도 없는 일이었다. 유령과 같은 자객이 목수며, 의원, 상인, 표사 등등 어떤 형태로도 변장할 수 있기에 세상 모든 사람들을 경계해야 할 상황이었다.

한 가지 놀라운 사실은 누군가의 입에서 담후천을 척살한 자객의 존재가 밝혀졌다는 점이었다.

무향검살(無香劍殺)!

그는 천예사원 소속으로 전설적인 대자객 천사명왕의 직계 제자이다. 수월주루와 명기 월아영, 소림의 정현 대사를 척살했으며 의천맹의 군사까지 죽이려 했던 잔악한 자객이다.

그런 풍문은 파문처럼 세상 곳곳으로 퍼져 나갔다. 발설한 사람을 모르기에 신빙성은 높지 않았지만 무향검살의 존재는 어느덧 강호의 공포로 인식이 되었다.

죽음의 제왕으로 불리었던 천사명왕의 화신(化身)…….

은천마국의 위협 속에서 숨죽이고 있던 천하인에게 있어서는 새로운 한 해가 음울할 수밖에 없었다.

2

한 대의 짐마차가 사천성의 좁은 관도를 따라 천천히 이동하고 있었다. 사천성은 겨울이 길고 눈이 많은 지역이라 관도 주변으로 잔설이 수북했다. 그나마 인마의 통행이 많은 관도는 눈이 치워진 상태였다.

무거운 짐이 실렸는지 마차를 끄는 두 필의 말은 연신 허연 콧김을 뿜어내고 있었다.

어자석에 앉은 마부는 털옷을 두텁게 껴입은 여인이었다. 머리에 쓴 얼룩 무늬 털모자가 다소 요란스레 보였으며 패물로 장식한 모습이 마차나 몰 신분으로는 보이지 않았다.

여인은 다름 아닌 천예사원의 여자객 을화였다.

그녀는 간간이 술을 마셔 추위를 녹였고 흥에 겨우면 콧노래를 부르기도 했다. 세상의 자객 중에서 가장 심사가 편한 이는 아마 그녀일 것이다. 부친을 살해한 원수들을 직접 만나기 전까지는 그저 마음대로 세상을 살아가는 자유인이었다.

그녀는 짐마차 안에서 들려오는 기척을 감지하고는 몸을 돌려 쪽창을 열었다.

"푹 잤냐?"

짐마차 내에는 두툼한 가죽이 깔린 잠자리가 마련돼 있었다.

모포를 밀치고 일어나 앉은 청년은 일검향이었다. 그는 담후천을 척살하던 도중 벽력신권에 적중되는 바람에 심한 내외상을 입었지만 열흘에 걸친 요양으로 어느 정도 회복된 상태였다.

물을 몇 모금 마셔 갈증을 씻은 그는 마차를 빼곡하게 채운 서책으로 시선을 돌렸다.

무려 천여 권에 달하는 서책은 구주총련 동정 지부에서 내준 서류였다. 은천마국과 약간이라도 연관된 내용이 담긴 기록이기에 그 분량은 엄청났다. 물론 대다수는 하찮은 하급 정보이지만 그것을 어떻게 분석하느냐에 따라 정보의 수준이 달라진다.

일검향은 아직도 피멍자국이 남아 있는 가슴 부위를 어루만지며 물었다.

"분량만 본다면 구주총련에서도 성의는 다한 셈이군요."

을회는 찌증스런 어조로 말을 받았다.

"성의는 무슨 성의야? 그 새끼들이 뒤탈을 우려해 정보를 분석하지 않은 원장(元帳)을 내준 것뿐인데. 아마 놈들은 분석을 끝낸 알토란 같은 정보는 일부러 내주지 않았을 거다."

"그렇다면 계약 위반 아닙니까?"

"놈들이 뭐라 얘기했는 줄 알아? 우리가 원하는 대로 상세하고 방대한 분량의 정보라 하더군. 한데 내가 몇 권 들춰보았지만 대부분 의미없는 서류에 불과해. 다훼가 이 많은 서류를 모두 검토해 정보를 뽑아내려면 머리가 빠개질 거야."

"괘씸한 놈들이군요. 우리가 위험을 감수하고 벽력신군을 척살했는데 이럴 수 있단 말입니까?"

을화는 고개 아래편에 형성된 작은 마을로 마차를 몰았다.

"놈들은 은천마국에 의해 추궁을 당하더라도 빠져나갈 구실을 남겨둔 거야. 만일 우리가 은천마국에 침투해 척살을 벌여도 놈들은 강압에 의해 서류를 빼앗겼다고 둘러대겠지. 그리고 우리가 성공적으로 은천마국의 수뇌부를 모두 척살한다면 자신들이 정확한 정보를 제공한 덕분이라며 공치사를 할 거다."

일검향은 건조한 미소를 머금었다.

"훗, 어떤 상황에서든 절대 손해를 보지 않겠다는 심사이니 영락없는 장사꾼들입니다."

"하여간 교활한 놈들이야."

을화는 호리병의 술을 한 모금 들이키고는 고개를 돌려보았다.

"참, 한 가지 궁금한 게 있어. 당시는 경황이 없어 그냥 흘러들었는데 생각할수록 이해가 되지 않아."

"무엇이 말입니까?"

"노인네가 임종 직전에 너한테 한 말 기억나?"

"……."

일검향은 눈을 반개하며 소리없이 고개만 끄덕였다.

원주는 그의 손을 쥐며 미안하다는 사과를 하였다. 전후에 어떤 언급도 없었기에 대체 자신에게 무엇이 미안한 것인지 전혀 짐작을 할 수 없었다. 하기에 그는 깊이 생각지 않고 그저 기억에서 지우는 중이었다.

을화는 마을로 향하는 진입로로 말 머리를 돌렸다.

"난 노인네 성격을 누구보다 잘 알아. 신중하고 치밀하신 분이라 실수를 하는 경우는 극히 드물지. 그런 노인네가 임종 말미에 너한테 왜 미안하다는 말을 했을까? 가까스로 회생했을 때도 딸년은 젖혀둔 채 너의 생사부터 물었거든. 단지 너를 총애하는 것 이상의 무언가가 있는 게 분명해. 대체 노인네가 너한테 무슨 실수를 한 거야?"

"그럴 리가 있겠습니까? 실수가 있었다면 오히려 제가 했겠지요."

"그러게 말이야."

을화는 잠시 고개를 갸웃거리다 의혹을 떨쳐 냈다.

"그래, 임종 직전이라 아마 정신이 혼미했을 거야. 나한테 해야 할 말을 너한테 한 것 같아."

그녀는 작은 객점 앞에 마차를 세우고는 내려섰다.

"이제 움직일 수 있지? 뭐라도 먹고 가자."

일검향은 피풍의를 두르고는 마차에서 내려섰다. 점소이가 말에게 여물을 먹이기 위해 마차를 객점 뒤로 끌고 가자 일검향은 마차를 주시하며 우려의 표정을 지었다.

"괜찮겠습니까?"

"신경 쓸 것 없어. 어떤 놈이 아무 쓰잘 데 없는 서류책을 낑낑거리며 훔쳐 가겠어?"

을화는 대수롭지 않게 응수하고는 객점 안으로 들어섰다.

실내 두 곳에 화로가 피워져 있어 공기가 탁했지만 겉옷을 벗어도 좋을 만큼 훈훈했다. 점심을 먹기에는 다소 일러 화롯가 옆 탁자 한 곳에만 손님이 앉아 있었다.

을화는 털가죽 옷을 벗어 방석 삼아 깔고 앉았다.

"아, 난 추운 게 싫어."

그녀는 점소이를 호출해 술과 안주를 푸짐하게 주문했다.

"갈 길이 급한 사람이 아니니 요리는 제대로 해와, 알겠냐?"

그녀가 은자 한 조각을 쥐어주자 점소이는 코가 바닥에 닿도록 허리를 굽실거렸다.

"아이고, 염려 놓으십시오. 최상의 요리를 내오겠습니다요, 아가씨."

점소이가 물러가자 을화는 도도하게 턱을 치켜들었다.

"호호, 날 보고 아가씨라고? 새끼, 눈치는 빨라."

그녀는 탁자에 바싹 다가앉으며 다정하게 일검향을 주시했다.

"검향, 너 정말 대단해. 춘추봉 사상 최고의 표적을 네가 처리한 거야."

"이제 그만 하시죠."

"아니야. 내가 아낙네로 변장해 지켜보고 있었지만 너의 침착함은 얼마나 칭찬을 해야할지 모르겠어. 지켜보는 내가 다 가슴이 조마조마했으니까."

점소이가 술을 내오자 을화는 술잔 가득 술을 따라 건배를 청했다.

"마셔."

일검향 한 잔 술을 단숨에 입에 털어 넣었다. 독한 술이 목구멍을 타고 넘어가자 뱃속까지 훈훈해졌다.

을화는 혼자서 몇 잔의 술을 더 따라 마시고는 물었다.

"너 특별한 무공을 수련한 적 있어?"

"……?"

"벽력신권은 아주 강력한 절기야. 스치기만 해도 뼈가 으스러지고 정통으로 맞으며 장기까지 박살나지. 한데 어떻게 급속도로 회복됐는지 모르겠다."

일검향은 잠시 주저하다가 솔직히 고백했다.

"사실 우연한 기회에 특별한 내공심법을 배우게 되었습니다."

그는 첫 번째 출동 때 공공신도 엽운표를 만나 여의심결을 배우게 된 경위를 털어놓았다. 덕분에 정현 대사의 혈음마공을 맞고도 멀쩡했고, 감소채를 척살하던 도중 호위들에게 엄중한 검상을 입고도 회복될 수 있었음을 덧붙여 말해주었다.

을화는 눈을 커다랗게 뜨며 눈알을 또르르 굴렸다.

"오, 그런 일이 있었구나?"

"솔직히 사적인 수련이라 원주님께는 죄송했었습니다."

"네가 죄책감을 가질 필요는 없어. 그런 것을 기연이라고 하지. 여의심결이라… 들어본 적은 없지만 정말 대단한 무공인 것 같군."

"그런 무공을 지닌 공공신도를 강호의 숨은 기인으로 봐야 합니까?"

"공공신도는 그저 늙은 도둑으로만 알려져 있지. 하지만 네 말을 듣고 보니 천중육기(天中六奇)보다 더 뛰어난 고수인 것 같구나. 혹시 천상삼비(天上三秘) 중 한 분인지도 모르겠다."

점소이가 요리를 내오자 대화가 잠시 중단되었다. 은자 한 조각에 감격한 점소이는 최고의 식재료를 사용했음을 극구 강조했다.

그가 물러가자 을화가 말을 이었다.

"천상삼비는 거의 전설적인 존재야. 살아 있다면 세수 이 갑자를 넘어선 고인들이지. 산화하신 노인네도 천상삼비에 대해서는 존경을 아끼지 않았어."

"그럴 수도 있겠군요. 공공신도의 금강지 필체와 육지비행술을 보고 무선(武仙)의 경지에 이른 기인임을 확신했었습니다."

"하지만 천상삼비는 30년 이래 세상에 모습을 보인 적이 없고 천지성후는 이미 타계했어. 게다가 네가 말한 용모를 감안하면 천상삼비와는 다소 거리가 먼 것 같구나."

을화는 기름이 묻은 손가락을 쪽쪽 빨면서 얘기를 계속했다.

"천지성후(天地聖后)는 여인의 몸이고, 천맹무선(天盲武仙)은 맹인이며, 천불성승(天佛聖僧)은 소림의 대원로야. 만일 공공신도가 천상삼비 중 한 분이라면 누구인 것 같아?"

일검향은 씁쓸한 고소를 머금었다.

"누구도 될 수 없습니다. 결국 공공신도는 별개의 기인으로 봐야겠군요."

"그렇겠지? 하여간 넌 정말 재수가 좋은 녀석이야. 감소채의 보혈 덕분에 내공이 급증한 데다 여의심결까지 터득해 더 강해졌어. 어쩐지 네가 많이 건방을 떤다 했어."

"듣기가 괴롭군요. 그렇게 건방져 보였습니까?"

을화는 가볍게 코웃음을 쳤다.

"당연하지. 벽력신권이 누구인데 감히 단독으로 나선 거야? 솔직히 난 네가 표적을 맞히지 못하기를 바랐어."

"지금 질투하는 겁니까?"

"그래, 질투하는 거다. 네가 나보다 서열이 높아지면 내가 널 상전으로 모셔야 하잖아?"

일검향은 장난기 서린 웃음을 머금었다.

"머지않아 그럴 날이 올 겁니다. 그때는 제가 누님을 을화라고 불러
도 이해하십시오."

"닥쳐, 임마. 내가 널 상전으로 모시고 살 바에는 차라리 죽겠다."

두 사람은 소리없는 웃음을 교환하고는 술잔을 마저 비웠다.

일검향이 먼저 몸을 일으켰다.

"전 달리 만날 사람이 있습니다. 오래 걸리지는 않을 겁니다."

"뭐, 뭐야? 그럼 나 혼자 그 많은 짐을 춘추봉까지 옮기란 말이냐?"

"창비와 묵궁이 있지 않습니까? 그들을 내려오게 하면 됩니다."

"너, 대단한 공을 세웠다고 벌써부터 제멋대구나? 대체 누구를 만나
려는 거냐?"

"어쩌면 마국에 대해 더 귀중한 정보를 얻을 수도 있습니다."

을화는 미심쩍은 눈빛으로 그를 훑어보았다.

"만날 사람이 계집애냐?"

"사내이건 계집이건 중요한 것은 아니지 않습니까?"

"혹시… 대백랑 그년이야?"

"……"

"홍, 부인하지 않는 것을 보니 사실이군. 하기는 네가 춘추봉 동문들
외에 달리 만날 사람은 그 계집뿐이겠지."

일검향은 정색을 했다.

"오해 마십시오. 대백랑 추가영은 인간 사냥꾼을 업으로 삼을 만큼
상당한 정보를 지녔습니다. 1,000여 권이나 되는 서류를 모두 뒤져 검
토하는 것보다 더 고급 정보를 알아낼 수도 있습니다."

"내가 허락하지 않는다면 어쩔 거냐?"

"누님……?"

을화는 자리를 돌려 앉으며 병째 술을 들이켰다.

"젠장, 공연히 화가 나는군."

"……."

"가봐!"

을화가 사납게 내뱉자 일검향은 가볍게 목례를 취했다.

"다녀오겠습니다."

그가 객점을 나가자 을화는 공연히 점소이에게 화풀이를 해댔다.

"야, 술 더 가져와! 그리고 요리가 이게 뭐야? 제대로 해서 다시 가
져와!"

3

사천성의 주도인 성도는 일검향에게 있어 특별한 추억이 깃든 곳이
었다.

7년의 자객 수련을 마치고 출동하면서 처음으로 들르게 된 대도시였
으며, 그곳에서 신비의 기인 공공신도와 대백랑 추가영을 만나게 되었
다.

그저 스쳐 가는 사람들이었다면 잊혀졌을 그들이었지만 공공신도는
그에게 여의심결이라는 기이한 절기를 남겨주었다. 또한 추가영과는
우여곡절을 겪은 끝에 친구와도 같은 동료가 되었기에 성도를 바라보
는 그에게는 기억이 새로웠다.

한데 아쉽게도 술 한잔 마실 노천객점들은 모두 철시한 상태였다.

엄동설한이라 문을 닫은 것이다.

그는 곧바로 성도의 중심가에 이르러 만품객잔을 찾았다.

그가 을화와 헤어진 것은 추가영과 이미 접선 약속이 돼 있어서였다.

보름 전, 그는 벽력신군을 척살하기 위해 벽력장을 정탐하던 중 장사에도 만품객잔이 있음을 알게 되었다. 문득 추가영을 떠올린 그는 그녀에게 전할 쪽지를 만품객잔에 맡기면서 추검이라는 이름을 말해주었다.

그리고 사흘 후 그가 어시장에서 생선을 굽는 동안 추가영의 답신이 만품객잔에 당도했다. 답장에는 단지 두 글자만 적혀 있었다.

초회(初會)!

그것은 두 사람이 처음 만난 장소를 의미했다. 아주 용의주도한 답신이었다. 누군가 그녀의 답신을 보더라도 그 장소를 짐작하기란 불가능하기 때문이다. 오직 일검향만이 알 수 있도록 우회적으로 약속 장소를 명기한 것이다.

그들은 처음 만난 장소는 물론 사천의 성도였다.

성도의 만품객잔은 장사의 분점보다 작았지만 아주 운치있게 지어진 건축물이었다. 객잔 측면으로는 식사를 하지 않는 손님을 위해 곧바로 객방에 이를 수 있도록 별도의 계단이 마련돼 있었다.

일검향은 객잔의 점장에게 자신의 가명을 밝혔다.

"난 추검이라 하오. 혹시 내 앞으로 남겨진 서찰이 있소?"

점장은 빠르게 그를 훑어보고는 호의적인 미소를 지었다.

"아, 추 소저의 오라버님 되시는군요?"

일검향은 내심 쓴웃음을 지으며 고개를 끄덕였다.

"그렇소."

대백랑에게 추(秋)라는 성(姓)을 지어준 것은 그의 가명이 추검이기 때문이었다. 한데 엉겁결에 남매 사이가 된 것이다.

점장은 방으로 들어가 작은 옥함을 가지고 나왔다. 그는 옥함에서 단단히 밀봉된 봉서를 꺼내주었다.

"추 소저는 별채를 숙소로 정하셨지만 묵지는 않았습니다. 일단 숙소로 드시지요. 곧 당도하실 겁니다."

"알겠소."

일검향은 점소이의 안내를 받아 후원 별채로 향했다.

만품객잔은 성도 제일의 객잔답게 비싼 별채가 열 채도 넘었다. 각각의 별채는 별도의 정원을 갖추고 있어 번잡스러움을 싫어하는 부호들에게 인기가 높았다.

일검향은 지닌 은자가 많지 않았지만 점소이에게 은 조각을 하나 쥐어주었다.

이런 호화 숙소를 예약한 여인의 오라비라면 당연히 부호라고 생각할 것이기에 그에 걸맞는 행동을 보여야 했다. 일전에 월아영을 척살하기 위해 풍류공자 노릇을 할 때 을화에게서 단단히 주의를 받았기에 확실하게 기억해 두고 있었다.

사소한 실수는 의혹을 부르고 의혹은 관심을 끌기에 은자 몇 푼 때문에 의심을 살 수는 없었다.

호화 숙소답게 별채는 화려했다. 바닥에는 발목까지 빠지는 푹신한 융단이 깔려 있었고 벽과 기둥에는 세련된 장식이 현란하게 새겨져 있었다.

아직 손님이 묵지 않았지만 이미 선금까지 지급된 상태였기에 별채

곳곳에는 화로가 지펴져 있어 훈훈했다. 예약한 손님이 언제 들지 모르기에 만반의 준비를 갖춰놓은 것이다.

일검향은 의자에 걸터앉아 밀봉된 서찰을 개봉했다. 여인다운 섬세한 필체로 씌어진 내용은 이러했다.

〈검향,
이 글을 보는 즉시 잠호림(潛虎林)으로 오세요. 성도로 오는 도중 누군가의 미행이 감지되었어요. 검향이 언제 오실지 몰라 만품객잔에 머물러 있을 수가 없었습니다. 잠호림은 미산 북쪽 30리에 위치해 있어요.〉

일검향은 서찰을 화롯불에 태워 버렸다.

서찰이 재로 화하는 와중에 그의 머릿속으로 무수한 생각이 동시에 떠올랐다.

'가영은 뛰어난 후각의 소유자다. 미행을 감지했다면 틀림없는 사실이다. 그녀가 미행을 당하는 경우는 두 가지뿐이다. 하나는 그녀가 대백랑이라는 신분이 탄로났을 경우, 다른 하나는 나와의 접선이 사전에 누설되었을 경우. 후자의 경우라면 만품객잔도 믿을 곳이 못 된다.'

그는 별채를 나서 객잔 입구로 향했다.

열심히 주판알을 튕기던 점장이 의아한 눈빛으로 물었다.

"곧 식사를 올릴 참인데 출타하시는 겁니까?"

일검향은 느긋한 태도를 취했다.

"미산의 풍광이 좋다기에 잠시 산책을 하고 오겠소. 식사는 누이가 당도하면 함께하겠소."

객잔을 나선 그는 미산 방향으로 걸음을 옮겼다. 그의 존재는 이내

인파 속으로 사라졌다.

점장에게는 미산행을 밝혔지만 그는 미산과 정반대인 잠호림으로 향하고 있었다. 만일의 경우에 있을 미행을 떨쳐 내기 위함이었다. 아직 해가 지기 전이었지만 그는 은신술을 펼쳐 빠른 속도로 그늘을 따라 이동했다.

번화한 장소에서 은신술을 펼치는 것은 금기 사항 중 하나였다. 아무리 뛰어난 은신술이라도 우연히 스쳐보는 사람에게 발각될 수 있기 때문이다.

그러나 일검향은 마음이 급해 금기도 무시했다.

추가영을 미행할 자들이라면 은천마국의 마인들밖에 생각할 수 없었다. 그녀가 은마령 직위에 있는 수월루주의 척살에 적극적으로 동조했으니 은천마국에서는 결코 그녀를 용납하지 않을 것이다.

그녀는 초인적인 후각으로 놀라운 추적 능력을 가질 수 있었지만 무공 수위는 일류급 정도다. 은천마국의 공격을 받는다면 목숨을 부지하기 힘들다.

성도의 성문을 나선 일검향은 피풍의를 뒤집어썼다. 푸른 피풍의 안쪽은 흰색이라 눈과 흡사했다.

그는 눈 위를 스치며 수림 속으로 뛰어들었다.

'가영을 지켜야 돼!'

원주를 비롯해 다수의 동문을 잃는 비통함을 맛본 그였기에 또 한 사람의 친인(親人)을 잃고 싶지 않았다.

추가영은 그가 천예사원에서 흉금을 털어놓고 지낼 수 있는 유일한 친구였다.

수월루주를 척살한 후 탈출할 때 보여준 그녀의 열정과 의지는 천예사원 동문에 비해 손색이 없을 정도였다. 죽음을 무릅쓰고 함께 탈출하려는 여인이라면 충분히 믿을 수 있다고 자신할 수 있었다.

30리 거리는 그다지 먼 길이 아니었다.

순식간에 잠호림 외곽에 당도한 그는 은신술을 펼친 채 천천히 눈 위를 움직였다. 이미 해가 어둑어둑해지기 시작했기에 볼 수 있는 거리는 극히 제한되었다. 이제부터는 청력과 감각에 의존해야 했다.

일순 울창한 잠호림 내에서 금속성과 기합성이 간간이 들려왔다.

일검향은 직감적으로 추가영의 존재를 감지했다. 그녀의 얼굴도 음성도 모르지만 보고 듣는 것만이 전부는 아니었다. 사람에게 있어 가슴으로 느끼는 육감은 오감보다 더 강력했다.

'분명 가영이 있다! 그리고… 자객들!'

그는 몸을 숨긴 채 조용히 자청검을 뽑아 들었다.

눈으로 볼 수는 없었지만 잠호림 주변으로 예리한 살기가 곳곳에서 감지되었다. 그것은 은신해 있는 자객들의 몸에서 뿜어지는 살기였다.

일검향은 눈을 감은 채 살기의 방향과 위치를 하나씩 가늠했다.

천예사원의 천살자객이 된 이래 여러 번의 척살에 나섰지만 자객과 겨뤄보기는 처음이었다. 그 역시 자객 신분이기에 자객들을 상대하기가 얼마나 까다로운지 누구보다 잘 알고 있었다.

일검향은 자신이 먼저 그들의 존재를 감지했다는 것을 다행으로 생각했다.

잠복해 있는 자객들이 살기를 묻어두지 못했다는 것은 아직 일류 자객의 경지에 이르지 못했음을 의미한다. 그래도 오랫동안 은신 상태를 유지하고 있는 것으로 미루어 형편없는 삼류는 아니었다.

일검향은 깊이 숨을 들이켰다.

'속전속결이다.'

추가영의 상황이 우려되었기에 자객들의 저지를 뚫고 최대한 빠르게 진입하는 것이 중요했다.

그는 눈 위에 바싹 엎드린 채 소리없이 미끄러졌다. 눈 위로 희미한 자국이 이어졌지만 이미 날이 저물었기에 그의 접근을 정확하게 간파하고 있지 않는 한 눈으로 확인하기는 불가능했다.

이윽고 그는 자객들이 은신해 있는 저지선에 이르자 행동을 멈추었다. 그가 아무리 그들보다 높은 경지에 이른 특급 자객이라 해도 더 이상의 은밀한 접근은 욕심이었다.

'가자!'

그의 자청검이 눈 속에 번득였다.

쐐애액!

예리한 파공성이 채 끝나기도 전에 덤불 속에 은신해 있던 두 명의 자객이 붉은 피를 뿌리며 목숨을 잃었다. 그러자 세 방향에서 자객들이 모습을 드러내며 공격을 펼쳐 왔다. 자객들은 위장복을 걸친 복면 차림이었다.

차차창ㅡ!

예리한 금속성이 사위의 정적을 깨면서 스무 명에 달하는 자객들이 일검향을 향해 날아들었다. 그들 중 일부는 은신술을 펼쳐 다시 몸을 감추었고 절반 정도는 저돌적으로 달려들며 일검향의 진입을 저지했다.

일검향은 곧장 저지선으로 파고들었다.

상대가 그보다 저급한 자객이라 해도 이렇듯 정면 돌파는 지극히 무모한 모험이었다. 하지만 추가영에 대한 우려 때문에 자신의 몸을 돌볼 겨를이 없었다.

세 명의 자객이 쪼개지며 붉은 핏물이 하얀 눈 위로 뿌려졌다. 자객들의 살식이 그의 몸으로 파고들었지만 스쳐 지나는 정도였다.

양측 모두 자객의 신분이기에 기합성 한 번 울리지 않았다. 죽은 자도 비명을 지르지 않았고 팔다리가 베어지는 자도 신음 한 번 흘리지 않았다. 간간이 병장기가 부딪치는 금속성 외에는 섬광과 파공성이 전부였다.

살벌한 혈투에 비해 너무도 조용한 전투였다.

마침내 열 명의 자객을 해치운 일검향은 저지선을 뚫고 수림 속 공터로 진입할 수 있었다.

차— 차창!

수목으로 둘러진 공터에서 접전을 벌이는 두 사람은 모두 여인이었다.

물고기 비늘처럼 번들거리는 은의를 걸친 여인은 금발의 벽안으로 미루어 이국 출신이었다. 키는 늘씬했고 피부가 백설처럼 희었으며 서역의 여인답게 이목구비가 시원스러웠다. 참으로 매력적인 미모의 소유자였다.

관능적인 아름다움을 물씬 풍겨내는 여인은 놀랍게도 천예사원의 배신자 교교였다. 그녀의 손에서 펼쳐지는 연검의 초식은 그녀의 미모만큼이나 화려했다.

"흐윽… 독한 년!"

교교와 맞서 싸우던 여인은 볼을 감싸 쥐며 비틀비틀 물러섰다. 섬세한 손가락 사이를 헤집고 붉은 피가 흘러나왔다.

그녀는 얼굴뿐만 아니라 몸 여러 곳에도 부상을 입고 있었다. 산뜻한 취의는 피로 얼룩져 본래의 색깔마저 구분하기 힘들 정도였다. 갈

색 모발이 어지럽게 흩어져 있어 용모는 분명치 않았다.

교교는 싸늘한 조소를 머금으며 취의여인을 향해 연검을 겨누었다.

"이번에는 네년이 눈알을 파버리겠다. 어차피 네년을 산 채로 끌고 가기만 하면 되는 일이니까."

취의여인은 두 자 길이의 짧은 보검을 바싹 움켜쥐었다.

"이 더러운 배신자!"

"배신자? 네년이 무엇을 안다고 함부로 주둥이를 놀리는 것이냐?"

"천예사원의 자객이 어떻게 마국의 개가 되었단 말이냐?"

교교의 표정이 서늘하게 굳어졌다.

"흥, 네년의 혓바닥까지 베어버려야겠군."

그녀는 득달같이 달려들며 연검을 휘둘렀다.

취의여인은 악을 쓰듯 외치며 보검으로 맞섰다.

한데 두 자루의 검이 마주치기 직전 교교의 모습이 사라져 버렸다. 절정의 은신술을 펼친 것이다. 상대가 고수라면 모를까 하수라면 당황하는 순간 당할 수밖에 없는 상황이었다.

어느새 측면으로 내려선 교교는 취의여인의 눈을 겨누며 연검을 내질렀다.

쐐애액―!

"아앗!"

취의여인은 입을 딱 벌렸다. 방비를 하기에는 너무 늦었다. 그녀에게 있어 교교는 너무도 벅찬 상대였던 것이다.

이 순간 허공에서 내리 꽂힌 검기가 교교의 연검을 강타했다.

차앙……!

교교는 연검을 통해 전해지는 충격에 숨이 턱 막혔다. 피가 역류하며 가벼운 내상마저 입고 말았다. 그녀는 반사적으로 뒤로 미끄러지며 연검을 몸에 바싹 붙여 수비 자세를 취했다.

그녀의 연검을 물리친 검기의 소유자는 일검향이었다.

취의여인은 지옥에서 부처를 만난 듯 감격해하며 눈물을 주룩 흘렸다.

"흑, 검향!"

교교를 직시하는 일검향의 눈에는 차디찬 분노가 가득했다. 폭발하려는 감정을 억제하느라 자청검을 쥔 손이 부들부들 떨렸다.

"교교!"

그를 대한 교교는 해쓱하게 질리며 진저리를 쳤다.

"검향……?"

일검향은 그녀를 직시한 채 기계적으로 걸음을 옮겨 다가섰다.

그는 눈 한 번 깜빡이지 않았다. 그토록 벼르던 사문의 반도를 이렇게 만나게 되리라고는 꿈에도 생각지 못했다. 그는 자신에게 복수의 기회를 마련해 준 천지신명에게 감사를 드렸다. 마침내 배신자 교교의 목을 그의 손으로 벨 수 있다는 생각에 흥분마저 느꼈다.

쐐애액—!

좌우에서 네 명의 자객이 그를 향해 무서운 살식을 펼쳐 왔다.

그는 네 자객의 공격을 받는 와중에도 교교를 향한 시선을 돌리지 않았다. 그저 본능적인 감각으로 쾌검을 펼쳐 자객들을 상대할 뿐이었다.

자객 두 명의 목이 대번에 날아갔다. 그러나 다른 두 명의 자객은 부상을 입은 상태에서도 기어코 일검향의 어깨와 옆구리에 가볍지 않은 상처를 입혔다.

일검향은 교교에 대한 분노와 복수심 때문에 아픔조차 느낄 수 없었다. 지금 그의 눈에는 오로지 교교만 보일 뿐이었다. 주변의 사물이며 다른 누구의 존재도 눈에 들어오지 않았다.

교교는 공포에 질려 이를 딱딱 마주쳤다.

"거… 검향, 다가오지 마. 나… 난 어쩔 수 없었어."

일검향은 그녀를 향해 자청검을 치켜들었다.

"난 널 믿었다. 한데 네가 배신을 해? 그것도… 원주님이 보는 앞에서?"

교교는 주춤주춤 뒤로 물러섰다.

"나도 어쩔 수 없었다고!"

악을 쓰듯 외친 그녀는 몸을 홱 돌려 달아났다.

"막아!"

그녀의 지시를 받은 자객들은 두텁게 저지선을 형성했다. 그녀의 도주에 일검향은 피가 거꾸로 솟구쳤다.

"멈춰!"

그는 분노에 젖어 쾌검을 전개했다. 그를 향해 날아들던 네 명의 자객이 접근도 하기 전에 허공에서 분시가 되어버렸다.

그가 몸을 날려 추격을 펼치려 하자 발 아래에서 자객들이 치솟아올랐다.

저지하는 자객들을 무참하게 베어버리는 그의 쾌검은 실로 매서웠다. 몸의 부상은 도외시한 쾌검이기에 자객들은 연이어 쪼개지며 사방으로 시체가 늘어갔다.

"헉헉……!"

무려 스무 명에 달하는 자객들을 모두 해치운 일검향은 비로소 격한 분노 속에서 깨어나 가쁜 숨을 몰아쉬었다. 몸을 내려다보니 상처투성이였다. 뒤집어 입은 하얀 피풍의는 핏물로 벌겋게 물들어 있었다.

“교교!”

그는 나뭇가지를 밟고 뛰며 정신없이 달렸다. 멀리 빙벽이 보였다. 교교가 10장 높이의 빙벽 위에서 그를 내려다보고 있었다.

그녀는 괴로운 듯 눈물을 글썽이며 외쳤다.

“이 바보야! 그런 상황에서 내가 어쨌으면 좋겠어? 난 개죽음 당하기 싫었어!”

일검향은 빙벽을 향해 힘껏 몸을 솟구쳤다.

“이 더러운 년!”

7장 정도를 솟구친 그의 몸은 곧바로 추락했다. 경공술의 한계였다. 그는 빙벽에 힘껏 자청검을 꽂으며 추락을 멈추었다.

“거기 서! 내 손으로 널 죽이고야 말겠어!”

교교는 세차게 고개를 흔들었다.

“검향… 나도 배신은 싫었어. 하지만 난 죽고 싶지 않았어! 죽고 싶지 않았다고!”

“사대금살과 천살 형님들, 그리고 많은 동문들이 죽었다. 원주님께서도… 돌아가셨지. 너도 죽었어야 했어. 그게 명예로운 죽음이야!”

“명예 따위가 뭐야? 자객한테 무슨 명예가 있어?”

일검향은 빙벽에 매달린 채 그녀를 올려보았다.

“교교… 네가 고작 그런 계집애에 불과했단 말이냐? 천예사원의 당당한 지살자객이었던 네가… 죽음 따위에 굴복해 사문과 원주님을 배신했단 말이냐?”

“검향, 천예사원은 그저 수많은 자객 단체 중의 하나였을 뿐이야. 은천마국의 힘은 무한해. 누구도 그들의 적수가 될 수 없어. 네가 복수를 꿈꿔도… 결국은 무의미한 발버둥에 불과해.”

"닥쳐! 난 복수를 할 것이다! 너와 일도살, 그리고 은천마국의 사악한 국주를 반드시 내 손으로 죽이겠다!"

일검향은 자청검을 뽑으면서 두 발로 빙벽을 힘껏 걷어찼다. 탄력으로 솟구친 그는 교교를 향해 날아들었다.

"죽어라!"

순간 교교의 눈빛이 섬뜩한 핏빛으로 물들었다.

"꺼져!"

그녀는 힘껏 쌍장을 내질렀다. 붉은 기류가 뭉클 뿜어지며 일검향의 몸을 휘감았다. 은천마국의 절기 혈음마공이었다.

퍼엉!

일진 폭음과 함께 일검향은 실 끊어진 연처럼 추락했다. 그는 사지를 벌린 채 석 자 깊이의 눈 속으로 파묻혔다.

곧 눈을 헤치고 나선 그는 빙벽을 올려다보았다. 교교는 이미 사라지고 없었다.

허탈했다. 아무리 자객들의 방해가 있었다 해도 기적처럼 만난 반도를 놓쳤다는 것이 너무도 원통했다.

긴장이 풀리면서 그는 울컥 피를 토했다. 마음의 피였다. 복수를 맹세한 상대를 만나고도 죽이지 못했다는 자책과 울분에 의한 각혈이었다.

그는 보다 냉정하게 처신하지 못한 자신을 모질게 꾸짖었다.

"쓸모없는 놈! 네 팔다리가 베어지는 한이 있더라도 교교를 죽였어야 했어!"

第28章
친구는 슬픔을 죽지 않는다

낯선 여인의 얼굴이었다.

피부는 다소 까무잡잡했지만 가지런한 속눈썹이 유난히 길다. 콧날은 마늘쪽 같고 도톰한 입술은 앵두처럼 상큼하다. 곤히 잠든 모습이 천진스런 아이처럼 평온하다.

눈을 뜬 일검향은 여인을 물끄러미 바라보았다.

"……?"

문득 상심과 울분으로 탈진했던 상황이 기억 속에서 선명하게 떠올랐다.

교교가 펼친 혈음마공은 비록 성취가 낮았다 해도 무서운 마공이었다. 자객들에 의해 상당한 외상을 입은 데다 내상까지 겹치자 그의 체력은 극도로 쇠약해졌다. 게다가 교교를 죽이지 못했다는 자책과 허탈함이 그의 정신력마저 저하시켰다.

이 순간 누군가의 접근을 감지한 그는 본능적으로 자청검을 움켜쥐었다.

한데 접근해 온 사람은 죽여야 할 대상이 아니었다.

그에게 다가온 사람은 교교에게 공격 받았던 취의여인이었다. 생면부지의 여인이었지만 감동에 일렁거리는 눈망울이 눈에 익었다. 비로소 그는 취의여인의 정체를 알게 되었다. 그녀가 바로 대백랑 추가영이었던 것이다.

요란한 분장을 지운 그녀의 진면목은 전혀 예상 밖이었다. 거친 인간 사냥꾼으로 알려진 그녀가 이렇듯 아리따운 용모의 소유자였음은 전혀 예상치 못했던 일이다.

비로소 긴장이 풀린 그는 정신을 잃었고 그사이 자신이 다른 곳으로 옮겨진 것이다.

일검향은 침상에 누운 채로 빠르게 눈알을 굴려 방 안을 살펴보았다.

벽은 회칠도 하지 않은 흙벽이었다. 천장에는 새끼로 엮은 약재가 주렁주렁 걸려 있었다. 아마도 약초를 캐는 사람의 집인 듯싶었다.

짚으로 엮은 자리를 깔고 그 위에 모포를 덧댄 나무 침상은 두 사람이 나란히 눕기에 다소 좁았다.

추가영은 일검향의 팔을 벤 채 새근새근 잠들어 있었다.

일검향은 자신의 상처 부위를 더듬어보았다. 깊은 자상은 붕대로 싸맨 상태였다. 부상 당시에는 전혀 느끼지 못했던 아픔과 쓰라림이 이제야 전달되었다. 혈음마공의 여파 때문인지 혈관을 타고 흐르는 음한지기가 으슬으슬한 한기를 유발시켰다.

'외상은 회복되겠지만 혈음마공의 음한지기는 속히 몰아내야 한다.'

그는 추가영의 머리를 살짝 들어 팔을 빼내려 했다. 한데 추가영이 그의 가슴속으로 파고들며 꼭 끌어안아 왔다.

"아잉… 난 새벽잠이 많다고 했잖아요. 좀 더 자요."

일검향은 문득 수월루주를 척살하기 위해 그녀와 동행하면서 움막에서 하룻밤을 보낸 지난날을 떠올렸다. 그때도 그녀는 똑같은 말을 했었다.

그는 팔을 빼면서 그녀를 편히 눕혀주었다.

"더 자. 난 잠시 운공을 해야 하니까."

추가영이 게슴츠레 눈을 떴다.

"그냥 가면 안 돼요."

"물론이지. 일부러 널 만나러 왔는데."

"음냐… 알았어요."

추가영은 목까지 모포를 끌어당기며 다시 눈을 감았다.

바닥에 내려앉은 일검향은 가부좌를 틀었다. 하지만 교교의 선명한 모습이 떠오르자 분노가 치밀어 쉽게 안정이 되지 않았다. 어쩌면 하늘이 내려준 복수의 기회를 놓친 것과 다름없었다. 아마도 그녀와 다시 마주치기는 쉽지 않을 것이다.

그는 깊이 숨을 들이켰다.

'냉철해야 한다, 검향. 가슴은 뜨거워도 머리는 차가워야 한다. 다시는 그런 실수를 범해서는 안 돼!'

허리를 곧추세운 그는 여의심결을 끌어올려 운공조식에 들어갔다.

망아지경 속에서 십이주천을 거치면서 체내의 음한지기가 모두 소멸되었다. 혈음마공은 워낙 무서운 마공이라 근접거리에서 적중되면 즉시 심장이 얼어붙으며 스치기만 해도 한독(寒毒)으로 불구가 될 수 있다. 복수심 때문에 전혀 방비를 하지 않은 그로서는 교교의 화후가 높지 않았던 것을 다행으로 여겨야 했다.

운공을 마친 그는 천천히 눈을 떴다.

"……?"

언제 깨어났는지 추가영이 모로 누운 채 그를 빤히 바라보고 있었다.

초승달 같은 실눈은 웃음기로 가득했다. 눈빛은 다정했고 입가에도 함빡 미소를 담고 있었다.

"이제 좀 어때요?"

음성은 맑고 부드러웠다. 여인 특유의 향기가 물씬 느껴지는 애교스런 음성이었다.

"음, 괜찮아."

몸을 일으킨 일검향은 옷을 걸쳐 입었다.

"여기는 어디야?"

"잠호림에서 20리 정도 떨어진 곳이에요. 다행히 약초 캐는 노부부를 찾아 응급조치를 할 수 있었어요."

"일단 나가자."

"아이, 난 아직 아픈데……."

추가영은 어린애처럼 입술을 비죽거렸다.

일검향은 자청검을 등에 메고는 쪽창을 열고 밖의 동정을 살폈다. 동녘으로 머리를 내민 아침햇살이 선명했다. 외진 산중이라 인기척 하나 느껴지지 않았다.

그는 추가영을 향해 돌아섰다.

"어서 일어나. 우리 때문에 양민들이 피해를 입는 것이 싫다."

"안심해요. 은천마국의 척살단(刺殺團)을 당신이 모조리 죽였는데 무슨 걱정이에요?"

“척살단?”

“참, 교교가 어떻게 척살단의 영주(令主)가 된 거예요? 천예사원을 배신한 건가요?”

일검향은 무거운 어조로 말을 받았다.

“얘기가 길어. 어서 이동하자.”

“알았어요.”

추가영은 모포를 밀치고 침상을 내려섰다.

그녀는 몸 여러 곳을 붕대로 칭칭 동여맸는데 거의 알몸이었다. 아슬아슬한 속곳 외에 봉긋한 육봉까지 훤히 드러나 있었다.

일검향은 어색한 고소를 지으며 얼른 방을 나섰다.

“먼저 나가 있을게.”

추가영은 피식 실소를 지으며 혀를 날름 내밀었다.

“치이, 두 번씩이나 날 끌어안고 잤는데 웬 내숭?”

일검향은 추가영을 업은 채 두 개의 산을 넘고 있었다. 부상이 심하다며 절뚝거리는 그녀를 채근하느니 차라리 업고 가는 게 나았던 것이다.

추가영은 그의 뺨을 어루만지며 다정하게 물었다.

“검향도 부상이 심했는데 무리하는 거 아니에요?”

“난 괜찮아.”

“하기야, 자객들은 팔다리가 끊겨도 움직일 수 있다면서요?”

“그렇게 말하지 마.”

“조롱이 아니에요. 감탄스러워서 그래요. 나보다 훨씬 심한 부상을 당했는데 벌써 회복되었으니 하는 말이죠.”

능선에 오른 일검향은 산 아래를 두루 살폈다. 멀리 하천 변으로 제법 커다란 마을이 보였다.

그는 마을 쪽으로 몸을 날리며 물었다.

"대체 어떻게 된 거야? 왜 교교가 너를 공격한 거지?"

"나도 이해가 안 가요. 놈들이 어떻게 내 정체를 알아냈는지 모르겠어요. 대백랑의 신분을 버리고 행동하면서 전혀 실수가 없었는데 어떻게 미행을 당하게 되었는지 알 수가 없어요. 놈들이 내 정체를 알아낼 단서라고는 당신이 장사의 만품객잔에 남긴 서찰뿐이거든요. 하지만 내 이름과 당신 이름은 우리 둘밖에 모르잖아요?"

일검향은 순간적으로 추가영이 왜 미행을 당하게 되었는지 간파할 수 있었다.

"그렇다면 내가 남긴 서찰이 단서가 되었군."

"어떻게요?"

"추가영이란 이름은 물론 우리 둘밖에 모르지. 하지만 추검이라는 이름은 여러 사람이 알고 있어. 바로 천예사원의 동문들이지. 그중에 교교도 있어."

추가영은 그의 등에 얼굴을 바싹 기댔다.

"결국… 강호의 풍문이 사실이었군요. 은천마국에 의해 천예사원이 괴멸되었다고 들었어요. 공공연한 비밀이기에 저도 듣게 되었지요."

"……."

"하지만 난 믿지 않았어요. 당신이 천예사원의 자객이기에… 난 믿으려 하지 않았죠. 당신의 죽음은 내게 너무도 큰 충격이며 슬픔이니까요."

일검향은 입을 다문 채 아무런 대꾸도 하지 않았다.

그와 추가영의 관계는 뭐라 구분 짓기가 어려웠다. 깊이 신뢰는 하지만 친구라 하기에는 아직 거리가 있었다.

첫 번째는 성도에서 그저 면식만 있었고, 수월루주를 척살하기 위해 며칠간 동행한 이후 이제 세 번째 만남일 뿐이었다. 그렇다고 그녀를 단순히 정보원으로 생각하자니 너무 욕되게 하는 것 같았다.

그가 더욱 부담스러운 것은 그녀의 직설적인 감정 표현이었다.

그도 아주 둔감한 사내는 아니었기에 그녀가 자신에게 품고 있는 호감을 충분히 느끼고 있었다. 그녀가 더 노골적으로 구애를 해오면 어떻게 처신해야 할지 정말 고민스러울 것이다.

마을이 가까워지자 그는 그녀를 내려주었다.

"조금 정도는 걸을 수 있지?"

그녀는 그의 팔을 끌어다 팔짱을 끼며 능청스럽게 말했다.

"혼자 걷기는 아직 무리예요."

점심을 먹기에는 아직 이른 시각이라 주방에서도 한창 식재료를 다듬는 중이었다. 점소이들은 1층을 청소하는 중이었고, 주인은 전날 판매한 음식값을 계산하느라 정신이 없었다.

주인은 막 들어선 젊은 남녀의 행색을 보고는 손부터 흔들었다.

"아직 영업 전이오."

일검향은 어쩔 수 없이 객잔을 나가려 했다. 한데 추가영이 어린아이 주먹만한 은덩이를 계산대 위에 내려놓았다.

"거스름돈은 필요없어. 시간은 충분해. 조용한 별채에서 최고급 술과 요리만 있으면 돼."

주인은 그녀의 기세에 눌렸는지 잠시 말똥말똥 쳐다보다가 자리에서 벌떡 일어섰다.

"방금 문을 열었소이다. 드시지요."

그는 점소이 하나를 호출했다.

"어서 특실로 모셔라. 주방에는 내가 특별히 주문을 할 것이다."

"예, 주인님."

점소이는 귀한 손님이다 싶어 곧바로 허리를 꺾었다.

"오르시지요."

간단히 문제를 해결한 추가영은 일검향을 향해 눈을 찡긋해 보였다. 역시 세상을 살아가는 처세에 대해서는 그보다 훨씬 능숙했다.

두 사람이 요리를 즐기기에는 상당히 큰 별실이었다.

자리에 앉은 추가영은 점소이에게 은 조각을 하나 던져 주었다.

"차만 먼저 내오고 술은 요리와 함께 들이면 돼. 조용히 얘기를 나누고 싶으니 방해하지 마."

"아이고, 알겠습니다요."

점소이는 부리나케 차를 대령하고는 문을 닫고 다시 복도와 이어진 덧문까지 닫았다.

추가영이 손수 차를 따라 일검향에게 건넸다.

"왜 그렇게 융통성이 없어요? 점심때까지 쫄쫄 굶을 뻔했잖아요?"

일검향은 머쓱한 표정을 지었다.

"영업 전이면 나가야 하는 게 당연하잖아?"

"후훗, 이럴 때 보면 정말 순박한 낭인 무사 같아요. 흐음, 차 맛이 괜찮군요."

추가영은 차를 한 모금 마시고는 허리에 찬 주머니에서 손바닥만한 조개껍질을 꺼내 들었다. 조개껍질을 열자 안쪽으로 서역산 유리 거울이 보였다.

일검향은 여인네의 진귀한 소지품을 흥미로운 눈빛으로 주시했다.

추가영은 거울을 통해 약초 잎사귀를 떼어낸 볼 부위를 이리저리 살폈다. 유리 거울은 동경과 달리 거울 속 모습이 아주 선명했다. 볼의 상흔을 매만지던 그녀는 속상한 듯 눈물을 글썽였다.

"악독한 계집애! 일부러 내 얼굴에 상처를 냈어. 약초꾼 할아범도 얼굴의 상처는 평생 지워지지 않는다 했는데……."

그녀는 두 손으로 얼굴을 가리며 발을 동동 굴렀다.

"흑흑, 이제 어떻게 해? 이런 얼굴로는 시집도 못 갈 거야!"

일검향은 곤혹스런 표정으로 그녀를 바라보았다.

자객인 을화도 자신의 용모를 열심히 가꾸었고, 절세적 미모를 지닌 교교도 얼굴 관리에는 신경을 쓴다. 수수한 다훼조차도 맨 얼굴로는 여간해서 나서지 않는다. 하기에 누구보다 용모를 더 많이 따지고 중시하는 추가영이 용모가 훼손되었으니 상심하는 것은 지극히 당연한 현상이었다.

일검향은 어떻게 위로를 해줘야 할지 한참을 고민하다가 조심스럽게 입을 열었다.

"다행히 상흔이 크지 않아."

"뭐예요? 다섯 치나 베어졌는데 크지 않다고요? 내 얼굴이 완전히 훼손되어야 심하다고 말할 참인가요?"

"그건 아닌데……."

"아니면, 별로 잘나지도 못한 계집이 얼굴 좀 상했다고 우는 게 우습게 보여요?"

그녀의 매서운 추궁에 일검향은 어렵사리 말을 받았다.

"가영은 예뻐. 솔직히 이런 미인인 줄은 예상치 못했어. 볼의 상처로는 가영의 아름다움을 해치지 못할 거야."

눈물을 펑펑 쏟아내던 추가영은 대번에 눈물을 그치며 환한 미소를 지었다.

"어마, 내가 예뻐요? 이 정도인 줄 몰랐다고요?"

"그래, 사실이야."

"호호, 사실 미운 얼굴은 아니지요. 검향이 예쁘다 하니 정말 기분이 좋아요."

그녀는 조개껍질 속의 거울을 보며 눈물 자국을 지우고 간단히 분을 발랐다.

말 한마디에 웃고 우는 그녀의 성격에 일검향은 내심 실소를 금할 수 없었다. 유랑극단의 여배우도 그녀보다는 못할 것이라는 생각이 들었다.

그녀는 갑자기 진지한 표정을 지으며 바싹 다가앉았다.

"얘기 좀 해봐요. 대체 어떻게 된 거예요? 천예사원에서 내분이라도 일어난 건가요? 천예사원은 금역의 하나로 불릴 만큼 침범이 불가능한 곳이잖아요? 마국 놈들이 어떤 방법으로 쳐들어온 거예요?"

"……."

일검향은 잠시 고민이 되었다.

외부인에게 천예사원의 기밀을 낱낱이 밝힌다는 것은 배신 행위였다. 조직과 동문에 대한 비밀은 무덤에 갈 때까지 절대 밝혀서는 안 되는 극비였다. 하지만 사실을 덮어둔 채 그녀에게 정보만 알아내려 한다는 것이 마음에 걸렸다.

그녀는 자신을 불신하기 때문에 밝히지 않는 것이라 생각할 것이기에 정보의 거래는 성사되기 어려울 것이다.

그러다 문득 을화와 구주총련 동정 지부장 장완과의 대화를 떠올린 그는 생각을 달리했다.

‘그래, 을화 누님도 장완에게 풍문을 확인시켜 주었어. 이미 공공연하게 알려진 사안이라 천예사원이 은천마국에 의해 침공을 당했다는 것은 비밀일 수 없다. 나 역시 가영에게 확인해 주는 정도야.’

고민을 해소한 그는 천예사원의 침공을 받게 된 과정을 소상하게 말해주었다.

추가영은 눈을 동그랗게 뜬 채 묵묵히 듣기만 했다. 그녀는 일도살이 은천마국의 은밀한 첩자였다는 말을 듣고는 진저리를 쳤으며, 끝으로 천사명왕의 의연한 산화를 듣고는 애도의 눈물을 흘렸다.

일검향이 얘기를 마치자 추가영은 눈물을 닦으며 해맑은 미소를 지었다.

“검향, 당신은 정말 저를 믿는군요. 진실 그 자체보다 그것을 숨김없이 얘기해 주었다는 것이 너무 고맙고 기뻐요.”

“가영, 사실 난…….”

“무슨 말씀을 하려는지 알아요. 날 만나려는 이유는 하나뿐이겠지요. 물론 내가 조금은 보고 싶었다는 말을 듣고 싶기는 하지만 그것은 욕심이겠지요?”

“…….”

일검향은 너무도 노골적인 물음에 선뜻 답변을 할 수가 없었다.

그녀에게 어려운 부탁을 해야 할 처지이기에 빈말이라도 그렇다고 해야겠지만 거짓말을 하는 것 같아 마음이 내키지 않았다.

때마침 공교롭게도 덧문 밖에서 인기척이 들려왔다.

“아가씨, 공자님, 음식이 준비되었습니다요.”

추가영도 크게 기대는 하고 있지 않았기에 더는 채근하지 않았다.

“들어와도 좋아.”

점소이 셋이 들어서며 향기로운 요리를 탁자 가득 채웠다. 특이하게
도 접시를 불에 달군 철판으로 받쳤고, 철판은 나무 접시 위에 얹어져
있었다.

"헤헤, 주인님께서 특별히 신경을 쓰셨습니다요. 본래 요리는 드실
적마다 하나씩 내와야 하는데 중요한 얘기를 나누신다는 말을 듣고는
한꺼번에 준비를 지시했습니다. 달군 철판 때문에 요리가 쉽게 식지는
않을 테니 천천히 드십시오."

"애썼다. 나가 봐."

"예예."

점소이들은 연신 고개를 조아리고는 방을 나갔다.

추가영은 접시에 요리를 몇 가지 덜어 그에게 건넸다.

"이런 방법이 다 있었군요? 요리를 먹다 보면 식어서 제 맛을 못 느
끼는 경우가 있는데 데워진 접시 덕분에 요리의 향을 오래 느낄 수 있
겠어요."

"그래, 덕분에 나도 새로운 것을 배우게 되었군."

"먹는 동안에는 너무 심각한 얘기를 하지 않기로 해요. 일단 건배부
터 할까요?"

그녀가 술을 가득 채워 잔을 건네자 일검향은 흔쾌하게 건배를 했다.

식사를 하는 동안 추가영은 잡다한 신변잡기만 늘어놓았다. 일검향
은 특별히 할 얘기가 없어 주로 듣기만 했다.

술이 몇 잔 들어가자 그녀의 양볼이 보기 좋게 달아올랐다.

"참, 한 가지 꼭 확인하고 싶은 게 있어요."

"뭔데?"

"최근 들어 가장 충격적인 사건이 강호를 뒤흔들었어요. 호남의 영

웅 벽력신권이 자객에 의해 암살된 거죠. 그리고 그 자객이 무향검살이라 하더군요. 사실이에요?"

일검향은 술잔을 입으로 가져가며 고개를 끄덕였다.

"사실이야."

"당신이 바로 무향검살이죠?"

"세상 사람들이 날 무향검살로 호칭한다는 것은 장사에서 나도 처음 알았어."

추가영은 감탄 어린 눈빛으로 그를 바라보았다.

"와아, 굉장해요. 당신이 천하구절의 한 사람인 벽력신권까지 척살할 줄은 상상도 못했어요. 이러다 천중육기(天中六奇)까지 당신의 검에 죽는 것은 아닌지 모르겠군요. 당신 정말 무서운 자객이군요?"

"……."

"솔직히 내가 그런 자객과 마주앉아 식사를 하고 있다는 사실이 놀랍기도 해요."

그녀는 그를 찬찬히 뜯어보다가 후식 삼아 과일을 먹으며 물었다.

"필요한 정보가 뭐죠? 일도살과 교교에 대한 소재인가요?"

일검향은 기다렸던 물음이기에 즉시 대답했다.

"은천마국의 총단이 어디 있는지도 알아야겠어."

"아주 어려운 의뢰네요. 거래를 하려면 엄청난 액수가 필요하겠어요."

"……?"

보수가 거론되자 일검향은 다소 난감해졌다. 그는 결정권자가 아니기에 독단으로 결정을 내릴 처지가 아니었다. 만일 엄청난 금액을 약조했다가 갑영에게 거부를 당하면 그의 입장은 아주 난처해진다.

추가영은 가늘게 눈웃음을 쳤다.

"호호, 설마 내가 공짜로 해주리라고 생각한 것은 아니겠지요? 난 당신 때문에 인간 사냥꾼 일자리도 잃었다고요."

일검향은 들었던 술잔을 내려놓았다.

"얼마면… 되겠어?"

"글쎄요. 내 목숨이 걸린 일이라 은자로 해결될 문제가 아닌데……."

"난 가영을 위해 누구를 대신 죽여줄 수 있는 능력밖에 없어."

일검향이 신중하게 응수하자 추가영은 까르르 웃음을 터뜨렸다.

"호호호!"

그녀는 배를 부여안으며 연신 키득거렸다.

"아유, 순진해. 정말 순진해. 호호, 당신 정말 자객 맞아요?"

"왜 웃는 거야?"

"검향, 우리 친구잖아요? 당신이 천예사원의 기밀을 솔직하게 털어놓을 때부터 나는 우리가 친구 사이임을 확신했어요. 친구 사이에 서로 돕는 것은 당연한 일이에요. 은자 따위가 어떻게 우정보다 소중할 수 있겠어요?"

일검향은 내심 안도를 하며 실소를 지었다.

"날 놀렸군."

"호호, 그런 셈이죠."

추가영은 과일을 오물거리며 장난스런 표정을 지었다. 보조개를 그은 상흔이 볼을 따라 틀어지며 묘한 매력을 발산했다.

"일도살과 교교의 소재를 찾아내는 일은 어렵지 않아요. 은천마국은 최근 들어 잔마대 외에 또 하나의 예속 집단을 만들어냈지요. 바로 척살단(刺殺團)이죠."

"척살단? 척살단이 대체 뭐야?"

"은천마국은 대규모 전쟁을 원치 않아요. 위엄과 압력으로 천하를 굴복시키는 것이 저들의 목적이죠. 척살단은 마국에 대항하는 단체와 협사들을 제거하기 위해 조직된 암살 단체예요. 아직 많은 것이 밝혀지지 않았는데 교교를 만나면서 몇 가지를 알게 되었어요. 그 계집이 제 입으로 밝히더군요. 척살단의 단주가 일도살이고 자신은 영주의 신분이라 했어요."

"일도살이 척살단의 단주라고?"

일검향은 지그시 입술을 깨물었다.

그는 은천마국의 사악하면서도 치밀한 계책에 또 한 번 놀라지 않을 수 없었다. 일도살이 척살단을 주관하고 있다면 이는 오래전부터 구상된 책략임을 확신할 수 있었다.

일도살은 단순히 첩자로 파견된 것이 아니었다.

은천마국은 천예사원을 통해 일도살을 초일류 자객으로 키운 후 척살단을 관장하도록 계획해 둔 것이다. 그들이 아무리 무소불위(無所不爲)의 능력을 지녔다 해도 천예사원의 수련을 거친 자객보다 더 뛰어난 자객을 탄생시킬 수는 없었을 테니까.

'실로 무서운 놈들이다. 대체 마국의 수뇌부에 어떤 자가 있어 이렇듯 세상을 마음대로 조종할 수 있단 말인가?'

일검향은 '척살단'이라는 세 글자를 가슴속에 새겨두었다.

일도살이 은천마국의 암살 조직을 관장하고 있다면 대결은 필연이었다. 오히려 다행일 수 있었다. 일도살과 교교가 은천마국 내에 머물러 있다면 그들의 행적을 찾아내는 것만으로도 많은 시일이 소요된다. 한데 그들이 척살단의 자객으로 활동하고 있다면 추적은 어렵지 않은 상황이었다.

추가영은 그의 표정을 살피다가 조심스럽게 물었다.

"제가 은천마국의 소재를 찾아내면 어떻게 할 생각이에요? 설마 단신으로 마국 내에 뛰어들겠다는 것은 아니겠죠?"

"우리 천예사원에서 누군가 파견되겠지. 난 결정권자가 아니라 확답해 줄 수 없어. 만일 내가 지목된다면 당연히 침투해야 돼. 솔직히 내가 침투하고 싶은 심정이야."

"검향, 자객들은 정말 죽음에 대해 아무런 두려움도 없어요?"

"……."

"아무리 뛰어난 자객이라도 마국에 침투하는 순간 죽게 될 거예요. 저들은 천하를 지배하는 자들이에요. 이렇듯 거대하고 철저한 조직은 전무후무하죠. 그런 마국 내에서 과연 척살이 가능하다고 생각해요?"

일검향은 정광 어린 눈빛으로 그녀를 직시했다.

"우리는 죽음보다 실패를 더 두려워해. 그게 자객이야."

추가영은 길게 한숨을 내쉬었다.

"솔직히… 당신을 죽음에 빠뜨리는 길이기에 어떤 정보도 알려주고 싶지 않아요. 하지만 내가 알려주지 않아도 천예사원이라면 반드시 알아내겠지요."

"그럴 거야."

"당신의 뜻을 저버리면 우정을 저버리는 격이고… 저들의 소재를 알아내면 당신을 죽이는 격이니 저는 어찌해야 할지 모르겠어요."

추가영은 한 손으로 얼굴을 가리며 소리없는 눈물을 흘렸다.

일검향은 가슴이 뭉클해졌다. 겨우 세 번을 만났을 뿐이지만 그녀와는 아주 오래전부터 알고 지낸 것처럼 친근감이 느껴졌다. 그녀 앞에서는 자객임을 숨기지 않아도 되기에 더욱 그런지도 모른다. 그녀 역시 감정을 숨기지 않는 진솔함을 드러냈기에 그들은 서로에게 있어 벌거숭이와 다름없었다. 신뢰는 이성이지만 깊은 신뢰는 감정일 수 있었다.

일검향은 탁자를 돌아 그녀에게 다가섰다. 자신의 불행을 앞서 슬퍼하는 그녀였기에 가슴 저린 감동에 젖고 말았다.

그는 자세를 낮추어 가만히 그녀를 품에 안았다.

"흑, 검향……."

그녀는 한 마리 어린 새처럼 그의 가슴으로 파고들었다.

그는 그녀의 등을 다독이며 분명한 어조로 말했다.

"약속할게. 난 반드시 돌아올 거야."

"흑흑……."

"날 믿지? 난 약속을 지킬 자신이 있어."

추가영은 눈물이 그윽한 눈망울로 그를 응시했다.

"정말이죠? 정말 돌아올 거죠?"

"그래, 반드시!"

"당신을… 믿겠어요."

일검향은 상흔이 새겨진 그녀의 볼을 부드럽게 어루만졌다.

"친구를 슬프게 하는 사람은 친구일 수 없어. 난 그런 친구는 되지 않겠어."

2

철그렁철그렁……!

일검향에 의해 만들어진 자객철교가 세찬 바람에 출렁이고 있었다.

워낙 긴 철교였기에 천잠사와 함께 엮어 설치됐지만 바람이 세차게 불 때면 금세라도 끊어질 듯 위태로워 보였다.

일검향은 자객철교를 밟고 운무 속으로 뛰어들었다.

일순 운무 건너편에서 짤막한 음성이 들려왔다.

"정지!"

음성으로 미루어 창비였다.

"암호!"

일검향은 고개를 갸웃거렸다. 귀환 시 암호를 대야 한다는 것은 처음 겪는 일이었다. 규정이 정해졌다면 을화가 자신에게 일러주었어야 했는데 을화는 암호에 대해 전혀 언급이 없었던 것이다.

일검향은 운무 속을 향해 나직이 외쳤다.

"난 검향이다."

"암호! 암호를 대!"

"창비, 암호가 있는 줄은 몰랐다."

"헤헤헤!"

운무 속에서 장난스런 웃음이 터져 나왔다.

"내가 누구인지 대번에 알아맞혔으니 그게 암호야. 어서 와, 검향 형."

일검향은 어처구니없는 실소를 짓고는 자객철교를 마저 건넜다.

창비가 그를 덥석 안으며 반가워했다.

"어서 와, 형. 왜 이렇게 늦나 했어."

"을화 누님은?"

"조금 전에 당도했어. 웬 놈의 서류가 그렇게 많은지 묵궁과 내가 옮기느라 애를 먹었어."

"미안하구나, 나도 도왔어야 했는데."

일검향은 창비와 함께 지하 광장으로 향했다.

광장 한쪽에는 구주총련에서 제공한 서류가 가득 쌓여져 있었다. 마차 한 수레 분의 책이 그렇게 많을 줄은 일검향도 처음 알았다. 묵궁과 계도가 한참 자객서고로 책을 나르는 중이었다.

"죄송합니다, 형님. 이제 쉬십시오."

일검향은 면구한 표정을 지으며 책을 한아름 안아 들었다.

계도는 그의 어깨를 다독이며 반가워했다.

"하하, 자네가 또다시 공을 세웠군. 벽력신군을 척살하면서 우리 천예사원이 아직 건재함을 세상에 알렸어."

"모두 형님 덕분입니다. 형님에게 배운 요리 기술이 아니었다면 접근하기도 어려웠을 겁니다."

"그게 어디 요리 실력으로만 해결될 문제였던가? 을화의 얘기를 들으면서 자네의 임기응변에 감탄을 금치 못했네. 삼살(三殺)은 자네가 되어야 할 위치였어. 내가 자네 윗자리에 있다는 것이 부담스럽네."

"부끄럽습니다. 전 아직 형님에게 배울 것이 많습니다."

일검향은 목례를 취하고는 서류를 서고로 옮겼다.

다훼는 한 칸의 서가를 비워 서류를 정리하고 있었다. 일검향을 본 그녀는 환한 미소를 지으며 반겼다.

"어서 와."

그녀를 도와 서류를 정리하던 묵궁이 정중히 예를 올렸다.

"사살을 뵙습니다. 성공적인 임무 수행을 축하드립니다."

일검향은 수련생 동기이지만 시종 자신을 윗사람으로 섬기는 그가 조금은 부담스러웠다.

"그래, 고맙다."

그는 묵궁의 어깨를 가볍게 다독여 주고는 다시 밖으로 나갔다. 서류가 모두 입고되자 나머지는 다훼의 몫이었다. 그녀는 모든 서류의 목록을 작성하고 분류하느라 정신이 없었다.

일검향은 그녀의 작업을 방해할 수가 없어 손을 꼭 쥐는 정도로 반가움을 대신 전했다.

다훼는 온화한 미소를 지으며 그를 올려다보았다.

"아주 어려운 척살이었을 텐데 네가 무사해서 다행이야."

"누님 덕분에 무사히 탈출할 수 있었어."

"참, 어서 가봐. 소청실에서 기다리고 계셔."

"그래?"

다훼는 웃음기를 머금으며 목소리를 낮추었다.

"한데 조심해야 돼."

"왜?"

"언니 성격 잘 알잖아? 검향이 사적으로 대백랑을 만나러 갔다는 사실에 몹시 분개하고 있어."

일검향은 씁쓸한 고소를 지었다.

"그게 어디 사적이야, 공적인 임무였는데."

"문제는 대백랑이 여자라는 사실이지."

"훗, 정말 걱정되는군."

일검향은 고개를 절레절레 저으며 자객서고를 나섰다.

소청실 원탁에는 갑영과 을화, 계도가 둘러앉아 차를 마시며 진지한 얘기를 나누고 있었다.

"대살 형님을 뵙습니다."

일검향이 예를 올리자 을화가 고까운 눈빛으로 그를 쏘아보았다.

"예상보다 일찍 왔네? 요란스럽게 화장이나 하고 다니는 그 변태 같은 계집과 며칠 밤 즐기고 오지 그랬어?"

"……."

"왜, 막상 품어봤더니 서걱거리던?"

일검향은 그녀의 노골적인 시비를 아예 무시했다. 그는 신중한 모습으로 갑영에게 보고를 올렸다.

"은천마국에서 척살단이라는 조직을 개설했습니다."

"나도 이번 출동 때 들었다."

"척살단의 단주가 일도살입니다."

좀처럼 감정을 드러내지 않는 갑영이 눈을 번쩍 뜨며 그를 직시했다.

"확실한 정보냐?"

"그렇습니다. 그리고 교교 역시 척살단의 일원으로 영주의 직책에 있습니다."

을화가 일검향의 손을 덥석 쥐었다.

"어떻게 알아낸 거냐? 대백랑 그년이 혹시 은천마국의 첩자 아냐?"

"대백랑이 아니라 추가영입니다."

"누구면 어때! 한데… 정보는 확실한 거냐?"

"추가영이 교교를 직접 만나 들었으니 틀림없는 사실입니다. 게다가 저도 교교와 대면했습니다."

"뭐야?"

을화가 탁자를 치며 벌떡 일어섰다.

"그년을 만났다고? 물론 죽였겠지? 아니야. 목에 쇠사슬을 걸어서라도 끌고 왔어야 했잖아?"

갑영이 손을 저어 그녀를 진정시켰다.

"보고해라, 검향."

"예, 대살 형님."

일검향은 추가영을 구하면서 교교와 대면하게 된 상황을 소상하게 보고했다. 척살단의 자객들 때문에 그녀를 죽일 수 없었던 통한의 심정, 그리고 교교가 외쳐 댄 변명까지 빠짐없이 밝혔다.

갑영은 모든 보고를 듣고는 신중하게 생각에 잠겼다.

을화는 분노를 참지 못하고 연신 허공에 주먹질을 해댔다.

"교활하고 더러운 년! 내 손에 걸렸으면 찢어 죽였을 거야! 흥, 어쩔 수 없었다고? 그따위 변명이 통할 줄 알아?"

계도가 조심스럽게 입을 열었다.

"대살 형님, 교교를 한번 회유해 보는 것이 어떻겠습니까?"

을화가 펄쩍 뛰며 대신 말을 받았다.

"말도 안 되는 소리 마! 사문을 배반하고 동문을 살해한 계집이야! 도살 그 새끼야 첩자였지만 교교는 노인네한테 자객명까지 하사받은 정식 제자였다고! 그런 년이 배반을 했는데 회유를 해?"

"을화, 그냥 내 의향을 말해본 것뿐이야. 은천마국과 상대하려면 저들의 내부 정보가 절실해. 특히 일도살을 죽이려면 누군가의 도움이 필요한 상황이야. 놈은 우리를 속속들이 알고 있지만 우리는 아는 게 너무 없잖아? 교교가 돌아올 마음이 있다면 한 번쯤 속죄의 기회를 주는 것도 생각해 볼 문제라고."

"닥쳐!"

을화는 격분한 눈빛으로 그를 쏘아보았다.

"배반의 대가는 죽음뿐이야. 한 번 배반한 계집을 어떻게 믿어? 다시는 그런 소리 하지 마.”

“……..”

워낙 등등한 기세에 계도는 입을 다물었다.

을화는 갑영을 향해 강하게 밀어붙였다.

“갑영도 명심해. 교교에 대한 회유를 결정한다면 내가 용서치 않겠어. 널 천예사원의 대살로 인정하지 않을 거야. 알았어?”

북풍한설과 같은 찬바람을 일으킨 그녀는 횡하니 소청실을 나갔다.

갑영은 일검향에게로 시선을 돌렸다.

“나가 봐라.”

“예, 형님.”

일검향은 갑영과 계도에게 예를 올리고는 소청실을 나왔다.

그 역시 을화의 말대로 교교에 대한 회유는 인정할 수 없었다. 그녀가 아무리 중대한 정보를 지니고 있다 해도 참살은 필연이었다. 그녀는 결코 돌아올 수 없는 길을 떠난 것이다.

'교교의 배신은 용서 차원을 넘어선 죄악이다. 반드시 죽일 것이다!'

다훼는 서류를 한 장 한 장 넘기면서 꼼꼼하게 거래 내역을 기재하고 있었다. 워낙 방대한 분량의 서류지만 그녀는 비상한 기억력과 밝은 눈을 지녔기에 벌써 이백여 권에 대한 검토를 마쳤다.

그녀는 일 처리가 급해 저녁 식사 자리에도 참여하지 않았기에 일검향이 식사를 챙겨 서고로 들어섰다.

그녀는 건성으로 고개를 끄덕였다.

“고마워. 이따 먹을게.”

하지만 일검향은 서탁 위의 서류를 한쪽으로 밀치고는 식사를 내려놓았다.

"식사부터 해. 어차피 하루 이틀 사이에 파악할 수 있는 일이 아니야."

"검향……?"

"식사를 마치면 간단히 산책이라도 하자. 일단은 건강해야 맑은 정신을 유지할 수 있으니까."

다훼는 잠시 그를 바라보다 젓가락을 들었다.

"알았어."

일검향은 그녀가 기록해 놓은 책자를 집어 들었다.

날짜와 장소, 거래 내역과 인력 파견 장소 등이 빼곡하게 기재돼 있었다. 몇 장을 넘겨 살펴보았지만 이런 내용이 은천마국과 무슨 연관이 있는지 전혀 이해가 되지 않았다.

"공연히 헛고생만 하는 것 아닌지 몰라. 구주총련이 제공한 저급한 정보로 과연 저들의 거대한 실체를 파악할 수 있을까?"

"일부는 밝혀낼 수 있을 거야. 일단 서류의 기록을 10분지 1로 압축해 100권 정도의 자료를 만들고, 다시 내역들을 비교 검토해 10권으로 정리하면 윤곽을 찾아낼 수 있어."

"너무 무리하지 마. 가영이 정보를 제공해 주겠다고 했어. 인간 사냥꾼들의 정보가 훨씬 정확할 거야."

다훼는 물끄러미 그를 응시하며 물었다.

"정보보다는 사람이 중요해. 검향은 추가영이란 여인을 깊이 신뢰하나 보네?"

"믿을 만한 여인이야."

"검향의 안목을 믿지만… 절대적으로 신뢰할 수 있는 사람은 흔치 않아. 더군다나 상대가 여인이라면 더욱 그렇지."

“…….”

일검향은 선뜻 반박할 수가 없었다.

다훼의 눈빛이 평소와 달랐다. 서운한 기운이 다분했다.

질투…….

그것이 여인 특유의 질투임을 일검향은 본능적으로 직감할 수 있었다.

‘내가 실수를 했군. 불과 세 번을 만났을 뿐인데 다훼 앞에서 가영에 대해 모든 것을 아는 것처럼 두둔했어. 7년간 함께 수련을 거쳐온 다훼로서는 섭섭할 수밖에.’

그는 어색한 기분 때문에 더 이상 자객서고 안에 머물 수가 없었다.

“그럼 수고해.”

그가 서고의 문으로 향하자 등 뒤에서 다훼의 넋두리 같은 음성이 들려왔다.

“어쩌면 을화 언니의 표현이 맞는 것 같아. 검향을 바람둥이라고 하더군. 마음속으로는 감소채란 여인을 간절히 연모하면서 나한테도 다정한 척하고 교교와도 밀접한 관계를 유지했으며, 자신의 유혹도 즐긴다고 했어. 그것도 모자라 이제는 외부인인 추가영과도 교제를 하는 것을 보면 타고난 풍류남이래.”

“…….”

“검향은 누구보다 인간적인 감성을 지녔지만 자신이 자객이라는 사실을 잊고 있는 것은 아닌지 몰라. 나도 계집의 몸이지만 많은 사내들이 여자 때문에 혼란과 불행을 초래한다는 진리에는 진심으로 동의해. 검향이 조금만 더 냉정했으면 좋겠어.”

겨울의 달빛이 차갑다.

춘추봉 벼랑가에 서 있는 일검향은 울적한 심정으로 달을 올려다보고 있었다. 자신을 가장 깊이 이해해 주었던 다훼의 충고였지만 기분이 유쾌할 수 없었다.

을화가 직접 그를 향해 질책했다면 흘려 넘길 수 있었겠지만 다훼의 입을 통해 들었기에 그 느낌이 달랐다.

자객에게 바람둥이라니…….

너무도 어처구니없는 표현이기에 입맛이 썼다. 감정대로 떠들어대는 을화라면 그럴 수 있겠지만 다훼 역시 그런 생각을 하고 있다는 사실에 놀라움을 금할 수 없었다.

그는 자신의 처신을 되짚어보았지만 무엇이 잘못되었는지 이해가 되지 않았다.

이미 잊기로 한 감소채를 마음속 연인이라고 하는 것도 지나쳤고, 배신을 한 교교와 친밀한 관계를 유지했다는 것도 과장이었다. 또한 을화의 유혹을 즐긴다는 것도 어불성설이었다.

만일 그가 진짜 색을 탐하는 풍류남이었다면 을화의 유혹을 거부하지 않았을 것이고 교교와도 살을 섞었으며 다훼까지 품에 안았을 것이다. 하지만 그는 그 누구와도 깊은 관계를 갖지 않았다. 이성을 잃지 않았고 감정을 자제하며 거북하지 않은 관계를 유지하느라 고심했다.

그는 깊은 한숨을 내쉬었다.

'한심하군. 부모님의 복수도 못하고 사문의 원한도 해결하지 못한 상황에서 한낱 여자 문제로 고민을 하다니…….'

누구를 원망할 수도 없었다. 자신의 의도와 관계없이 오해를 받았다는 것만으로도 자신의 처신에 문제가 있었음을 인정해야만 했다.

이때 한줄기 바람 소리와 함께 계도가 옆으로 내려섰다. 단단히 챙겨 입은 복장으로 미루어 출타할 예정으로 보였다.

"검향, 계집의 질투 따위에 고민할 필요 없네. 여자들이란 다 그래. 다훼가 이해심이 깊은 아이지만 역시 여자일세."

"……."

"본의 아니게 서고 앞을 지나다가 듣게 되었지."

계도는 팔짱을 낀 채 달을 올려다보았다.

"원주님은 자객도 인간임을 강조하셨네. 인간이라면 희로애락을 느끼는 것은 당연해. 다만 절제에 의해 그것을 드러내지 않으려 하는 것뿐이지. 사실 내가 혼례를 치를 때도 동문들로부터 많은 시기를 받았네. 자객으로서 가정을 갖는 것이 사치라고 하더군. 차라리 자객 생활을 청산하라는 압박을 당하기도 했지."

"그러셨군요."

"하지만 원주님의 위로에 힘을 얻게 되었지. 내게 구애받지 않는 삶을 살라고 하셨네. 이른바 무애(無涯)의 경지일세. 물론 난 그 경지의 발끝에도 미치지 못하지만 아주 조금은 그 의미를 깨닫게 되었네."

계도는 그의 어깨를 다독이며 쾌활하게 말을 이었다.

"자객으로서 풍류를 즐기면 또 어떤가? 좋아하는 계집이 있다면 마음껏 즐기게나."

일검향은 얼굴이 화끈 달아올랐다.

"형님까지 저를 놀리십니까?"

"하하, 진정한 자객은 피가 뜨거운 법일세. 누구도 자네를 자객이라고 생각하지 못하게 될 때 비로소 자네는 완성되는 것이지. 그것이 원주님께서 평생 추구하신 자객지로(刺客之路)일세."

계도는 가파른 벼랑을 타고 훌쩍 몸을 날렸다.

"난 소청과 마누라 얼굴 좀 보고 오겠네."

몇 번 도약한 그는 자객철교를 타고 운무 속으로 사라졌다.

"……!"

일검향은 문득 깨닫는 바가 있어 가슴이 편해졌다.

무애의 자객지로!

그것은 단순히 감정의 절제를 의미하는 것이 아니었다. 정신과 의식의 한계를 넘어서는 초극의 경지임을 어렴풋이 느끼게 된 것이다. 굳이 비교한다면 도가의 무극지심(無極之心)이나 불문의 무상지념(無常之念)과도 같은 맥락일 수 있었다.

순간적인 각성을 통해 그는 시야가 훨씬 넓어진 듯 세상이 밝아 보였다. 복잡한 심사가 잔잔한 가을 호수처럼 가라앉았고 혼란스런 감정들이 정리되면서 머릿속이 얼음처럼 맑아졌다.

그는 알 수 없는 희열에 구름을 밟고 선 기분이었다.

여의심결을 깨달으면서 느꼈던 뿌듯한 성취감보다 더 많은 것을 얻었기에 날개를 단 것만 같았다. 잠시 전까지 내면에서 충돌했던 감정적 대립과 혼란이 우습게만 생각되었다.

그는 스산한 빛을 뿌려내는 달을 올려다보았다. 입가에 절로 미소가 감돈다.

"어째 을화 누님의 엉덩짝처럼 보이는군."

第29章

충격적인 비보

여인은 실오라기 하나 걸치지 않은 알몸이었다. 모친의 자궁 속에서 잔뜩 웅크리고 있는 아기처럼 그녀도 무릎을 세워 안은 채 얼굴을 묻고 있었다.

손가락 하나 까딱할 수 없는 몸이기에 지독한 고통이 아닐 수 없었다. 7년에 걸쳐 자객36관을 수련해 온 그녀였지만 한 자 반 크기의 철장 속에 감금된 상태로 여러 날을 보내야 한다는 것은 감내하기 힘든 고역이었다.

지극히 협소한 철장은 하나가 아니었다. 독방 감옥에는 수백 개의 철장이 새장처럼 한쪽 벽을 가득 채우고 있었다.

몇 개의 철장에는 그녀와 마찬가지인 벌거숭이 죄수들이 감금돼 있었다. 시일이 오래 경과된 철장의 죄수 몇 명은 이미 죽은 상태였다. 고통으로 일그러진 처절한 모습이 너무도 끔찍했다.

금발의 여인은 자객 특유의 호흡법을 펼치며 심리적인 안정을 꾀하는 데 주력했다.

고개조차 쳐들 수 없는 협소한 공간이기에 생존을 유지하기 위해서는 정신력이 중요했다. 이런 공간에서는 분노를 느끼는 순간 신체적인 발작을 일으키게 된다. 슬퍼해서도 안 되고 좌절해서도 안 된다.

자신이 처한 상태를 잊어야 한다. 철장에 갇혀 있는 것이 아니라 스스로 웅크리고 있다는 주문으로 금제돼 있다는 사실을 인식하지 않아야 한다.

그러나 아무리 혹독한 수련을 거쳤다 해도 인간인 이상 감내할 수 있는 한계가 있다. 오래 시간 물 한 모금 마시지 못한 상태였기에 정신마저 혼미해졌다.

결국 심리적 안정을 잃은 그녀는 소리없는 오열을 터뜨렸다.

'차라리 그때 동문들과 함께 죽었어야 했어… 순간적으로 끝났을 일이었는데 두려움이 오히려 날 이런 고통 속에 빠뜨린 거야.'

그녀는 바로 천예사원의 지살자객 교교였다.

은천마국의 침공으로 동문들이 속속 죽으면서 그녀 역시 죽음을 목전에 두게 되었다. 그때 마국의 정예들을 이끌고 온 일도살이 냉혹한 어조로 물었다.

"죽겠느냐, 항복하겠느냐?"

그녀로서는 생각할 시간조차 없었다. 일도살의 칼날이 그녀의 목으로 파고들고 있었기 때문이다. 그녀는 자신도 모르게 무릎을 꿇으며 목숨을 구걸했다.

그리고 은천마국에 대한 충성을 보여야 했기에 동문인 다훼의 등에 연검을 꽂아야 했다. 너무도 참담한 심정이었지만 그녀는 자신이 살기 위해 다훼를 찔렀다. 그러면서 다훼가 즉사하지 않도록 검극이 심장을 비껴가게 틀었고, 검을 뽑으면서 혈도를 찍어 출혈을 막아준 것이 그녀가 할 수 있는 최대한의 배려였다. 그러나 다훼가 회생할 것이라고는 전혀 기대하지 않았다.

'다훼는 이미 죽었을 거야… 내 손으로 동문을 죽였어. 검향이 분노하는 것은 당연해. 어떤 변명도 용납될 수 없으니까.'

그녀는 허옇게 마른 입술을 혀로 문질렀다. 침까지 말라 버렸는지 매끄러운 혀의 감촉이 전혀 느껴지지 않았다.

그녀가 독방에 감금된 것은 추가영의 생포에 실패했기 때문이다.

추가영의 본래 신분은 대백랑이며 그녀는 수월루주의 척살에 동조했기에 은천마국의 살명부(殺命簿)에 올라 있었다. 갑작스럽게 모습을 감춘 대백랑의 정체가 밝혀진 것은 장사 만품객잔에 전해진 쪽지 때문이었다.

만품객잔은 이미 은천마국에 의해 장악되었기에 의문스런 서찰은 모두 보고가 된다.

추검(秋劍)…….

그 이름이 일검향의 가명임을 교교와 일도살은 알고 있었다. 그들은 계속된 보고를 통해 추검이 접선하려는 사람이 추가영임을 밝혀냈다. 당시는 추가영이 누구인지 몰랐지만 성도까지 미행한 자의 보고로 추가영이 대백랑임을 확신하게 되었다.

척살단의 제삼영주(第三令主)로 임명된 교교는 30명의 휘하 자객들을 이끌고 추가영의 생포에 나섰다.

한데 갑작스럽게 일검향이 개입하는 바람에 휘하의 자객들까지 모두 잃었으니 중대한 죄를 지은 것은 사실이었다. 그러나 이렇듯 혹독한 형벌을 받게 될 줄은 미처 예상치 못한 것이다.

'일도살… 나쁜 새끼! 아무리 네가 마국의 첩자라 해도 7년 동안 함께 지내온 동문인데…….'

그녀에게 독방형을 선고한 사람은 척살단의 부단주였다.

독목수라(獨目修羅)라는 자객명을 지닌 부단주는 자객 단체 사망곡(死亡谷)의 곡주였었다. 그는 은천마국에 충성을 맹세하면서 은마령의 직위를 받아 척살단의 부단주를 맡고 있었다.

교교는 단주인 일도살과의 면담을 요청했지만 독목수라는 가차없이 그녀를 독방에 감금했다.

'내가… 내가 이렇게 죽게 될 줄이야. 너무… 비참해.'

눈물조차 말라 버려 눈물 한 방울도 흘러나오지 않았다.

너무 탈진된 상태라 죽음에 대한 두려움도 느껴지지 않았다. 이런 고통을 벗어날 수 있다면 오히려 죽는 것이 나았다. 그러나 죽은 후의 세상이 두려웠다.

반도!

그녀는 동문과 사문을 등진 반도가 되었다. 일도살에 의해 두 다리와 한 팔이 끊어지는 원주를 지켜보아야만 했던 당시를 돌이키면 너무도 끔찍한 악몽이었다.

이미 죽은 그들의 망령들을 만난다는 것이 두려웠다. 특히 자신의 손으로 죽인 다휘를 대면해야 한다는 것은 지독한 공포였다.

'흑… 어쩔 수 없었어. 제발 날 용서해 줘, 다휘.'

순간 요란한 쇳소리와 함께 감옥의 문이 열렸다. 들어선 옥리들은 교교가 감금된 철장 문을 홱 열고는 그녀를 끄집어냈다. 오랜 시간 한 자세로 있었기에 그녀의 모든 근육은 마비된 상태였다.

두 옥리는 그녀의 팔을 쥐고는 질질 끌고 갔다.

뇌옥 복도의 등불은 희미했지만 교교에게는 너무도 밝은 빛이라 제 대로 눈을 뜰 수가 없었다.

두 옥리는 그녀를 욕장(浴場)에 내던지고는 나가 버렸다.

그녀를 인수받은 사람은 주름살이 쭈글쭈글한 노파였다. 노파는 그 녀를 번쩍 들어 대나무 욕조에 처넣었다. 얼음장처럼 차가운 물이었 다.

교교는 감각이 마비된 상태에서도 차디찬 물의 한기에 심장이 얼어 붙을 것만 같았다. 노파는 거친 수건으로 그녀의 몸을 마구 문질렀다. 몸을 씻겨주는 것이 아니라 살을 벗기는 고통을 가하는 것만 같았다.

노파는 그녀의 몸에 커다란 천을 둘러주고는 차갑게 내뱉었다.

"독방에 감금되면 죽어서도 나오지 못하는 게 대부분인데 네년은 재 수가 좋구나."

교교는 몸을 덜덜 떨면서 한 사발의 양젖을 마셨다. 겨우 정신을 차 린 그녀는 자신이 석방됐음을 확신할 수 있었다.

일순 그녀는 분노를 금할 수 없었다.

명색이 척살단 영주의 신분인 그녀였다. 석방이 됐다면 이런 대접을 받을 수는 없는 일이었다. 사발을 깨뜨린 그녀는 예리한 사금파리를 휘둘렀다.

그녀를 씻겨준 노파는 비명 한 번 지르지 못하고 목젖이 베어져 즉 사했다.

"추악한 할망구! 감히 내 몸을 함부로 다뤄?"

그녀는 피가 흐르는 사금파리를 쥔 채 욕장을 나섰다. 평소였다면 사금파리에 피를 묻이는 실수는 범하지 않았을 것이다. 하지만 그녀는 아직 회복이 되지 않아 팔다리를 제대로 놀릴 수가 없었다. 그런 몸으로도 살식을 펼친 것이 놀라울 정도였다.

그녀는 자신을 짐짝처럼 끌고 온 두 옥리마저 죽일 생각으로 사금파리를 불끈 쥐었다.

한데 욕장 밖에 대기해 있는 사람은 옥리가 아니라 척살단의 자객이었다. 눈 아래를 복면으로 가린 그들은 정중히 예를 올렸다.

"단주님께서 찾으십니다, 제삼영주."

"기다려."

교교는 다리를 질질 끌면서 복도 안으로 걸어 들어갔다. 비록 항복을 한 몸이었지만 그녀는 여전히 천예사원 자객으로서의 자부심을 지니고 있었다.

'난 자객 중의 자객인 천예사원 출신이다. 네놈들 따위에게 무시를 당할 내가 아니야!'

그녀는 입술을 질끈 깨물며 섬뜩한 살기를 발했다.

잠시 후 그녀는 몸에 두른 천에 손의 피를 닦으며 욕장 입구로 돌아왔다. 그녀를 끌고 나온 두 옥리는 결국 그녀에 의해 목이 베어지고 말았다.

"가자."

대청 전체가 핏빛이었다.

바닥에 깔린 양탄자도 붉었고 기둥도 붉었으며 단상에 앉은 옥좌도 붉었다. 또한 옥좌에 앉아 있는 청년의 의복도 붉디붉은 혈룡포(血龍袍)였다.

머리를 틀어 올려 붉은 비녀를 꽂은 청년의 용모는 지극히 영준했다. 피부는 관옥처럼 희었고 귀까지 뻗은 검미가 기운찼다. 유일한 흠이라면 모든 감정이 말소된 듯한 냉막한 표정이었다.

청년은 다름 아닌 일도살이었다.

물론 일도살이란 이름은 천예사원에서 부여받은 자객명이며 그의 본명은 따로 있었다. 하지만 그의 본명을 알고 있는 사람은 은천마국 내에서도 고위 수뇌급들 뿐이다. 그는 척살단의 총수였기에 모두들 단주로 호칭한다.

붉은 대청으로 들어선 교교는 단상 아래에 이르자 예를 올렸다.

"단주를 뵙습니다."

일도살이 건조한 음성으로 물었다.

"실망이구나. 교활한 늑대 한 마리를 못 잡고 서른 명에 달하는 수하까지 잃었단 말이냐?"

"저로서는 역부족이었습니다. 하지만 부단주는 그것을 인정하지 않았습니다."

"대백랑이 그렇듯 숨은 고수였단 말이냐?"

"그 계집은 별것 아닙니다. 하지만 그가 예상보다 빨리 당도했습니다."

"일검향?"

일도살은 손에 쥔 술잔을 협탁에 내려놓았다.

교교는 매서운 눈빛으로 옥좌 옆에 시립해 있는 부단주 독목수라를 쏘아보았다.

"그렇습니다. 한데도 부단주는 제게 변론할 기회조차 주지 않았습니다."

독목수라가 급히 허리를 숙였다.

"어떤 이유든 실패는 용납될 수 없소이다, 단주."

일도살은 지풍을 날려 그의 잔혈을 찍었다.

"큭!"

독목수라는 고통스런 신음과 함께 풀썩 쓰러졌다.

일도살은 옥좌에 편안히 기대앉았다.

"훼방꾼이 천예사원의 자객이라면 당연히 변명의 여지가 있다."

그는 가볍게 손을 쳐들었다.

"독방에 처넣어라."

들어선 자객들이 독목수라를 질질 끌고 나갔다.

교교는 다소 기분이 풀린 듯 한쪽 무릎을 꿇으며 고개를 조아렸다.

"단주의 은총에 감사드립니다."

"다시 기회를 주겠다."

"알겠습니다. 반드시 대백랑을 생포해 오겠습니다."

"늑대 계집 따위는 잊어라. 네 상대는 일검향이다."

"예에?"

교교는 경악에 젖어 눈을 커다랗게 떴다.

"일, 일검향을 잡아오란 말입니까?"

"그래. 벽력신군이 척살되었다는 보고를 받은 태상전(太上殿)에서
놈에 대해 상당한 흥미를 보였다. 게다가 놈이 벽력신군을 죽이는 바
람에 벽력장이 스스로 복속을 요청했다. 벽력신군의 원수를 갚아주는
조건으로 말이다."

"단주, 저로서는……."

"우리 척살단 내에서도 놈을 제압할 수 있는 사람은 너뿐이다. 너
역시 천예사원 출신이니까."

교교는 침울하게 고개를 떨구었다.

"저의 능력으로는 불가능합니다. 검향은 제가 상대할 수 없을 만큼 강해졌습니다."

"벽력신군이 일검향보다 무공이 약해서 당한 것이 아니다. 당장 출동해라. 척살단 자객들을 얼마든지 동원해도 좋다."

"단주……."

교교가 애절한 눈빛을 보이자 일도살은 싸늘한 미소를 머금었다.

"너의 능력을 보겠다. 이번 임무를 완수하면 널 부단주로 임명하겠다."

"……."

교교는 여전히 고개를 떨군 채 몸을 일으키지 않았다.

일검향의 분노가 아직도 눈에 선했다. 배신에 대한 죄책감 때문에 다시 그를 만난다는 것이 고통스러웠다. 설사 그녀가 그를 제압할 능력을 지녔다 해도 다시는 충돌하고 싶은 마음이 없었다.

옥좌에서 일어선 일도살이 천천히 단상 계단을 밟고 내려섰다.

손을 늘어뜨린 그는 교교의 머리채를 우악스럽게 쥐었다. 머리채를 쥐고 강제로 일으켜 세운 그는 섬뜩한 핏빛 안광을 폭사시켰다.

"교교, 천예사원에서 널 죽이지 않은 이유는 쓸모가 있기 때문이었다. 하지만 이제 보니 아무짝에도 쓸모없는 폐물이로군."

"단주, 제발……."

"유명옥(幽冥獄)으로 보내줄까? 평생 유황불 속에서 고통받고 싶으냐?"

교교는 하얀 턱을 달달 떨었다.

유명옥은 은천마국 내에 존재하는 생지옥이었다. 지옥십팔동(地獄十

八洞)을 본떠 만들었기에 그곳으로 떨어지면 세상에 존재하는 모든 고통을 받다가 죽게 된다.

그녀는 결국 굴복하고 말았다.

"명을… 받겠습니다."

2

계도를 제외한 모든 자객들이 소청실에 집결했다. 모든 자객이라 해도 여섯 명에 불과했으며, 이번 회합에는 서고에만 틀어박혀 있던 다훼도 참석했다.

"서류에 대한 검토는 어느 정도 진행되었느냐?"

갑영의 물음에 다훼가 공손하게 대답했다.

"1차 정리는 끝났습니다. 100권의 자료를 다시 분석하면 어느 정도 정보를 알아낼 수 있을 것 같습니다."

창비가 나직이 한숨을 쉬었다.

"에고, 1,000권도 넘는 서책으로도 약간의 정보밖에 얻을 수 없단 말이야?"

술잔을 홀짝이던 을화가 한마디 쏘아붙였다.

"임마, 너였다면 10년을 들여다봐도 알아내지 못할 거야."

창비는 머리를 긁적이며 종알거렸다.

"아유, 뭔 말을 못하겠다니까?"

그러다 갑영의 눈길을 접하고는 얼른 입을 다물었다. 갑영은 차를 한 모금 들이키고는 차분하게 얘기를 꺼냈다.

"검향이 벽력신군을 척살한 덕분에 우리 천예사원에 대한 인식이 달라졌다. 대부분의 자객 단체들은 천예사원이 은천마국의 침공으로 인해 해체된 것으로 알고 있었던 것이다. 하지만 예전에 내가 밝혔듯이 최후의 일인이 남을 때까지 천예사원은 존재해야 한다."

그는 좌중을 둘러보고는 말을 이었다.

"한 건의 의뢰가 들어왔다."

묵궁이 호기에 찬 음성으로 물었다.

"표적이 누구입니까?"

"천하구절 중 일인이다."

"……!"

입을 딱 벌린 묵궁은 다소 주눅이 든 모습으로 창비와 시선을 교환했다.

을화는 몹시 고까운 눈빛으로 일검향을 훑어보았다.

"검향, 이번에도 네가 출동할래? 고기도 먹어본 놈이 잘 먹는다고 초절정급 고수도 죽여본 놈이 잘 죽일 테니까."

일검향은 그녀의 빈정거림을 귓전으로 흘리고는 갑영에게 물었다.

"벽력신군보다 까다로운 자입니까?"

"그래, 무공으로 논해도 천하구절 중 으뜸이다. 또한 접근할 수 있는 방법이 극히 제한돼 있어 가장 어려운 표적이라 할 수 있다."

"……?"

"표적은 바로 요지선자다."

표적의 신분이 공개되자 묵궁과 창비는 더욱 난감한 표정을 지었다.

일검향 역시 고민이 되었다.

요지선자는 무림의 금역 중 하나인 요지선궁(瑤池仙宮)의 궁주다. 요지선궁은 오직 여자만이 출입할 수 있는 금남의 세상이었다. 출가한

승려나 도사도 예외일 수 없었다. 사내는 절대 들어갈 수 없는 곳이 바로 요지선궁이었다.

일검향은 문득 공공신도 엽운표를 떠올렸다.

'엽 노인은 자신이 요지선궁에 잠입해 보물을 훔치려다가 요지선자의 음탕한 행위를 보았다고 했어. 엽 노인이 잠입했다면 사내라도 침투할 수 있는 방법은 있을 거야.'

한데 그가 자원하기에 앞서 다훼가 먼저 입을 열었다.

"역시 을화 언니 외에는 대안이 없습니다."

을화는 이미 표적에 대해 알고 있었기에 당연히 자신의 임무라고 생각하고 있었다.

"알아. 내가 아무리 늙은 닭이라도 계집은 확실하니 내가 처리해야지. 아무리 천하구절이라도 죽일 방법은 있겠지. 검향이 벽력신군을 척살하는 과정을 보고 많이 배웠어."

그녀는 묵궁과 창비를 번갈아 보았다.

"누가 보조로 따라갈 거냐?"

두 사람이 선뜻 나서지 않자 일검향이 자신의 의향을 밝혔다.

"이번에는 제가 누님의 탈출을 지원하겠습니다. 지난번 신세를 갚아야 하지 않겠습니까?"

"넌 안 돼."

"이유가 뭡니까?"

"요지선궁의 계집들은 하나같이 절색이야. 너처럼 바람기가 풍부한 색골이 도움이 되겠냐? 오히려 그 계집들에게 혹해 날 팔아먹을 수도 있어."

을화는 일검향이 추가영을 만나고 온 이후부터 단단히 틀어져 있었다. 벌써 이레가 넘었지만 매사에 비아냥거렸고 한마디 건너 시비였다.

일검향은 예전 같지 않게 그녀의 독설에도 태연하게 응수했다.

"선궁의 여제자들이 그렇게 절색이라면 꼭 가서 보아야겠습니다."

"어럽쇼? 전혀 화를 내지 않네? 이 녀석이 언제부터 뺀질이가 된 거야?"

회의가 어수선해지자 갑영이 결정을 내렸다.

"창비는 날 수행해 결자회(結刺會) 회합에 참석하여야 하니 묵궁이 을화를 지원해라. 검향은 그동안 여러 차례 출동을 했으니 이번에는 춘추봉에서 대기해라."

일검향이 의아한 표정으로 물었다.

"결자회라면 자객 단체 총수들의 회합을 말하는 겁니까?"

"그렇다. 10년 이래 처음으로 개최가 결정되었다. 이번 회합은 은천마국의 척살단 때문이다. 척살단 역시 자객들로 구성되었기에 기존 자객 단체들과의 충돌을 피할 수 없다. 은천마국에 척살단 해체를 통보하는 것이 결자회 회합의 주된 의제다."

갑영이 먼저 몸을 일으켰다.

"창비와 묵궁은 출타할 채비를 갖추어라."

"예, 대살 형님."

두 사람이 소청실을 나가자 을화가 다훼에게 넌지시 주의를 주었다.

"다훼, 검향 저놈을 조심해. 너희 둘만 있게 되면 뭔 짓을 할지도 몰라."

"언니도 참."

"농담 아니야. 생각보다 아주 음흉한 놈이야."

“그만 하세요. 검향이 화내겠어요.”

“그러게. 당연히 화를 내야 하는데 왜 전혀 동요하지 않나 몰라. 녀석이 대들어야 하극상을 문제 삼아 단단히 혼쭐낼 수 있을 텐데 말이야.”

을화는 허공에 대고 주먹질을 해댔다.

“검향 저 녀석이 교교를 만나고도 못 죽인 데에는 이유가 있어. 살을 섞은 사이라 죽일 수 없었을 거야.”

일검향이 그녀의 등 뒤에 서며 양어깨를 감싸 쥐었다.

“누님, 무사히 임무를 마치고 돌아오십시오. 기꺼이 누님과 한번 겨루겠습니다.”

“뭐야?”

을화는 홱 돌아서며 그의 손을 밀쳤다.

“너, 내 몸에 함부로 손대지 마. 손모가지 확 분질러 버릴 테니까.”

일검향은 담담한 어조로 응수했다.

“역시 누님은 화를 낼 때 더 매력적입니다. 마치 활짝 핀 꽃처럼 말입니다.”

“……”

을화는 물끄러미 그를 응시하다가 실소를 지었다.

“너, 갑자기 도사가 된 거냐? 정말 재미없게 됐네. 놀려줄 상대라고는 너와 창비 둘뿐인데 이제 넌 제외되었어, 젠장.”

그녀는 그를 지나치며 옆구리를 쿡 찍었다.

“새끼, 말솜씨 많이 늘었어. 내가 화를 낼 때 더 매력적이라고?”

“진심입니다.”

“호호, 앞으로는 하루종일 화를 내야겠군?”

그녀는 깔깔거리며 소청실을 나갔다.

일검향은 갑영 쪽으로 돌아서며 청을 올렸다.

"형님, 요지선궁은 금역으로 불리는 곳이기에 벽력장과는 비교도 되지 않습니다. 제가 보조로 수행할 수 있게 해주십시오."

"누가 수행을 하든 침투할 수 있는 사람은 을화뿐이다. 보조의 역할은 크지 않아. 또한 천예사원에 무향검살만 있는 것이 아님을 이번에 주지시키기 위함이니 넌 나서지 마라."

"……."

"천예사원을 지키는 것도 중요한 임무다. 네가 춘추봉에 남아 있다면 나도 안심이 된다."

갑병은 일검향의 어깨를 다독여 주고는 소청실을 나갔다.

3

춘추봉 분지 내에는 두 사람만이 존재했다. 그들은 자객서고 안에서 함께 숨을 쉬고 있었다.

일검향은 현사괴의가 남긴 현사의궤를 집중적으로 공부하는 중이었다. 다휘의 하반신 마비를 반드시 회복시켜 주어야겠다는 마음에서였다. 그러기 위해서는 잠사활명대법을 깊이 연구해야 했다.

다휘는 100권의 자료 속에서 중요한 대목을 옮겨 적으며 다른 기록과 비교 검토하는 데 여념이 없었다. 정보 분석은 그녀가 천예사원의 자객으로 존재하는 유일한 이유였기에 한시도 게으름을 피울 수가 없었다.

일검향은 그녀와 단둘이 있다는 것이 몹시 즐거웠다.

남의 눈치를 보지 않고 그녀가 좋아하는 음식을 만들어줄 수 있기에
식사 때마다 다른 요리를 내왔다. 또한 그녀가 일어나 걸을 때를 대비
해 목발까지 제작해 두었다.

그렇게 사흘이 지났다.

함께 식사를 마친 두 사람은 차를 마시며 잠시 담소를 나누었다.

다훼는 첫 번째 견습 출동 이후 줄곧 천예사원에만 머물러 있었기에
이야기는 주로 일검향이 이끌었다. 그가 들렀던 도시와 마을에 대한
사소한 풍물도 그녀에게는 귀중한 정보였기에 하나하나를 귀담아들었
다.

일검향은 자신이 만났던 사람들에 대한 얘기를 하면서 추가영에 대
해서도 솔직하게 털어놓았다. 자신의 입장을 위한 변명 때문이 아니었
다. 공연한 오해로 다훼와 불편한 관계로 지내는 것을 원치 않아서였
다.

그가 얘기를 마치자 찻잔을 감싸 쥐고 있던 다훼가 어색한 미소를
지었다.

"검향에게 사과할 게 있어."

"사과?"

"추가영 때문에 검향의 마음을 상하게 해서 정말 미안해."

일검향은 오해가 풀렸다 싶어 밝은 표정을 지었다.

"아니야. 날 이해해 주었다면 오히려 내가 고마워해야 돼."

"그때는 내가 너무 못나고 불구자의 몸이라는 사실이 너무 화가 났
었어. 나도 옹졸한 여자이니까……."

"그런 소리 마."

일검향은 자리에서 일어나 다훼의 등 뒤로 다가섰다.

"다훼, 나 믿지?"

"물론이야."

"그럼 내가 시키는 대로 해."

일검향은 윤거에서 그녀를 안아 들고는 침상으로 향했다. 일순 당황한 그녀는 가늘게 떨었다.

"검향……?"

일검향은 그녀를 침상 위에 편안히 눕히고는 신발까지 벗겼다. 그는 그녀의 발을 부드럽게 어루만졌다.

"발이 참 예뻐."

발갛게 상기된 다훼는 눈을 질끈 감았다.

일검향은 그녀의 발을 주물러 주면서 지압으로 경락을 자극했다. 발은 인체의 축소판이라 십이경락은 발에서부터 시작된다. 각각의 경락은 장기와 연결돼 있기에 발의 경락을 자극하는 것만으로 오장육부에 영향을 줄 수 있다.

다훼는 비로소 그가 치료를 위해 자신을 침상에 눕히고 신발을 벗긴 것임을 깨닫고는 부끄러움을 금치 못했다.

'바보같이… 검향은 조금의 사심도 없었어. 그래서 자신을 믿으라고 말한 거였어.'

그녀는 불안과 묘한 흥분으로 졸였던 심정을 해소하며 편안한 마음으로 두 발을 그에게 맡겼다.

일검향은 한 시진 가까이 그녀의 발 경락을 지압하고는 용천혈에 장심을 밀착했다. 여의심결을 운기하자 뜨거운 진기가 장심을 타고 그녀의 용천혈로 흘러들었다.

그는 현사의궤에 기재된 여러 가지 치유법을 뇌리에 떠올렸다.

‘현사괴의는 신경이 살아 있는지 확인하는 것을 가장 우선으로 삼았다. 신경만 살아 있다면 경락을 타통시켜 마비를 풀 수 있다고 했어.’

여의심결을 터득한 이후 그의 공력은 급속도로 증진돼 이제는 일 갑자에 달하는 공력을 보유하게 되었다. 공력으로만 논한다면 가히 절정 고수의 수준이었다.

그는 아낌없이 진기를 주입시켜 주면서 조심스럽게 다훼의 반응을 살폈다.

그녀가 약간의 반응이라도 보인다면 하반신 불구가 회복될 가능성이 있었다. 신경만 살아 있다면 근육의 마비나 폐쇄된 경락은 얼마든지 치료할 수 있기 때문이다.

용천혈은 신체의 혈도 중 가장 민감하며 그곳을 자극하면 즉각 반응하는 것이 일반적이다. 일반적으로 발바닥 침은 죽은 시체도 일어나게 만든다고 한다. 그 발바닥 침이 바로 용천혈 시침이다.

한데 일각에 걸친 진기 주입에도 불구하고 다훼는 여전히 아무런 반응도 보이지 않았다.

일검향은 내심 절망하고 말았다.

‘신경이 마비되었단 말인가? 결국 다훼는 영원히 불구의 몸으로 살아야 한단 말인가?

그는 안타까운 심정에 젖어 그녀의 발을 힘껏 쥐었다. 순간 다훼의 입에서 희미한 신음성이 흘러나왔다.

“아……!”

일검향은 자신의 귀를 의심했다.

“다훼? 감각이 느껴져?”

다훼는 몸을 일으켜 앉았다.

"모르겠어. 다만… 용천혈 부위가 순간적으로 뜨끔하다는 생각에 절로 신음이 나온 거야."

일검향은 환한 표정을 지으며 그녀의 손을 쥐었다.

"그래, 신경이 살아 있어! 미세한 감각이라도 느꼈다면 분명 살아 있는 거야. 신경이 살아 있다면 회복될 수 있어. 다시 걸을 수 있다고!"

그의 들뜬 모습에 그녀는 담담히 미소를 지었다.

"검향, 난 천예사원에 남아 있다는 것만으로도 행복해. 조금은 불편해도 슬퍼하지는 않아. 너무 걱정하지 마."

"한 가닥 희망이 있다면 노력을 해야 돼. 주어진 희망을 저버린다는 것은 죄악이야."

"그래, 노력할게. 검향을 위해서라도 노력하겠어."

"나를 위해서가 아니야."

일검향은 그녀를 포옹하며 다정하게 속삭였다.

"다훼를 지켜보는 우리 모두를 위해서지."

다시 닷새가 흘렀다.

일검향은 다훼의 하반신 마비를 치료하는 데 전력을 기울였다. 침술과 뜸, 약물과 지압, 안마와 진기 주입 등 신경을 되살리고 마비된 근육을 풀어주는 처방에 최선을 다했다.

다행스럽게도 그의 노력은 헛되지 않았다. 다훼의 감각이 분명하게 되살아난 것이다. 아직 발가락조차 움직이지 못했지만 강한 자극에는 반사적으로 반응을 보였다.

다훼는 다시 걸을 수 있다는 희망보다 그의 열정에 감동했다.

세상 사람들은 그를 냉혹한 자객 무향검살로 생각하겠지만 그녀에게 있어서는 더없이 따뜻한 동료이자 친구였다. 그녀는 잠깐 동안 그들이 자객이 아닌 평범한 청춘남녀이기를 소원했다. 물론 결코 이루어질 수 없는 소원이지만.

일검향은 자신이 손수 제작한 목발을 그녀의 침상 옆에 세워두었다.

"앞으로는 윤거보다는 목발에 의지해 움직이려는 노력을 해야 돼. 처음에는 불편하고 고통스러워도 자꾸 땅을 딛어야만 회복될 수 있으니까."

"알았어. 너무 재촉하지는 마."

"의지가 중요해. 세상에 거저 얻어지는 것은 없으니까."

일검향은 주먹을 불끈 쥐어 보이며 그녀를 한껏 독려했다.

그러다가 갑자기 외부의 소음을 감지한 그의 눈매가 가늘어졌다.

그는 복도를 향해 청력을 기울이며 나직이 말했다.

"누군가 지하 동부로 들어섰군."

"언니와 묵궁이 귀환한 것 아닐까?"

"한 사람이야. 게다가 발걸음 소리가 무거워."

다훼는 일검향만큼 예민한 청력을 지니지 못했기에 아직 움직임을 간파하지 못했다. 그래도 상황 판단은 그녀가 앞섰다.

"계도 오라버니일 수도 있어. 새로 만들어진 자객철교까지 은천마국이 찾아냈다고는 생각할 수 없어."

일검향은 다훼를 안아 윤거에 앉혔다.

"그렇군. 내가 마중나가 보겠어."

그는 편안한 미소로 다훼를 안심시켜 주고는 자객서고를 나섰다.

복도를 통해 들려오는 발걸음 소리가 가까워지자 일검향은 이내 긴장을 해소하며 허리춤에 검을 꽂았다. 그는 발걸음 소리만으로 상대가 누구인지 알아낸 것이다.

"묵궁이로군. 한데 왜 혼자 귀환한 것이지?"

그의 예상대로 복도를 따라 달려오는 사람은 묵궁이었다. 심한 부상을 당했는지 몹시 고통스런 모습이었다. 한쪽 옆구리를 잔뜩 움켜쥔 그는 검향을 대하자 털썩 주저앉았다.

"크으, 사… 사살!"

"묵궁!"

일검향은 급히 그를 부축해 안아 서고로 옮겼다.

다훼가 깜짝 놀라며 윤거를 굴려 다가왔다.

"맙소사! 묵궁이 다친 거야?"

"부상이 심해."

"어서 눕혀."

그녀는 묵궁을 진맥한 후 외상을 살폈다.

묵궁은 한쪽 옆구리에 깊은 자상을 입고 있었다. 부상의 몸으로 먼 거리를 달려오느라 출혈이 심했고 기력이 탈진된 상태였다.

다훼는 급히 처방전을 써서 일검향에게 건넸다.

"상처는 내가 돌볼 테니 탕재를 마련해 줘."

"알았어."

일검향은 처방전을 손에 쥐고 약고로 뛰어갔다. 애써 냉정을 유지했지만 심장이 세차게 뛰었다.

'척살에 실패했단 말인가? 을화 누님은 어찌 된 걸까?'

묵궁이 탕재를 마시고 잠들어 있는 동안 다훼는 그의 외상을 깨끗하게 씻어내고 금창약을 발라주었다.

두 사람 모두 말이 없었다.

아직 정확한 상황은 알 수 없지만 최악의 경우까지 염두에 두어야 했다. 탈출을 지원하기로 한 묵궁이 이런 부상을 당했다면, 척살을 위해 침투한 을화 역시 무사하지 못했을 것이다. 자객의 경우 척살 실패는 곧바로 죽음으로 이어진다.

일검향은 침울하게 고개를 떨구고 있는 다훼를 위로해 주었다.

"앞서 상심할 것 없어. 나 역시 감 소저 척살에 나섰다가 부상을 입고 억류된 적이 있었어. 하지만 무사히 돌아왔잖아? 을화 누님도 무사할 거야."

다훼는 길게 한숨을 내쉬었다.

"검향의 경우는 특별했어. 표적이었던 감소채 군사와 면식이 있었던 사이였으니까. 하지만 요지선궁은……."

"진정해. 일단 묵궁에게 전모를 들은 후 판단할 문제야."

일검향은 팔짱을 낀 채 서고 안을 걸었다.

"일단 대살 형님께 보고를 올려 즉각 귀환할 것을 요청해야 돼. 계도 형님에게도 알려야겠지."

"결자회 회합 장소를 몰라 연락을 취할 방법이 없어. 계도 오라버니 역시 거처를 옮겼기에 소식을 전할 수 없고."

"……."

일곱 명밖에 남지 않은 자객이기에 한 명의 불상사는 천예사원의 존립을 위협할 정도였다. 더군다나 이살 을화는 창건자인 천사명왕의 친혈육이었기에 천예사원의 실질적인 소유자라 할 수 있었다. 그녀의 손실은 너무도 큰 타격이 아닐 수 없었다.

일검향은 냉정을 유지하면서 자신이 처신해야 할 최상의 수순을 머릿속에 그렸다. 급박한 상황이기에 고민할 시간조차 없었다. 묵궁으로부터 상황의 전모를 듣는 순간 결단을 내려야 했다.

이때 나직한 신음 소리와 함께 묵궁이 깨어났다.

"사, 사살!"

침상가에 걸터앉은 일검향이 그의 손을 쥐었다.

"묵궁, 어찌 된 일이냐?"

"척살 실패… 이살께서 탈출 도중 저들의 공격을 받고……."

"이살은 죽은 것이냐?"

"생사는 확실치 않습니다… 제가 구출을 하기 위해 뛰어들었지만 오히려 부상만 입고… 보고를 올려야 했기에 혼자 귀환하게 되었습니다. 부끄럽습니다."

무리해서 말을 하는 바람에 상처 부위가 터져 붕대가 벌겋게 물들었다.

일검향은 몇 마디만으로 상황을 충분히 파악할 수 있었다.

"아니야. 자객 수칙을 지켜 귀환한 것이니 올바른 행동이었다. 이제 편히 쉬어."

수혈이 짚힌 묵궁은 깊은 잠에 빠져들었다.

다훼는 소리없는 눈물을 흘리며 묵궁의 상처 부위에 약을 발라주고 있었다. 절망적인 비보에 감정을 주체하지 못하고 손을 덜덜 떨었다.

급히 서고를 나간 일검향은 간단히 행장을 꾸리고는 다시 서고 안으로 들어섰다.

"요지선궁에 다녀오겠어."

"안 돼!"

다훼는 윤거를 굴려 그에게 다가섰다.

“말도 안 돼. 언니도 실패했는데 왜 나서려는 거야?”

“동문이 척살에 실패하면 다른 자객이 나서서라도 임무를 완수하는 것이 수칙이야. 물론 지금은 누님을 구출하는 것이 최우선이지.”

“검향, 제발 냉정하게 생각해. 대살 오라버니가 귀환하실 때까지 기다려야 돼. 이 문제는 대살만이 해결할 수 있어.”

“한시가 급해. 언제 귀환할지 모르니 대살 형님을 마냥 기다릴 수는 없어. 그러는 동안 누님은 죽고 말 거야.”

다훼는 그의 손을 꼭 쥐었다.

“만약 언니가 이미 죽었다면… 이렇게 서두를 사안이 아니잖아?”

“다훼, 내가 척살에 실패해 억류되었을 때 원주님께서 즉각적인 구출을 지시했다고 들었어. 동문의 구출은 가장 우선적인 과제야. 어떤 위험이 있어도 반드시 구출해야 돼.”

“하지만 검향 혼자서 어떻게……”

“지금은 서열상 높은 내가 결정권자야. 다녀올게.”

“……”

다훼는 더 이상 그를 붙잡을 수가 없었다.

그녀에게 있어 그는 소중한 동문이었지만 을화 또한 친언니와 같은 존재였다. 그를 지키기 위해 그녀의 생사를 좌시한다는 것은 명백한 배신일 수 있었다.

일검향은 지체없이 자객서고를 나섰다.

구출은 척살보다 몇 배는 어려운 과제였다. 을화가 이미 죽었다면 시신이라도 되찾아와야 했다. 그것이 천예사원의 규칙이었다.

그는 빠른 속도로 자객철교를 건넜다.

을화의 실패는 엄청난 충격이었지만 그는 냉철함을 유지하고 있었다. 계도의 조언을 받아 자객지로에 대한 깨달음을 얻은 이후, 그의 정신력은 한 차원 높아졌기에 감정에 쉽게 휘말리지 않을 수 있었다.

자객철교를 건넌 그는 가파른 벼랑을 타고 몸을 날렸다.

아직 구출 작전에 대한 계획을 세울 수가 없었다. 무림의 금역인 요지선궁에 관한 보다 상세한 정보가 필요했다. 아무런 사전 정보도 없는 상태에서의 무모한 침투는 자객들에게 있어 가장 금기시되는 망동이었다.

'어디에서 정보를 얻을 수 있을까? 역시 구주총련을 찾아가야 하나?'

그러다 문득 그는 추가영을 떠올렸다.

'그래, 가영의 지원이 절실해. 내가 침투할 수 없는 상황이라면 가영에게 부탁할 수밖에. 그녀는 여인이기에 요지선궁에 들어갈 수 있다. 내부 정보를 알아낼 수 있을 거야.'

생각이 여기에 미치자 그는 기운이 부쩍 솟았다. 칠흑 같은 어둠 속에서 한줄기 빛을 찾아낸 심정이었다.

그는 최고의 신법을 발휘해 바람처럼 달려갔다.

'을화 누님, 제발 살아만 있어 주시오. 내가 반드시 구해주겠소!'

第30章

여인들만의 세상

잔설 속에 핀 붉은 매화가 봄이 멀지 않았음을 알려준다.

매화림은 사천성 동남단과 귀주 접경에 위치해 있었다. 비교적 기온이 온화한 대륙 남부이지만 지형적으로 산이 많아 날씨는 쌀쌀한 편이었다.

일검향은 매화나무에 기대선 채 누군가를 기다리고 있었다.

만품객잔을 통한 접선이 발각되었기에 그는 구주총련의 지부를 통해 접선 의사를 알렸다. 구주총련은 세상 곳곳에 지부를 두고 있기에 만품객잔보다 접근이 훨씬 수월했다.

문제는 추가영이 자신의 긴급한 접선 통지를 제대로 접수했는지 확인할 수 없다는 데 있었다.

일검향은 첫 번째 접선 장소에서 하루를 기다렸지만 추가영은 오지 않았다. 이곳 매화림이 두 번째 접선 장소였다. 벌써 하루가 지났지만 추가영은 여전히 모습을 보이지 않고 있었다.

세 번째 접선 장소는 요지선궁이 위치한 육반수(六盤水) 부근이었다. 그곳에서도 그녀를 만나지 못한다면 그 혼자 요지선궁으로 침투할 수밖에 없는 상황이었다.

일검향은 뉘엿뉘엿 저물어가는 겨울 해를 바라보았다.

'아직 통지를 접하지 못했나 보군.'

그는 세 번째 접선 장소에서 만나기를 기대하며 몸을 솟구쳤다.

한데 구릉 저편에서 하나의 인영이 모습을 드러냈다. 거리가 멀어 점으로밖에 보이지 않는 인영이 빠른 속도로 매화림을 향해 달려오고 있었다.

"……?"

일검향은 커다란 매화나무 뒤로 몸을 숨겼다.

그는 안력을 집중해 접근해 오는 사람을 주시했다. 아직 상당한 거리가 있었지만 여인의 섬세한 체형이 느껴지지 않았다.

'가영이 아니로군.'

그는 허리춤의 자청검을 가만히 쥐었다.

상대가 100장 이내로 다가서자 그는 비로소 상대를 명확히 확인할 수 있었다. 하얀 늑대 가죽을 머리서부터 뒤집어쓴 사람이었다. 조금 더 다가오자 요란하게 색칠을 한 얼굴이 분명히 드러났다.

'대백랑의 모습이잖아?'

일검향은 매화나무 밖으로 나섰다.

늑대 가죽을 뒤집어쓴 사람은 물론 추가영이었다. 은천마국의 추격을 피하기 위해 변장을 지웠었는데 다시 본래의 대백랑으로 돌아온 것이다.

"검향!"

추가영은 반갑게 외치며 그의 손을 덥석 쥐었다.

일검향이 의아한 눈빛으로 물었다.

"어떻게 된 거야? 왜 다시 대백랑의 모습을 하고 있어?"

"오호홍, 어쩌겠어요? 이미 교교에 의해 본모습이 발각되었으니 척살단의 추격을 피할 수 없게 되었죠. 그럴 바에는 그냥 대백랑으로 활동하는 것이 낫다 싶었어요. 얼굴의 상처도 가릴 수 있으니까."

목소리도 예전의 대백랑처럼 간드러졌다.

일검향은 마음이 급해 그녀의 손을 쥐고 곧바로 몸을 날렸다.

"가면서 얘기하자."

"대체 무슨 일이에요?"

"동문 선배가 척살에 실패했어. 생사조차 분명치 않은 상황이야. 구출을 해야 하는데 가영의 도움이 필요해."

추가영은 눈을 가늘게 떴다.

"그럼 요지선자를 척살하려 했던 자객이 천예사원 소속이이었단 말이에요?"

"놀랍군. 그걸 어떻게 알았어?"

"우리 인간 사냥꾼들의 정보망이야 신속하기 이를 데 없죠. 더군다나 요지선궁은 공공신도를 잡기 위해 거액의 현상금을 내놓았기에 모두가 관심이 많아요. 요지선궁에 자객이 뛰어들었다는 정보는 며칠 전 접했지만 실패한 척살이라 그다지 신경 쓰지 않았어요. 그저 어떤 멍청한 자객 집단에서 나선 줄로만… 어마, 미안해요."

추가영은 머쓱한 표정을 지으며 눈을 찡긋해 보였다.

일검향은 그녀의 조롱에 쓸쓸한 웃음을 지었다.

“나도 실패한 적이 있었어. 천예사원이라 하여 완벽할 수는 없지.”

“한데… 왜 혼자예요? 다른 자객들은 이미 육반수에 당도해 있는 건가요?”

“아니, 내가 전부야.”

추가영은 입을 딱 벌렸다.

“맙소사! 그럼 우리 둘이 요지선궁에 침투하자는 말이에요?”

“대살과 삼살 두 형님이 출타한 상황이라 연락이 안 돼.”

“이거 큰일이네. 이럴 줄 알았으면 우리 애들이라도 왕창 동원하는 건데… 하긴, 별반 도움은 되지 않겠지만.”

“가영, 요지선궁에 대한 정보가 필요해. 일단 을화 누님을 구출한 후 척살을 완수해야 돼.”

추가영은 난감한 표정으로 한숨을 내쉬었다.

“후우, 구출 작전도 어려운 일이에요. 척살은 꿈도 꾸지 마세요.”

“……”

“참, 이번 일은 보수를 받아야겠어요. 우리가 아무리 친구 사이라도 내 목숨까지 걸린 일이라 공짜로는 안 돼요.”

일검향도 그녀에게 매번 신세만 질 수가 없었기에 그녀의 요구를 당연하게 생각했다.

“얼마면 되겠어?”

“으음, 은자로는 계산할 수 없어요.”

“그럼 황금으로?”

“황금으로도 어렵겠군요.”

“말해봐. 무엇이든 들어줄 수 있어.”

추가영은 사르르 눈웃음을 쳤다.

“어떤 요구도 들어줄 수 있다는 거죠?”

일검향은 결연한 표정으로 고개를 끄덕였다.

“약속할게.”

“좋아요. 그럼 거래는 성립된 겁니다. 당신에게 무엇을 요구할지는 깊이 생각해 봐야겠어요.”

“조건이 있어. 이살을 구출하는 데 성공해야만 약속이 유효해.”

“이미 죽었으면요?”

“시신이라도 찾아야 돼. 그게 우리 천예사원의 방침이야.”

“정말이지 눈물겨운 동료애로군요.”

두 남녀는 넓은 하천 앞에 이르자 메마른 갈대 숲으로 내려섰다.

일검향은 추가영의 어깨에 다정하게 팔을 둘렀다.

“가영, 널 만난 게 내게는 정말 행운이야.”

추가영은 말똥말똥 그를 바라보다가 생긋 미소를 지었다.

“홋, 당신이 이렇게 다정한 사람인 줄 몰랐어요. 그리고 보니 고뇌 어린 눈빛도 맑아진 것 같아요.”

그녀는 그의 목을 와락 끌어안으며 입을 맞추었다. 엉겁결에 당한 입맞춤이었지만 그도 굳이 거부하지는 않았다. 수월루주를 척살하기 전에도 입을 맞춘 경험이 있어서였다.

입술을 뗀 추가영이 달콤한 어조로 속삭였다.

“이건 착수금일 뿐이에요. 입맞춤 한 번으로 때울 생각 말아요.”

2

요지선궁은 여섯 개의 물줄기가 휘감아 도는 육반수 상류에 위치해 있었다. 좁은 협곡이 유일한 출입구이며 좌우로는 천신이 팔을 벌린 듯 험준한 구릉으로 에워싸져 있었다. 또한 배후는 천길 벼랑이 병풍처럼 세워져 있는 천연의 요새였다.

요지선궁의 창건 조사는 천상삼비로 불리는 전설적인 고수 중 일인인 천지성후였다.

그녀는 사상 최고의 여류고수로 존경을 받았지만 여간해서는 세상에 모습을 드러내지 않았다. 평생토록 수양에 힘썼고 고희를 넘을 때까지 청백지신의 몸을 유지한 것으로 알려졌다.

일 갑자 전 그녀가 타계한 이후 궁주의 자리는 제자에게 전해졌다. 현 궁주인 요지선자는 천지성후의 증사손으로 제4대 궁주였다.

일검향과 추가영은 벼랑 위에 납작 엎드린 채 요지선궁의 입구를 예의주시하고 있었다. 제법 먼 거리였지만 출입하는 사람들의 움직임 정도는 간파할 수 있었다.

사시(巳時) 무렵이 되자 요지선궁 입구로 여인네들이 몰려들었다. 그녀들은 샘물을 한 사발씩 들이키고는 협곡 안으로 들어갔다.

일검향이 의아한 표정으로 물었다.

"방문 전 물을 마시는 것이 규칙인가?"

"규칙이라 할 수 있지요. 샘물은 평범한 물이 아니라 음양천(陰陽泉)이에요."

"음양천?"

추가영은 요지선궁에 대해 비교적 상세하게 알고 있었다.

"음양천은 세상에서 하나밖에 없는 희귀한 샘물이에요. 여인들이 마시면 기력을 증진시켜 주지만 사내가 마시면 발작을 일으키죠. 어린아이나 노인네 역시 예외일 순 없어요. 오직 여인들만 마실 수 있기에 남녀를 확실하게 가려낼 수 있지요."

일검향은 세상에 그런 샘물이 있다는 것이 신기하기만 했다.

"놀랍군. 요지선궁이 금남의 구역을 고수할 수 있었던 것도 음양천 때문이겠군."

"그렇다고 봐야죠. 눈으로 확인한다면 교묘한 변장으로 속일 수 있고 신체적으로 확인한다 해도 사도의 환체변용술로 속일 수 있겠지만, 음양천의 샘물은 누구도 속일 수 없어요."

"마셔본 적 있어?"

"없어요. 줄곧 대백랑으로 활동했기에 요지선궁에 들어가 볼 생각은 전혀 하지 않았죠. 사실 꼴같지 않은 것들이 지들 세상이라고 설쳐 대는 것이 눈꼴시기도 했어요."

시각이 오시를 넘어서자 더 많은 여인네들이 요지선궁을 찾아왔다. 그녀들 역시 음양천을 한 사발씩 들이키고는 선궁 안으로 들어갔다.

일검향은 충분히 관찰했다 싶어 추가영과 함께 벼랑 위에서 내려섰다.

"여인네들의 방문이 잦군. 왜들 요지선궁에 찾아온 거야?"

"대부분 참배객들이에요. 천지성후께서 육반수에 요지선궁을 세운 이후 해마다 풍년이 들고 풍수재해가 사라져 귀주 서부가 아주 풍요로워졌지요. 더군다나 성후께서 타계하신 이후에는 그분의 현몽(現夢)으로 우환을 씻었다는 사람들이 많아 참배를 간청하게 되었어요. 그래서 요지선궁은 사시부터 신시(申時)까지 세 시진을 개방해 참배객들을 받아들이고 있지요."

"죽어서 신(神)이 되셨군."

"양민들뿐만 아니라 강호의 여인들에게 있어서도 천지성후는 절대적인 우상이에요. 그분의 절세적인 무공과 고결함을 흠모해 많은 여협들이 해마다 찾아뵙고 분향을 하곤 하지요."

추가영은 바위에 걸터앉으며 말을 이었다.

"무림계에서도 요지선궁은 금역이며 성지(聖地)에 해당됩니다. 한데 요지선자가 궁주에 오르면서 신성함이 많이 퇴색했어요."

"왜?"

"참배객들에게 헌금을 강요했거든요. 지나치게 많은 방문객들을 제한하기 위함이라는 취지였지만 제가 보기에는 탐욕이에요. 사존의 명성을 팔아 치부를 하려는 추악한 의도이죠. 요지선자가 천중육기에 오르지 못하고 천하구절에 그친 것도 아마 그 때문일 수 있어요."

일검향은 팔짱을 낀 채 천천히 개울가를 걸었다. 음양천의 신기한 샘물로 남녀를 분별한다면 여장을 해서 침투하기란 불가능한 일이었다. 달리 침투할 길을 찾아야 했다.

"협곡 외에는 진입할 길이 없을까?"

"제가 알기로는 없어요. 뒤쪽은 천길 벼랑이라 침투가 불가능하고 좌우 구릉에는 진법이 펼쳐져 있다고 하더군요. 창건 당시 천지성후의 오랜 친우인 천맹무선과 천불성승이 함께 설치한 진법이라 누구도 돌파할 수 없다고 들었어요. 고적함을 선호하는 천지성후가 아예 생문(生門)을 만들어놓지 않았기 때문이죠."

"그렇다면 정면 돌파가 유일한 방법이로군."

추가영은 물끄러미 그를 바라보다가 실소를 지었다.

"요지선궁의 제자들을 선랑(仙娘)이라 하는데 숫자는 100명도 안 돼요. 하급 제자도 강호의 일류고수들과 맞먹을 정도이죠. 하지만 벽력신군을 척살한 당신의 무공이라면 어렵지 않을 거예요. 선랑들을 모두 죽이고 요지선자와 맞서면 되겠군요. 요지선자의 무공이 구절 중 으뜸이라 하지만 어디 검향의 상대가 되겠어요?"

"……."

"검향, 난 당신을 도우러 왔지 죽으러 온 것이 아니에요."

그녀는 몸을 일으켜 그의 손을 쥐었다.

"당신의 심정을 헤아려 함께 오기는 했지만 솔직히 침투는 불가능해요. 그렇다고 나 혼자 들어가서 이살을 구해오라고는 하지 말아요."

"가영, 소중한 정보를 제공한 것도 고마운데 어떻게 그런 무모한 부탁을 할 수 있겠어. 잠시만 생각해 보자고. 달리 방법이……."

일검향은 문득 누군가를 떠올리며 빠른 어조로 물었다.

"일전에 가영이 추격했던 공공신도가 요지선궁에 침투한 적이 있었잖아? 대체 그 노인네는 어떻게 금역에 들어갈 수 있었던 거야?"

추가영은 한 손으로 턱을 받쳤다.

"사실 그게 커다란 의혹이기는 해요. 그 늙은이가 발각돼서 빠져나올 때는 한바탕 싸움이 벌어졌다고 들었어요. 한데 들어갈 때는 분명 음양천을 마시고 정문 협곡을 통과했다더군요. 아마 노파로 변장을 했겠지요."

"사내는 절대 음양천을 마실 수 없다고 했잖아?"

"그건 사실이에요."

"앞뒤가 맞지 않는군. 공공신도가 노파로 변장을 했더라도 사내가 분명한데 어떻게 음양천의 샘물을 마실 수 있겠어?"

추가영은 골치가 아픈 듯 머리를 마구 헝클었다.

"나도 몰라요. 공공신도를 잡아 물어보던가요."

일검향은 순간적으로 한 가지 가능성을 떠올렸다.

'아, 혹시?'

그는 심각하게 고민하다가 결단을 내렸다. 다소 불확실했지만 현재로서는 달리 방법이 없었던 것이다.

"일단 성시로 내려가자."

추가영은 눈을 동그랗게 떴다.

"포기한 거예요?"

일검향은 그녀를 바라보며 빙긋 미소를 지었다.

"아니, 나도 치마 좀 걸쳐 볼까 해서."

3

추가영은 허리를 부여잡으며 깔깔거렸다.

"어머나, 정말 잘 어울려. 호호홋!"

일검향은 멋쩍은 표정으로 동경 앞에 섰다.

구리 거울 속에 비친 그는 더 이상 사내가 아니었다. 여인치고는 키가 큰 편이었지만 치마를 걸치니 천상 여인이었다. 그는 머리를 길게 늘어뜨렸고 가르마 한쪽으로 꽃을 달았다. 화장이 다소 짙었지만 천박해 보이지는 않았다.

일검향은 추가영을 향해 돌아섰다.

"웃지만 말고 잘 봐. 어디 어색한 곳은 없어?"

추가영은 그를 가운데 두고 한 바퀴를 돌면서 연신 키득거렸다.

"늘씬하군요. 뭇 사내가 침을 흘릴 만큼 매력적이에요."

"그럼 됐어."

"다만 가슴이 좀 작군요."

추가영은 그의 앞섶을 헤치고는 가슴가리개 안으로 천을 쑤셔 넣었다.

"됐어요."

"병기는 휴대할 수 없겠지?"

"그렇다고 들었어요."

"그렇다면 두고 가야겠군."

일검향은 자청검을 천으로 둘러 침상 아래 숨겨두었다.

객방에 들기에는 이른 시각이었지만 변장을 위해서는 어쩔 수 없었다. 다만 출타할 때는 조심할 필요가 있었다. 분명 남녀가 같이 들었는데 두 명의 여인이 나선다면 의심을 살 우려가 있기 때문이다.

일검향은 창을 통해 대략 시각을 가늠했다.

"벌써 미시로군. 서두르자."

요지선궁 입구에는 네 명의 선랑이 경비를 서고 있었다.

선랑들은 하나같이 늘씬한 용모에 빼어난 미모의 소유자들이었다. 그녀들은 사문에 대한 자부심이 지나쳐 방문객을 대하는 눈길이 도도했다.

추가영이 웃음을 띠우며 예를 올리자 선랑 하나가 냉담하게 내뱉었다.

"곧 신시다. 참배를 하려면 일찍 왔어야지."

"멀리서 오다 보니 늦었습니다. 흠모하는 성후님께 향을 올리도록 허락해 주세요."

"알았다. 어서 음양천을 마셔라."

선랑이 바위 아래 옥으로 둘러진 샘을 턱짓으로 가리켰다.

추가영이 먼저 샘물을 한 사발 들이켰다.

"아, 정말 감미롭군요."

그녀는 다시 표주박으로 물을 떠서 일검향에게 건넸다.

"언니도 마셔봐요."

애써 미소를 짓고 있었지만 그녀의 눈빛은 불안에 떨고 있었다.

사내는 절대 마실 수 없다는 음양천을 과연 일검향이 마시고 무사할 수 있을지 걱정되었다. 발작을 일으킨다면 정체가 탄로날 것이고 요지선궁의 선랑들이 즉각 공세를 펼쳐 올 것이다. 결국 은밀한 침투는 불가능해지게 된다.

긴장에 젖어 있기는 일검향도 마찬가지였다.

음양천을 마시고도 무사할 수 있을지는 그 스스로도 장담할 수 없었다. 다만 자신의 추측이 맞기를 기대할 뿐이었다.

그는 선랑들의 의심을 사지 않도록 지체없이 표주박의 샘물을 들이켰다. 물맛은 달고 시원했다. 한데 목구멍을 타고 넘어가는 순간 타는 듯한 열기에 숨이 막혔다.

그는 급히 여의심결을 운기해 샘물의 열기를 십이경락으로 흘려보냈다. 그러자 폐부를 태울 것 같은 열기가 급속도로 해소되었다.

선랑들이 다소 미심쩍은 눈빛으로 일검향을 직시하자 추가영이 마른침을 꿀꺽 삼켰다.

"괘… 괜찮아요, 언니?"

일검향은 감격스런 미소를 지으며 고개를 끄덕였다.

"그래, 정말 물맛이 좋구나. 감로수야."

추가영은 그가 음양천을 마시고도 무사하자 내심 놀랍기도 했지만 안도감이 앞섰다.

그녀는 협곡 입구에 비치된 상자에 은덩이 세 개를 던져 넣었다. 말이 헌금이지 입장료와 다를 바 없었다. 상자는 벌써 100개도 넘는 은덩이로 가득했다.

추가영은 일검향의 팔짱을 끼고는 협곡으로 들어섰다.

"어서 가요."

한데 선랑 하나가 그들을 막아섰다.

"잠깐!"

추가영이 움찔 놀라며 멈춰 섰다.

"왜… 그러십니까?"

선랑은 일검향이 옆구리에 끼고 있는 보따리를 턱짓으로 가리켰다.

"뭐냐?"

일검향이 조심스럽게 보따리를 풀었다. 겹겹이 싸인 천을 풀자 금괴 세 개가 모습을 드러냈다.

"성후께 올릴 진상품입니다."

선랑들은 엄청난 금액에 해당되는 금괴를 보자 싸늘했던 표정을 풀었다.

"성후께서 복을 내려주시겠구나. 어서 들어가."

"예, 선랑."

일검향은 다시 겹겹이 금괴를 싸매고는 추가영과 함께 협곡으로 진입했다.

협곡은 두 사람이 겨우 어깨를 맞대고 지나갈 만큼 좁았다. 좌우 석벽은 스무 길 높이라 하늘이 푸른 실처럼 보였다. 한 명의 고수가 막아선다면 백 명의 침입자도 저지할 수 있을 정도로 천연의 요새였다.

일검향은 구불구불한 협곡을 따라 걸으며 빠르게 좌우 석벽을 살폈다. 확실치는 않지만 기관이 매복돼 있는 것으로 보였다. 탈출할 때를 감안해서 지형에 대한 파악이 중요했다.

협곡을 나서자 눈앞이 시원해졌다.

거대한 분지는 별천지였다. 울창한 수림과 하얀 돌로 쌓아 올린 성벽이 산뜻한 조화를 이루고 있었다. 성벽 뒤로 보이는 높은 누대와 전각의 지붕은 푸른빛이었다. 성문은 반쯤 닫혀 있었고 네 명의 선랑들이 지켜서 있었다.

추가영이 빠르게 설명해 주었다.

"요지선궁은 외궁과 내궁, 금궁(禁宮)으로 구분돼 있어요. 우리는 지금 외궁에 들어선 상태고 저것들이 지키고 있는 곳이 내궁이지요. 내궁을 거쳐야 성주가 거처하는 금궁에 이를 수 있어요."

"가영은 정말 해박하군."

"그게 전부예요. 더 이상은 나도 몰라요."

추가영은 수림 왼쪽으로 이어진 하얀 돌계단으로 그를 이끌었다.

"한데 어떻게 된 거예요? 분명 음양천 샘물을 마셨는데 어떻게 멀쩡할 수 있었어요?"

"다행히 짐작이 맞았어. 여의심결을 운기해 부작용을 해소할 수 있었던 거야."

"여의심결이라고요?"

"공공신도에게 전수받은 내공구결이지."

일검향은 공공신도를 통해 들었던 요지선자의 추악한 비리와 구결을 얻게 된 상황을 간략하게 말해주었다.

추가영은 실눈을 동그랗게 떴다.

"와아, 공공신도가 그런 기인이었단 말이에요?"

"그의 진정한 정체가 뭘까?"

"모르겠어요. 어쨌든 천하구절에도 속하지 않고 천중육기도 아닌 것은 확실해요. 물론 천상삼비는 절대 아니고요."

앞서 참배를 마친 몇몇 여인네들이 계단을 따라 내려왔다. 경장 차림과 가벼운 발걸음으로 미루어 강호의 여인으로 보였다.

참배객들이 지나가자 추가영이 다시 입을 열었다.

"한데 요지선자가 사내를 끌어들여 음탕한 짓거리를 했다는 것이 확실해요?"

"공공신도가 직접 보았다니 사실이겠지. 그 노인네가 내게 거짓말을 할 이유가 없잖아?"

"사실 요지선자의 행실이 단정치 못하다는 풍문이 은밀하게 나돌기는 했어요. 하지만 천지성후의 사문이기에 누구도 그런 사실을 함부로 발설하지는 못했지요. 늙은 거지가 목격했다면 사실일 수 있어요."

일검향은 천길 벼랑을 배경으로 세워진 고색창연한 사당 앞에 이르렀다.

"요지선자가 음탕하든 고결하든 죽어야 하는 데에는 변함이 없어."

사당 주변으로 여덟 명의 선랑들이 참배객들을 감시하고 있었다. 예리한 눈빛은 참배 이외의 어떤 행동도 용납하지 않겠다는 뜻이었다.

두 사람은 의심을 사지 않기 위해 일단 신을 벗고 사당으로 들어섰다.

제단 위에는 백옥으로 만든 신상(神像)이 놓여져 있었다. 비파를 안고 있는 여인의 형상은 바로 천지성후의 모습이었다.

천지성후는 주안술을 터득했기에 타계하는 그날까지 우아한 미모를 잃지 않았다. 수십 년 동안 중원제일미인으로 추앙받았던 그녀답게 신상의 모습은 신비롭기만 했다.

제단 뒤편의 벽에 그려진 초대형 벽화에도 천지성후의 모습이 담겨 있었다. 구름을 밟고 서 있는 날개옷 차림의 천지성후는 인세의 여인이 아니라 하늘의 선녀처럼 보였다.

십여 명의 여인이 제단을 향해 연신 절을 올리고 있었다.

일검향과 추가영도 향을 사른 후 경건하게 배례를 올렸다. 구배를 마치자 일검향은 보따리를 풀어 금괴를 제단 위에 바쳤다. 사당 안에서 참배객들을 감시하던 선랑의 입가에 흐뭇한 미소가 감돌았다.

참배객의 방문 마감 시간인 신시가 다가오자 일검향과 추가영은 다른 참배객들에 앞서 사당을 나섰다.

그들은 사당을 감상하듯 천천히 주변을 배회하며 내궁으로 침투할 방법을 모색했다.

성벽의 높이는 3장 정도였다. 일검향은 물론이고 추가영도 간단히 뛰어넘을 수 있기에 성벽 자체는 문제가 되지 않았다. 문제는 선랑들의 감시를 어떻게 피하느냐에 있었다. 게다가 내궁 안에서 경계를 서고 있을 선랑들의 경비 상태는 전혀 파악치 못하고 있는 상황이었다.

이때 선랑 하나가 다가서며 도도하게 외쳤다.

"방문 시간이 다 됐다. 이만 내려가라!"

추가영이 공손하게 고개를 숙였다.

"알겠습니다."

그녀는 일검향의 손을 잡아끌며 팔짱을 끼었다.

"가요, 언니."

두 사람은 천천히 계단을 내려갔다.

추가영은 일검향이 아무런 행동도 취하지 않자 걱정스런 눈빛으로 물었다.

"역시 어렵죠? 작전을 다시 연구해 보는 게 어때요?"

그 순간 일검향이 옆구리에 끼고 있던 보따리를 홱 펼치며 추가영과 함께 뒤집어썼다. 동시에 추가영을 끌어안고는 계단 옆 덤불 속으로 뛰어들었다.

금괴를 겹겹이 감싼 보따리는 사실 은신을 위한 위장포였다. 한 장의 위장포를 반입하기 위해 금괴 세 개를 헌납했으니 아주 비싼 대가였다.

추가영은 그의 품에 안긴 채로 속삭여 물었다.

"어쩌려고요?"

"어두워질 때까지 기다려야 돼. 밤이 되면 내궁으로 침투할 수 있어."

"우리가 갑자기 사라졌는데 선랑들이 의심하지 않겠어요?"

"이곳은 사각지대야. 사당 위에서도 볼 수 없고 내궁 성문을 지켜선 경비들의 시야에도 미치지 않아. 은폐물도 별로 없기에 의심을 사지 않을 수 있어."

"이 위장포가 과연 우리를 지켜줄 수 있을까요?"

"금괴 세 개를 헌납했으니 영험이 있겠지."

일검향은 위장포를 들추며 외부의 동정을 살폈다.

참배객들이 선랑들에 의해 거의 내쫓기다시피 계단을 내려오고 있었다. 곧 유시로 접어들겠지만 술시는 지나야 어둠이 펼쳐질 것 같았다.

일검향은 추가영을 바싹 안은 채 모로 누웠다.

"두 시진만 참으면 돼."

"두 시진이요? 갑갑해서 어떻게 견뎌요?"

"난 한 장소에서 이틀 동안 잠복해 있을 수도 있어."

"당신이야 자객 수련을 받았으니 가능한 일이죠."

"잠시 눈이라도 붙여."

"태평하군요. 언제 발각될지 모르는데 잠이 오겠어요?"

일검향은 그녀의 등을 부드럽게 어루만져 주었다.

"저들이 위장포를 들추기 전에는 절대 발각되지 않아."

추가영은 그의 가슴에 얼굴을 묻었다.

"그래요. 당대 최고의 자객으로 평가받는 무향검살의 말이니 믿어야겠지요."

참배객들이 모두 떠난 요지선궁은 고적했다. 간간이 궁내를 순시하는 선랑들이 지나갈 뿐 별다른 움직임이 없었다. 문규가 엄격한지 선랑들은 순시를 하면서도 잡담 한 번 나누지 않았다.

절색의 미부가 커다란 대리석 수조에 몸을 담근 채 수욕을 즐기고 있었다. 물 위로는 다양한 빛깔의 꽃잎이 물결을 따라 넘실거렸다.

미부는 유난히 풍만한 육봉을 어루만지며 나직한 비음을 발했다.

외모에서 풍겨지는 청순함과 달리 그녀의 내부는 색욕으로 이글거리고 있었다. 하룻밤에 사내 서넛을 상대할 수 있는 그녀가 금남의 세상에서 품위를 지키며 살아야 한다는 것은 고역이 아닐 수 없었다.

그러나 100년 전통의 문규는 궁주인 그녀라도 함부로 바꿀 수가 없기에 욕정을 해소하는 데에는 신중한 주의가 필요했다.

그녀는 색욕을 달래기 위해 자신의 몸을 어루만졌지만 오히려 욕정만 더 자극하는 격이 되었다. 피가 뜨거워지면서 혀까지 바싹 말라붙었다. 주체할 수 없는 욕정에 눈은 게슴츠레해졌고 반쯤 벌어진 입에서 연신 신음 소리가 흘러나왔다.

한데 이때 욕장 밖에서 상비(上婢)의 음성이 흘러들었다.

"궁주님, 급한 보고입니다."

미부는 잔뜩 불쾌한 표정을 지으며 수건을 끌어다 어깨에 걸쳤다.

"들어와."

궁주로 불린 그녀가 바로 요지선궁의 주인인 요지선자였다.

욕장으로 들어선 중년 여인은 좌우상비 중 좌상비(左上婢)였다. 궁주의 안위와 내궁의 경비를 담당한다.

"방문했던 참배객 중 두 명이 출궁하지 않은 것으로 확인됐습니다."

요지선자는 별반 놀라워하지 않았다.

"그래?"

"참배객들을 모두 내보냈는데 출궁한 자가 두 명이 부족합니다. 의도적인 침투로 사료됩니다."

"이번에도 자객인가?"

"비상경계령을 발령할까요?"

요지선자는 물에 적신 수건으로 몸을 문질렀다.

"소란 피울 것 없다. 아마 천예사원의 자객일 것이다. 지난번 척살에 실패하자 다른 자객들을 침투시켰을 테지."

잠시 후 욕장을 나선 그녀는 마른 천으로 몸을 둘렀다. 그녀는 수건으로 머리를 말리다가 고개를 갸웃거렸다.

"흐음, 조금은 이상하군. 천예사원은 마국의 침공을 받아 거의 괴멸된 상태야. 여자객이라고는 뇌옥에 잡혀 있는 을화뿐인데 어떻게 두 명이나 더 잠입할 수 있었던 것일까?"

"천예사원의 자객이 아닐 수도 있습니다, 궁주님."

“그렇다면 의천맹? 아니야. 그들이 이렇듯 무모한 짓을 할 리가 없지. 감소채는 신중한 계집이니까.”

욕장을 나선 그녀는 화장대 의자에 걸터앉았다. 그녀는 거울을 보며 천천히 머리를 빗었다.

“만일 천예사원에서 파견된 자객이라면 척살보다는 구출이 목적일 것이다.”

“뇌옥의 경계를 강화시켰습니다.”

“좌상비, 무엇이 두려워 경계를 강화한단 말이냐? 자객들이 동료를 쉽게 구출할 수 있도록 배려해라.”

“궁주님……?”

요지선자는 천천히 화장을 시작했다.

“천예사원의 자객은 천하인들이 가장 두려워하는 유령이지. 이번에 침투한 두 명마저 제압한다면 무려 셋이나 생포하는 전과를 올리는 셈이다. 그들 덕분에 요지선궁의 위엄과 명성을 높일 수 있는 절호의 기회야.”

“하지만 지난번 자객을 제압할 때도 다섯 명의 제자가 죽었고 십여 명이 부상을 당했습니다.”

“죽는다 해도 명예로운 전사가 아니더냐? 이번에는 내가 직접 나서겠다.”

그녀는 화장수를 볼에 바르고 부드럽게 문질렀다.

“화장을 마칠 때까지 어떤 소란도 피우지 마라.”

해가 완전히 저물면서 사위로 어둠이 깔리기 시작했다.

일검향은 외부의 동정을 면밀하게 살피고는 위장포를 걷었다.

“성벽으로 가자.”

“잠깐만 기다려요.”

추가영은 마비된 팔과 다리를 주무르며 아픈 표정을 지었다.

잠시 후 성벽 아래에 이른 그들은 겉옷을 벗었다. 침투에 대비해 안에는 검은색 야행복을 입고 있었기에 몸놀림이 훨씬 편했다.

“내가 먼저 올라갈게.”

일검향은 성벽에 몸을 붙인 채 거미처럼 기어올라 갔다. 손톱 하나가 들어갈 틈만 있어도 몸을 지탱할 수 있기에 3장 높이의 성벽은 전혀 장애가 되지 않았다.

그는 성벽에 매달린 채 내궁의 경비 상태를 예리하게 주시했다.

내궁은 넓은 연무장을 가운데 두고 십여 채의 크고 작은 전각이 세워져 있었다. 곳곳에 세워진 높은 누대는 망루를 겸한 건축물이었다.

유일한 출입구인 협곡의 철통같은 경비를 믿어서인지 내궁의 야간 경비는 그다지 눈에 띄지 않았다. 짝을 이룬 두 명의 순찰선랑들이 한 번씩 전각을 순시할 뿐이었다.

‘내궁 침투는 어렵지 않겠군. 일단 누님의 생사부터 확인해야 한다.’

성벽 위로 오른 그는 추가영에게 수신호를 보냈다.

내궁으로 잠입한 그들은 어둠을 타고 빠르게 이동했다. 전각마다 궁등이 걸려 있을 뿐 비교적 어두웠기에 이동에는 큰 어려움이 없었다.

일검향은 순찰선랑들이 지나다니는 보도 옆 어둠 속에 몸을 숨겼다. 추가영도 인간 사냥꾼 출신이라 은신과 잠입에는 비교적 뛰어난 편이었다. 일검향으로서는 다행이 아닐 수 없었다.

이때 두 명의 순찰선랑이 전각 주변을 한 바퀴 돌고는 보도를 따라 걸어왔다.

일검향은 은비녀를 손에 쥐었다.

여장을 하면서 머리에 꽂아둔 장식이지만 그의 손에 쥐어지면 곧바로 병기가 된다. 그는 순찰선랑이 다섯 자 이내로 접근할 때까지 호흡을 멈춘 채 대기했다.

순찰선랑 둘은 산책을 하듯 주변을 살피며 그 옆을 지나쳤다.

순간 일검향은 소리없이 움직여 두 선랑을 동시에 공격했다. 한 명은 은비녀에 천돌혈이 찔려 신음 소리 한 번 흘리지 못하고 즉사했다. 다른 한 명은 혼혈이 찍혀 그대로 주저앉았다.

정원수 그늘 밑에서 지켜보던 추가영은 그의 신속한 기습에 입을 딱 벌리고 말았다. 줄곧 그를 지켜보고 있었지만 어떤 수법으로 두 명의 선랑을 쓰러뜨렸는지 제대로 파악할 수가 없었다.

'오싹하군. 요지선궁의 선랑들은 하나같이 일류고수들인데 검향 앞에서는 그저 풀 한 포기에 불과해.'

일검향은 생포한 선랑을 바닥에 눕히고는 마혈과 아혈을 찍고 혼혈을 풀어주었다. 정신을 차린 선랑은 본능적으로 소리를 치려 했지만 아혈이 찍혀 비명이 입 안에서만 맴돌았다.

일검향은 그녀를 직시한 채 나직이 물었다.

"지난번 침투한 자객이 아직 살아 있느냐?"

선랑은 두려움에 찬 눈빛을 지을 뿐 아무런 반응도 보이지 않았다.

일검향은 그녀의 한쪽 눈에 은비녀를 들이댔다.

공포에 질린 선랑은 희미하게 고개를 끄덕였다. 상대가 자객이라면 온정을 기대할 수 없기에 그녀는 곱게 죽여주기만을 기대해야 했다.

일검향은 을화가 살아 있다는 사실에 크게 안도했다.

‘아, 다행이야! 누님이 살아 있다면 구출이 우선이다.’

그는 은비녀를 허리춤에 꽂았다.

“어디에 갇혀 있는지 말하면 살려주겠다.”

그가 아혈을 풀어주자 그녀는 턱을 덜덜 떨었다. 비명이라도 질러 침입자의 존재를 밝혀야 했지만 입술이 떨어지지 않았다.

일검향은 손끝으로 그녀의 미간을 눌렀다.

“말해.”

선랑은 엄격한 문규조차 잊은 채 뇌옥의 소재를 소상하게 말해주었다.

일검향은 약속대로 그녀를 죽이지 않고 수혈만 짚어 잠재웠다. 한데 추가영이 금비녀를 빼 들고 그녀의 심장을 가차없이 찔렀다.

“……?”

일검향이 돌아보자 추가영은 피 묻은 금비녀를 선랑의 옷자락으로 닦았다.

“신경 쓰지 말아요. 죽이지 않겠다고 약속한 사람은 당신이지 내가 아니니까. 공연히 발각되면 귀찮아지기에 죽일 수밖에 없었어요.”

틀린 말이 아니었기에 일검향은 더는 문제 삼지 않았다. 일검향은 두 선랑의 시신을 어둠 속에 감추고는 뇌옥을 향해 이동했다.

선랑이 알려준 뇌옥은 겉으로 보기에는 그저 평범한 전각일 뿐이었다. 만일 선랑을 잡아 문초하지 않고 은밀하게 수색하려 했다면 찾아내기 힘들었을 것이다.

전각 입구에는 두 명의 선랑이 보초를 서고 있었다.

외부의 침입을 전혀 우려하지 않아서인지 무료한 표정으로 주변을 둘러볼 뿐 경계심은 전혀 엿보이지 않았다.

일검향은 거리를 가늠해 보았다.

전각 주변으로 하얀 석판이 깔려 있어 은밀한 접근은 어려웠다. 암기를 날려 쓰러뜨려야 했지만 7장 거리임을 감안하면 정확도를 확신하기 어려웠다. 비명이 터지는 순간 잠입이 발각될 것이고 탈출은 불가능해진다.

만일 을화의 생존이 확인되지 않았다면 그는 금궁으로 뛰어들어 요지선자의 척살을 도모했을 것이다. 그녀를 척살한 후 어떻게 탈출할 것인지는 계획하지 않았지만 을화의 복수를 위한 길이기에 발각도 두려워하지 않았을 것이다.

그러나 을화가 살아 있기에 그는 조심스러울 수밖에 없었다. 그가 죽어서 그녀를 구할 수 있다면 주저하지 않을 만큼 그녀는 소중한 존재였다. 그녀의 따뜻한 비호가 없었다면 그는 자객 수련 도중 죽었을지도 모를 일이었다. 감정적으로 미묘한 관계이지만 그에게 있어 그녀는 누이와 다를 바 없었다.

그가 움직임을 보이지 않자 추가영이 가볍게 그의 어깨를 두드렸다. 그녀는 함께 공격하자는 손짓을 지어 보였다.

그는 고개를 저으며 그녀가 쥐고 있는 금비녀를 뺏어 들었다.

"기다려."

나직이 속삭인 그는 크게 우회해 전각의 뒤편으로 이동했다.

전각 뒤쪽은 보초가 없었기에 접근이 용이했다. 기둥을 타고 기어오른 그는 지붕 위로 올라섰다. 그는 바싹 엎드린 채 기와를 밟고 전각의 정면으로 움직였다. 거미와 같은 몸놀림이라 아무런 기척도 일지 않았다.

그는 보초를 서고 있는 두 선랑을 내려다보고는 처마에 발끝을 걸었다. 재차 위치를 확인한 그는 발끝에 의존한 채 앞으로 쓰러졌다.

두 선랑은 머리 위에서 느껴지는 한기에 본능적으로 고개를 들었다. 순간 일검향의 양손에 쥐어진 비녀가 동시에 그녀들의 천돌혈에 꽂혔다.

바닥으로 내려선 일검향은 지체없이 전각 안으로 들어갔다.

보초 둘이 제거되자 추가영이 홀쩍 몸을 날려 문 앞에 내려섰다. 그녀는 선랑들이 차고 있던 검을 풀어 쥐며 혀를 내둘렀다.

"정말이지 귀신이군. 이것들은 자신이 어떻게 죽었는지도 모르겠어."

그녀는 두 선랑의 시체를 질질 끌고 전각 안으로 들어섰다.

전각 안은 텅 빈 대청이었다. 쇠창살이 드리워진 감옥은 물론이며 죄수들을 고문할 때 쓰는 형구(刑具) 한 점 보이지 않았다.

추가영은 다소 황당한 표정으로 주변을 둘러보았다.

"뭐야? 여기가 뇌옥이란 말이야?"

그러다 바닥으로 시선을 내린 그녀는 뇌옥의 입구를 발견하게 되었다. 커다란 철판이 옆으로 밀쳐져 있었고 밑으로 나선형 계단이 형성돼 있었다.

"지하 뇌옥이로군. 교묘하게도 숨겨놓았어. 어쩌면 요지선궁 내에 뇌옥 따위가 있다는 것을 밝히기 싫어 이렇게 감춘 것인지도 모르겠군."

그녀는 뇌옥을 내려서다 말고 고개를 흔들었다.

"아니야. 만일 요지선궁의 제자들이 입구를 막아버리면 지하에서 꼼짝없이 갇혀 죽게 되잖아? 나라도 지키고 있어야겠군."

그녀는 두 자루 검을 뽑아 들고는 뇌옥 입구를 단단히 지켰다.

한편 횃불을 밝혀 든 일검향은 뇌옥 안으로 들어서 있었다.

나선형 계단에는 여러 개의 횃불이 갖춰져 있었고 아직 기름이 남아 있어 불을 붙이기는 어렵지 않았다.

좁은 복도 좌우로는 철문이 늘어서 있었다.

그는 철문을 하나씩 밀치며 감금돼 있는 죄수를 확인했다. 대부분의 감옥은 비어 있었고 사용된 흔적이 없는 듯 거미줄만 무성했다.

왼쪽 끝의 옥문을 열자 한 명의 수인이 처음으로 발견되었다. 하지만 이미 오래전에 죽었는지 뼈만 앙상했다. 긴 머리카락과 골격의 체형으로 미루어 여인으로 보였다.

'죽어서도 감옥에 방치된 것을 보면 엄중한 죄를 지었나 보군.'

그는 맞은편 옥문을 밀치며 안으로 들어섰다.

한 명의 수인이 벽에 세워져 있었다. 두 팔은 쇠사슬로 결박돼 있었고 허벅지에는 철침이 박혀 벽에 고정돼 있었다. 혹독한 고문을 당한 듯 몸은 온통 상처투성이였다. 수인은 긴 머리카락을 늘어뜨린 채 고개를 떨구고 있었다.

'누님……?

일검향은 짧게 숨을 들이키며 흥분을 가라앉혔다.

이미 죽었을 것이라는 불길한 생각이 순간적으로 스쳤지만 고개를 흔들어 떨쳐 냈다.

'죽일 생각이었다면 구태여 뇌옥에 가두지 않았을 것이다.'

그는 횃불을 벽에 꽂았다.

벽 한쪽으로 다양한 형구가 걸려 있었다. 가시가 돋친 채찍은 피가 엉겨붙어 시커맸고 톱날과 낫, 나선형 철침에도 피가 묻어 있었다.

수인 앞으로 다가선 일검향은 목의 경동맥에 손끝을 대보았다. 불규칙적이지만 맥의 반응이 분명하게 느껴졌다. 생존의 징후였다.

"누님!"

그는 수인의 머리카락을 헤치고 얼굴을 받쳐 들었다.

　분명 을화였다. 말라붙은 피로 얼굴이 엉망이었지만 분명 천예사원의 이살 을화였다. 감격의 표정으로 그녀의 얼굴을 어루만지던 그는 갑자기 고통스런 신음을 토했다.

　"으음, 이럴 수가!"

　을화는 눈알이 뽑힌 듯 한쪽 눈두덩이가 움푹 꺼져 있었다.

　일검향은 이를 악물었다. 자신이 독형을 받아 눈알이 뽑힌 듯 괴로웠다. 자객으로서 척살에 실패해 죽는 것은 당연한 결과이지만 사로잡혀 형벌을 당했다는 것은 치욕이 아닐 수 없었다. 더군다나 한쪽 눈을 실명했으니 평생의 고통으로 남을 상흔이었다.

　싸늘한 분노로 그의 피가 거꾸로 솟구쳤다.

　"요지선자! 네년을 죽이기 전에 눈을 뽑아낼 것이다!"

　겨우 격동을 가라앉힌 그는 쇠사슬에 결박된 그녀의 수갑을 풀어주었다. 하지만 허벅지를 관통한 철침이 단단히 박혀 있어 그녀를 끌어낼 수가 없었다.

　일검향은 잔혹한 형벌에 분개하면서 두 개의 철침을 뽑아냈다. 다행히 뼈는 상하지 않아 한동안 요양을 하면 걸을 수 있을 것 같았다.

　그녀를 바닥에 눕힌 그는 신속하게 활기속명술(活氣屬命術)을 펼쳤다.

　활기속명술은 환자의 경혈을 통해 진기를 주입시켜 의식을 깨우는 천예사원의 치료법이었다. 엄청난 공력이 소진되는 치료법이지만 환자를 빠른 속도로 치유할 수 있는 신묘한 의술이기도 했다.

　잠시 후 을화의 입에서 깊은 한숨이 흘러나왔다.

　일검향은 그녀를 부축해 안으며 뺨을 어루만졌다.

　"누님, 검향입니다. 정신 차리십시오."

“흐윽…….”

“누님이 무사해 정말 다행입니다.”

을화는 한쪽 눈을 깜빡이며 일검향을 올려다보았다. 의식이 회복된 듯 그녀의 동공에 그의 모습이 또렷하게 새겨졌다.

“검… 검향?”

“예, 접니다. 이제 안심하십시오.”

“네… 네가 어떻게?”

을화는 믿을 수 없다는 듯 손을 들어 그의 얼굴을 매만졌다.

“정말이네… 정말 검향이야?”

“꿈이 아닙니다. 현실이에요. 누님을 밖으로 모시겠습니다.”

“여기는……?”

“아직 요지선궁의 뇌옥 안입니다. 다행히 잠입이 발각되지 않았으니 탈출이 가능합니다.”

을화는 우려의 눈빛으로 그를 직시했다.

“어떻게 잠입한 거냐? 너 혼자냐?”

“추가영의 도움을 받아 여장을 하고 참배객으로 변장해 들어왔습니다. 가영은 뇌옥 밖에서 대기해 있습니다.”

“참배객……? 그럼 음양천의 샘물을 마셨을 텐데?”

“여의심결 덕분에 음양천의 기이한 열기를 해소할 수 있었습니다.”

일검향은 그녀를 등에 업었다.

“자, 나가시죠.”

한데 을화가 억센 힘으로 그를 홱 밀쳐 버렸다.

“어서 탈출해! 넌 이미 발각된 상태야!”

“누님……?”

"바보 같은 녀석. 요지선궁의 계집들이 얼마나 교활한데 함부로 침투했어? 어서 가영과 함께 탈출해, 어서!"

"무엇이 잘못된 겁니까?"

을화는 눈알이 뽑힌 눈두덩을 감싸며 가쁜 숨을 몰아쉬었다.

"참배객의 숫자는 모두 기록된다. 입궁한 숫자와 출궁한 숫자가 맞지 않으면 곧바로 잠입이 밝혀진다. 내가 금궁에 침투하려다 실패한 이유도… 그 때문이었어. 그 앙큼한 것들이 함정을 파고 날 기다렸던 것이지."

일검향은 비로소 요지선궁의 허술한 경비 상황이 조작된 것임을 깨닫게 되었다.

아무리 천연의 요새라도 야간 순찰 선랑들이 너무 적었다. 게다가 침투했던 자객이 감금된 뇌옥에 두 명의 보초만을 세워둔 것도 조금은 의아했는데 그 이유를 알 것 같았다.

'교활한 계집! 나와 가영의 잠입을 파악했으면서도 비상경계를 취하지 않은 것은 생포를 하겠다는 의도로군.'

상황은 역전되었다.

은밀한 잠입을 확신했지만 그것은 중대한 오판이었다. 오히려 요지선궁이 어둠 속에서 자신과 추가영의 움직임을 지켜보고 있었던 것이다. 그렇다면 위중한 부상까지 입은 을화를 구출해 탈출하는 것은 불가능한 일이었다.

을화는 벽 한쪽에 기대앉았다.

"검향, 날 죽여. 이런 수모를 당하느니 네 손에 죽겠다."

"진정하십시오."

"어서 날 죽이고 탈출해. 이건 상급자로서의 명령이다!"

한데 일검향이 그녀를 번쩍 안아 들었다.

"누님의 명령이 수칙보다 우선일 수는 없습니다. 죽어야 될 상황이라면 동문과 함께 죽는 것이 수칙입니다."

"이 녀석……."

"함께 죽는다면 외롭지는 않겠지요."

"검향……."

을화는 한줄기 뜨거운 눈물을 흘렸다.

자신을 구출하려는 그의 의지보다 생사를 초월한 그의 의연함에 감동했다. 오래전 자객이 되게 해달라고 애원을 하던 어린 소년이 이렇듯 냉철한 자객으로 성장한 것이 대견스럽기만 했다. 여태껏 그녀는 일검향을 아이처럼 취급했는데 그것은 커다란 실수였다.

일검향은 그녀의 부친인 천사명왕이 인정할 정도의 진정한 자객이었던 것이다.

그녀는 그가 이끄는 대로 순순히 그의 등에 업혔다. 예전에도 그의 등에 업혔지만 지금처럼 넓고 푸근하지는 않았다. 문득 그녀는 그의 어깨를 바싹 쥐었다.

"검향, 우리는 괜찮지만… 가영은 어쩔 거냐?"

일검향은 일순 가슴이 서늘해졌다.

그와 을화는 최후까지 싸우다가 자객으로 당당히 죽을 수 있다. 하지만 추가영은 오로지 그를 돕기 위해 침투한 동료일 뿐이다. 그녀가 자신들 때문에 죽는다는 것은 너무도 가슴 아픈 일이 아닐 수 없었다.

'가영은 살려야 돼. 어떻게든 가영은 탈출시켜 주어야 한다!'

그는 빠른 속도로 복도를 달려갔다.

그 순간 추가영의 다급한 외침이 복도를 통해 메아리쳐 들려왔다.

"검향, 어서 나와요!"

일검향은 피가 싸늘하게 식는 기분이었다. 결연히 입술을 깨문 그는 뇌옥 입구를 향해 쏜살같이 달려갔다.

"가영!"

지하 뇌옥으로 향하는 넓은 대청은 환하게 밝혀져 있었다.

40명에 달하는 선랑들과 그녀들을 지휘하는 선화(仙花)들이 철통같은 포위망을 형성하고 있었다. 그녀들은 장내에서 한바탕 벌어지고 있는 접전을 지켜보는 중이었고, 한 여인은 태사의에 걸터앉아 느긋하게 머리를 손질하고 있었다.

요지선자 소운향(蘇雲香).

그녀는 여러 겹의 얇은 망사의를 입고 있었다. 갈라진 옷자락 사이로 드러난 뽀얀 피부가 백설처럼 희고 투명했으며 곱게 화장한 모습이 매력적이었다.

차차창!

장내의 접전은 거의 막바지에 이르고 있었다.

검은 야행복 차림의 여인은 추가영이었다. 그녀는 뇌옥의 통로를 지키기 위해 혼신의 힘을 기울였지만 역부족임을 실감해야 했다.

그녀의 상대는 요지선궁의 칠선화(七仙花) 중 한 명인 청라선화(青羅仙花)였다. 휘하에 열두 명의 선랑을 거느린 중간 간부였지만 무공 수위는 초일급이었다. 그녀는 천지성후의 절기 중 검법, 신법, 지법 세 가지나 터득한 고수였다.

"화운만영(花雲萬影)!"

그녀는 한 발로 선 학처럼 우아한 자세를 취하며 화려한 검화를 발

출했다. 흩뿌려진 꽃잎처럼 수십 개의 검화가 제각기 호선을 그리며
추가영을 향해 내리꽂혔다.

추가영은 정신이 아득해졌다. 반사적으로 검을 휘둘렀지만 그저 의
미없는 몸짓에 불과했다.

"아……!"

그녀는 화려한 검화 앞에 그만 절망하고 말았다.

이 순간 지하 뇌옥에서 솟구친 일검향이 작은 철편을 발출했다.

피잉—!

철편은 급격한 호선을 그리며 청라선화의 뇌호혈을 향해 날아들었
다. 청라선화는 급히 공세를 철회하며 검을 바싹 몸인 채 팽그르르 회
전하면서 정교한 지풍을 발출해 철편을 쳐냈다.

을화를 등에 업은 일검향이 추가영 옆으로 내려섰다.

"가영, 다친 데는 없어?"

추가영은 난감한 표정으로 주변의 선화들을 빠르게 살폈다.

"어떻게 된 거죠? 우리가 무슨 실수를 했기에 발각된 거죠?"

일검향은 그녀가 쥔 검을 받아 쥐었다.

"입궁한 사람과 출궁한 사람의 숫자가 달랐던 거였어."

"맙소사! 그랬군요."

"누님을 부탁해."

일검향은 을화를 건네고는 한 걸음 앞으로 나섰다.

요지선궁의 모든 제자들은 충격과 경악으로 멍하니 그를 바라보고
있었다. 소운향 역시 한껏 눈을 뜬 채 그를 직시했다.

"이, 이럴 수가! 어떻게……?"

사내! 금남의 구역에 사내가 들어와 있다는 사실에 그녀들 모두 자

신의 눈을 의심해야 했다. 음양천의 효능은 절대적이라 사내는 절대 마실 수 없으며, 마시는 순간 정체가 탄로난다.

소운향 역시 두 명이 잠입했다는 보고를 받았지만 잠입자 중 한 명이 사내일 줄은 꿈에도 예상치 못했다.

요지선궁에는 갓난아이 시절부터 궁에서 자란 선랑들이 상당수 있었다. 그녀들은 난생처음 건장한 사내를 대하자 신기한 눈빛으로 연신 그를 훑어보았다.

소운향은 일검향을 직시하면서 묘한 미소를 머금었다.

"호호, 본 궁에 사내가 들어오다니 실로 세상이 놀랄 일이구나."

일검향은 무심한 어조로 응수했다.

"내가 처음은 아닐 텐데?"

"흥, 늙은 쥐새끼 공공신도를 말하는 것이냐?"

"공공신도 얘기로는 네가 여장한 사내를……."

"닥쳐!"

소운량은 태사의를 박차며 일어섰다.

"터무니없는 낭설로 본 궁의 위엄과 명예를 더럽히지 마라. 늙은 쥐의 말을 믿을 사람은 아무도 없으니까."

"……."

"네가 어떻게 음양천의 샘물을 마시고도 무사했는지는 나중에 문초하면 밝혀지겠지."

그녀는 긴 망사의 자락을 이끌며 천천히 자리에서 일어났다.

"천예사원 소속이냐?"

"그렇다."

"날 죽이러 온 것이냐, 아니면 저 계집을 구하러 온 것이냐?"

“두 가지 다 해당된다.”

“호호, 유감이구나. 어느 하나도 이루지 못할 테니 말이다.”

일검향은 수중의 검을 들어 보였다.

“널 척살하는 일은 아직 가능하다.”

“호호홋!”

소운향은 어처구니가 없는 듯 소리 높여 깔깔거렸다. 그러다 제자들을 의식하고는 태도를 바꾸었다. 다시 태사의에 앉은 그녀는 유혹적으로 다리를 꼬았다.

“그게 가능하다고 생각하느냐?”

“물론이다.”

“혹시 네가 벽력신군을 암습한 자객 무향검살이냐?”

“……”

“너와 함께 잠입한 계집이 검향이란 이름을 외치더군. 그렇다면 넌 일검향이 분명해. 앞서 잠입했던 여자객 을화를 통해 천예사원의 정보는 모두 입수했지.”

그러자 을화가 사납게 외쳤다.

“닥쳐, 이 교활한 년! 내가 무슨 말을 했다는 것이냐?”

일검향이 그녀를 돌아보며 위로해 주었다.

“누님, 격장지계일 뿐입니다. 진정하세요.”

“검향, 난 저년들의 고문에도 입 한 번 벙긋하지 않았어!”

“알고 있습니다. 고문 따위에 굴복할 천예사원의 자객은 없습니다.”

그는 소운향에게 시선을 돌렸다.

“당당한 요지선궁마저 은천마국과 연관이 있었을 줄은 생각지 못했군. 넌 일도살을 통해 정보를 들었을 것이다. 그렇지 않고서는 네가 나에 대해 알 수가 없었을 테니까.”

“후훗, 마국에 의해 침공을 받은 천예사원이 무슨 대단한 자랑거리라도 된단 말이냐? 기껏해야 몇 놈이 겨우 목숨을 부지했을 뿐일 텐데. 그 정도는 세상 사람 모두가 알고 있는 사실이다.”

소운향은 도도한 미소를 머금으며 말을 이었다.

“네가 아무리 벽력신군을 암살했다 해도 내 발끝에도 미치지 못한다. 자객들은 하나같이 기습과 암살에만 능한 비열한 족속들이지. 네가 만일 벽력신군과 맞섰다면 십초지적이라도 되었겠느냐?”

“우리는 죽이는 것이 업인 자객들이다. 신속한 임무 수행을 위해서 기습은 필수다. 하지만 너만큼은 정당한 대결로 죽여주겠다.”

“일검향, 네 주제를 알아야지. 난 당당한 천지성후의 후예로 요지선궁의 지존이다. 한낱 자객 따위와 맞설 신분이 아니야.”

일검향은 주변의 선랑을 찬찬히 둘러보았다.

“그렇다면 요지선궁의 모든 제자들을 죽여야겠군. 그리하고도 네가 나서지 않는지 보겠다.”

“호호, 그 터무니없는 자부심은 대체 어디에서 나오는 걸까? 본 궁과 단독으로 맞선다는 것은 천사명왕이라도 불가능한 일이지.”

순간 일검향이 자객 은신술을 펼쳐 순식간에 사라졌다. 천장에 등을 붙인 채 미끄러진 그는 선랑들 속으로 뛰어내렸다.

번— 쩍!

한줄기 쾌검이 펼쳐지며 선랑 세 명의 목이 단번에 날아갔다. 주변의 선랑들이 채 반격을 펼치기도 전에 일검향은 바닥을 타고 미끄러지며 본래의 자리로 돌아왔다.

장내의 분위기가 싸늘하게 경직되었다.

두 눈을 버젓이 뜨고 세 명의 동문을 잃은 선랑들은 일검향의 냉혹한 살법에 치를 떨었고, 칠선화 중 넷이 검을 뽑아 들었다.

"잔악한 놈!"

"궁주님, 놈의 추살을 허락해 주십시오!"

소운향은 눈앞에서 세 명의 제자가 죽었건만 슬퍼하거나 안타까워하는 모습을 전혀 보이지 않았다. 오히려 손을 들어 준동하려는 제자들을 제지시켰다.

"내 명이 없는 한 함부로 나서지 마라."

그녀는 태사의 뒤에 시립해 있는 좌상비를 돌아보았다.

좌우상비는 요지선궁의 대표적인 고수다. 우상비는 일부 제자들을 이끌고 외궁 입구를 지키고 있는 상태였기에 이 자리에서는 좌상비가 궁주 다음 가는 고수였다.

"좌상비, 놈을 제압할 수 있겠느냐?"

"명만 내려주십시오."

"죽이지는 마라."

"알겠습니다."

좌상비는 정중히 예를 올리고는 대청 가운데로 나섰다.

소운향은 흥미로운 눈빛을 지으며 태사의에 느긋하게 기대앉았다.

"일검향, 네가 좌상비를 물리칠 수 있다면 내가 직접 상대해 주겠다. 나와 대적할 자격은 갖춘 셈이니까."

"알겠다."

일검향은 좌상비와 이 장 거리를 두고 마주 섰다.

한차례의 격전이 예상되자 선랑들은 최대한 뒤로 물러서며 벽을 등졌다.

추가영도 을화를 안아 들고 한쪽 구석으로 자리를 옮겼다. 을화는 외눈으로 그녀를 직시했다.

"너, 지금 제정신이냐?"

"왜요, 언니?"

"미친 년, 여기가 어디라고 함부로 뛰어들어? 어떻게든 검향을 만류했어야지!"

"검향이 어디 제 말을 들을 사람입니까?"

추가영이 어깨를 으쓱해 보이자 을화는 눈빛을 누그러뜨렸다.

"가영, 넌 죽음이 두렵지 않니?"

"두려워요."

"한데 왜?"

추가영이 결연한 어조로 대답했다.

"검향이 없는 세상이 더 두려우니까요."

"……!"

을화는 그만 할 말을 잃고 말았다.

더는 그녀를 탓할 수가 없었다. 죽음을 초월한 감정이라면 그것은 절대적인 신뢰이며 연정이었다. 그런 그녀를 바라보는 을화는 가슴 한쪽이 허전해진 기분이었다. 마치 키우던 자식이 보금자리를 벗어나 다른 곳으로 떠난 것처럼 서운했다.

'이 녀석은… 진심으로 검향을 사랑하는구나!'

한편 일검향은 좌상비와 맞선 채 무심히 응시하기만 했다. 그의 진정한 상대는 좌상비가 아니라 소운향이었다. 최대한 속전속결로 승부를 마감 짓겠다는 것이 그의 의도였다.

소운향은 느긋한 표정과는 달리 예리하게 상황의 추이를 지켜보고 있었다.

그녀가 좌상비를 앞서 내보낸 것은 체면 때문이 아니라 자객의 예측할 수 없는 살법을 관찰하기 위함이었다. 그녀가 아무리 뛰어난 절기를 지녔다 해도 자객과의 대결은 부담스러울 수밖에 없었던 것이다.

좌상비는 일검향의 자세로 미루어 쾌검이 펼쳐질 것을 간파했다.

잠시 전 세 명의 선랑들을 순식간에 살해한 수법을 보았기에 그녀 역시 바짝 긴장하며 경각심을 높였다. 그녀는 자신이 터득한 모든 절기를 떠올리며 가장 적합한 수법을 찾아내는 데 주력했다.

이윽고 확신이 선 그녀는 날렵하게 몸을 날렸다.

"천화비영(千花飛影)!"

그녀의 신영이 두 개, 네 개, 여덟 개로 불어나더니 순식간에 열여섯 개의 분신을 만들어냈다. 천지성후의 절기 중 하나인 칠십이분환신법이었다. 좌상비는 내공의 한계로 인해 열여섯 개의 분신만 만들어냈지만 그것만으로도 상대를 제압하기에 충분하다 여겼다.

열여섯 개의 분신에서 뿜어지는 지강과 수공, 검기가 한꺼번에 일검향을 향해 쏟아져 내렸다.

분환신법의 놀라움은 단순히 상대의 시야를 혼란시키는 데 있지 않았다. 각각의 분신이 별개의 초식을 구사하기에 일검향으로서는 열여섯 명의 좌상비를 동시에 상대하는 격이었다.

일검향은 세상에 이렇듯 신기한 수법이 있다는 데 놀라지 않을 수 없었다.

'이것이 천지성후의 절기로군!'

그의 무공 가운데 가장 앞에 내세울 수 있는 것은 쾌검이었다. 수련생 시절 수백 가지의 쾌검을 연마하면서 몸으로 체득했기에 어떠한 상황에서도 자유롭게 쾌검을 전개할 수 있었다. 하지만 동시에 열여섯 개의 쾌검식을 전개할 수 있는 경지에는 이르지 못했다.

쾌검은 하나의 표적을 목표로 했을 때 가장 빠르다. 표적이 둘로 나뉘어지면 그만큼 늦어지고 네 개, 여덟 개로 표적이 늘어나면 쾌검 특유의 쾌속함을 상실하게 된다.

한데 지금의 표적은 여덟 개가 아니라 열여섯 개였다. 더군다나 단순한 환영이 아니기에 어느 하나 소홀히 할 수 없었다.

피하는 것은 어렵지 않지만 계속되는 공격으로 대결은 길어진다. 승부가 지체되면 공력 소모도 문제지만 자신의 수법이 모두 드러나 소운향과의 대결에서 이길 가능성은 희박해진다.

일검향은 쏟아지는 공세 속에서 굳건히 자리를 지키며 결단을 내렸다. 일합의 승부를 결정한 것이다.

번— 쩍—!

그의 몸이 사선으로 회전하며 벼락같은 쾌검기가 폭사되었다. 동시에 뻗어나간 여덟 개의 쾌검기는 좌상비의 분신들과 정통으로 충돌했다. 더불어 좌상비의 나머지 여덟 개 분신이 쏟아내는 절기가 그를 향해 파고들었다.

퍼퍼퍼— 펑—!

잇단 폭음과 함께 화려한 검화가 허공으로 흩뿌려지고 경풍이 몰아쳤다. 대청 바닥의 백강석이 폭발하며 무수한 파편이 사위로 비산되었다. 단 일 합의 충돌로 전각의 벽이 붕괴되고 지붕의 절반이 파손되었다.

소운향은 호신강기를 펼쳐 놓았기에 옷깃 하나 다치지 않았지만 주변의 선랑들 십여 명은 파편에 얻어맞는 부상을 입고 말았다.

"흐윽!"

답답한 신음과 함께 좌상비가 비틀비틀 뒤로 물러섰다. 그녀의 옷자락이 여덟 곳이나 깊이 베어져 있었다. 치명적인 부위를 피했기에 즉사는 면했지만 부상이 아주 심했다.

일검향 역시 중상을 면치 못했다. 야행복은 무수하게 찢겼고 내상까지 입었는지 입으로 선혈을 흘리고 있었다. 세 걸음을 물러선 바닥으로 혈족(血足)이 역력했다.

소운향은 나직한 신음을 토하며 자신도 모르게 일어섰다.

"으음, 이럴 수가!"

그녀는 선랑들에게 지시를 내렸다.

"어서 좌상비를 옮겨라."

"예, 궁주님."

네 명의 선랑이 좌상비를 부축해 전각을 벗어났다.

을화는 좌상비와 겨룬 적이 있기에 그녀가 절정급에 이른 고수임을 잘 알고 있었다. 한데 정면 대결에서 일검향이 약간의 우위를 점하자 놀라움을 금할 수 없었다.

"검향… 녀석이 이렇게 강해졌단 말인가?"

추가영은 일검향의 부상을 헤아리며 안쓰런 표정을 지었다.

"검향도 많이 다쳤어요. 저런 몸으로는 무리예요."

"젠장, 나도 싸워야 하는데 꼼짝할 수가 없어."

을화는 원통한 심정에 입술을 꼭 깨물었다.

소운향은 옷자락을 이끌며 미끄러지듯 다가섰다. 일검향이 검을 받쳐 들자 그녀는 도도한 미소를 지었다.

"어리석은 놈. 좌상비와 대등한 실력으로는 결코 내 적수가 될 수 없다."

“아직 네 목을 벨 힘은 남아 있다.”

“그 힘은 남겨둬라. 날 위해 긴히 쓸 곳이 있으니까.”

“……?”

“네가 멍청하지 않다면 내 말뜻을 알아들었을 텐데?”

일검향은 건조한 음성으로 말을 받았다.

“물론 안다. 하지만 천예사원의 자객은 결코 굴복하지 않는다.”

소운향은 의미심장한 웃음을 머금었다.

“유감이군. 그렇다면 내가 굴복시켜 줄 수밖에.”

그녀는 양 소매를 걷었다. 백설 같은 팔목에 두툼한 팔찌가 끼어져 있었다. 그녀가 양 손목의 팔찌를 감싸 쥐자 맑은 음향이 울려 퍼졌다.

차— 창—!

두 개의 팔찌는 사라지고 대신 그녀의 두 손에는 두 개의 검이 각기 쥐어졌다.

검신은 아주 얇고 투명했으며 신비로운 광채를 뿜어내고 있었다. 길이는 석 자에 불과했지만 검극에서 뿜어지는 검기는 일 장이나 뻗어 올랐다.

두 자루 검을 바라보던 추가영의 입에서 탄성이 터져 나왔다.

“아, 천지쌍검(天地雙劍)!”

소운향이 선보인 두 자루 연검이 바로 천지성후의 신검이며 요지선궁의 신물인 천지쌍검이었다. 검은 각기 천상검(天上劍)과 지환검(地環劍)으로 불린다.

천지쌍검은 워낙 검신이 얇은 연검이라 백 년 내공이 없으면 검의 위력을 발휘하지 못한다. 하지만 검신이 얇은 만큼 지극히 예리해 웬만한 병기는 풀잎처럼 베어진다.

천지성후는 살아생전 한 번도 사람을 죽인 적이 없었다. 그녀는 지극히 날카로운 두 자루 천지쌍검으로 사마들을 죽이지 않고 굴복시켰기에 정사무림인 모두가 존경하는 성후의 존호를 받게 된 것이다.

일검향은 천지쌍검에서 뿜어지는 기운만으로도 위축되었다. 검에 깃든 신비로운 힘은 가히 당대의 신병으로 불리기에 손색이 없었다.

소운향은 왼손의 손목을 가볍게 틀었다.

검신이 손잡이 아래쪽 틈새로 빨려 들어가며 순식간에 팔찌로 변환되었다. 그녀는 팔찌를 손목에 차며 가늘게 눈웃음을 쳤다.

"한낱 자객을 상대하는 데 천지쌍검을 모두 사용한다는 것은 부끄러운 일이지. 천상검만으로 널 상대해 주겠다."

일검향은 손에 쥔 검으로 그녀를 향해 겨누었다.

"요사한 계집이 지니기에는 너무 아까운 검이로군."

"말을 삼가라. 나에 대한 모욕은 사문에 대한 모독이다."

"위대한 사문이 너로 인해 변질되었다는 것이 안타깝구나."

"일검향, 네가 나에 대해 어떤 얘기를 들었는지 몰라도 그것은 사실이 아니다. 요지선궁의 고결함을 음해하려는 헛된 풍문일 뿐이지."

일검향은 검극에 혼신의 진기를 주입시켰다.

"사실이든 아니든 네가 죽는 데에는 변함이 없다."

소운향은 옷자락을 이끌며 꼿꼿하게 미끄러졌다.

"후훗, 날 실망시키지 마라."

그녀의 신형이 순식간에 수십 개로 불어났다. 좌상비가 단계를 거쳐 열여섯 개의 분환신법을 펼친 것과 달리 그녀는 한번에 서른여섯 개의 분신을 만들어낸 것이다.

일검향은 즉시 눈을 감으며 청력과 직감에 의존했다.

아무리 절묘한 분환신법이라도 본신이 있어야 분신이 가능하다. 앞선 대결로 심한 부상을 당한 그로서는 몇 합의 싸움도 힘겨운 상태였다. 어떻게든 소운향의 본신을 찾아 혼신의 일격을 가하는 것이 유일한 해결책이었다.

아주 희미하지만 측면으로 온기가 느껴졌다. 움직임이 지극히 빨랐지만 자신의 쾌검이라면 쫓을 수 있을 것 같았다.

그는 급격히 허리를 틀며 쾌검을 발출했다.

번— 쩍—!

지극히 쾌속한 검기가 소운향의 분신 속으로 파고들었다. 순간 천상검의 섬광이 번득였다.

차앙……!

그의 손에 쥐어진 검이 대번에 동강났다. 하지만 그는 동강난 반검을 쥔 채 그대로 쾌검을 구사했다. 사람의 목을 베는 데는 세 촌 길이의 검만으로 충분하다.

추가영과 을화, 요지선궁의 제자들은 눈 한 번 깜빡이지 않은 채 대결을 주시하고 있었다.

천하구절 중 으뜸이라는 요지선자!

당대 최고의 자객으로 부각된 무향검살!

이렇듯 걸출한 명성을 지닌 무인들이 충돌하는 경우는 극히 드물기에 그 대결을 관전하는 것만으로도 진귀한 구경거리가 아닐 수 없었다. 승패의 결과가 가져다줄 슬픔은 차후 문제였다.

마침내 검기와 섬광이 걷히며 두 사람의 모습이 드러났다.

드러난 상황을 지켜본 추가영과 을화의 입에서 암담한 탄식이 터져 나왔다.

“아아!”

“검향……?”

반면 요지선궁의 제자들은 환한 표정을 지으며 당연하다는 듯 고개를 끄덕였다.

소운향의 천상검이 일검향의 미간에 살짝 꽂혀 있었다. 일검향도 동강난 반검을 뻗고 있었지만 소운향의 가슴과는 다섯 치 거리를 둔 채 미치지 못했다. 만일 소운향이 살심을 품고 있었다면 일검향은 이미 미간이 관통되었을 것이다.

소운향은 도도한 미소를 짓고 있었다. 패배를 인정하라는 그런 미소였다.

한데 아직 상황이 종료된 것은 아니었다.

일검향은 미간을 위협하는 천상검을 무시한 채 한 걸음 다가서며 그녀의 심장에 반검을 들이댔다.

“……!”

소운향의 안색이 싸늘하게 굳어졌다. 당혹스런 모습이었다.

일검향이 다가서는 바람에 천상검이 활처럼 휘어졌다. 워낙 얇은 연검이기에 가능한 일이었지만 소운향이 진기를 주입시켜 연검이 빳빳하게 펴지면 일검향의 두부는 그대로 쪼개질 상황이었다. 물론 소운향 역시 일검향의 반검에 의해 치명적인 부상을 각오해야 한다.

이번에는 요지선궁 제자들이 하얗게 질리고 말았다.

이때 을화의 입에서 냉정한 외침이 터져 나왔다.

“죽여!”

일검향은 소운향의 심장을 겨눈 반검에 진기를 주입시켰다. 그녀의 혼란스런 눈빛을 직시하는 그의 눈은 냉담하기만 했다.

일순 그는 그녀의 눈빛이 무엇을 말하는지 깨닫게 되었다.

너희 모두를 죽일 생각이냐?

그는 반검을 쥔 채 찰나지간 무수한 생각을 떠올렸다.

소운향을 죽일 수 있는 유일한 기회다. 그녀의 오만에 의한 방심이 자신에게 기회를 주었다. 하지만 그녀를 죽일 경우 을화와 추가영 역시 살아남지 못한다. 자신의 죽음은 무시할 수 있지만 을화와 추가영의 죽음은 괴롭고도 슬픈 일이다. 독하게 마음을 먹으면 을화의 죽음까지는 받아들일 수 있지만 추가영이 죽어야 한다는 사실은 크나큰 고통이 아닐 수 없었다.

'나 때문에 가영이 죽어야 한다. 구할 수 없는 상황이라면 나도 어쩔 수 없지만, 그녀를 살릴 수 있다면 냉정하게 무시할 수는 없다.'

생각이 여기에 미치자 그는 반검을 마저 뻗어낼 수가 없었다.

소운향은 그의 눈빛을 통해 심정의 변화를 헤아리고는 겨우 안도할 수 있었다.

'무서운 놈! 과연 천예사원의 자객이야. 죽음으로는 결코 위협할 수 없는 자다. 그래도 무자비한 살인병기는 절대 아니야. 이자는 자신보다 친인의 목숨을 더 소중히 한다.'

그녀는 자신이 죽을 위험은 없다 확신하며 먼저 천상검을 내렸다.

"일검향, 너의 냉철한 판단이 모두를 살렸다."

"……."

일검향은 손에 쥔 반검을 뒤로 던졌다.

쨍그렁!

그의 손에서 병기가 사라지자 선랑들이 달려들며 그를 향해 검을 겨누었다. 추가영과 을화 역시 선랑들의 검에 둘러싸였다.

소운향은 천상검을 팔찌로 변환시켜 손목에 찼다.

"두 계집은 내궁에 연금해라. 사내놈은 내공을 제압한 후 금궁으로 데려와라. 내 친히 문초할 것이다."

그녀는 세 걸음을 내딛기도 전에 연기처럼 사라졌다.

청라선화가 일검향의 대혈 몇 곳에 금침을 박아 내공을 제압했다. 혈도를 찍는 점혈보다 훨씬 강력한 금제였다.

을화는 일검향의 속내를 간파하고 있었기에 심하게 질책할 수가 없었다. 자신 때문에 그마저 제압된 것이 원통할 뿐이었다.

그녀는 자신을 질책하듯 날카롭게 외쳤다.

"바보 같은 자식! 넌 자객도 아니야!"

『검향도살』 4권에서…